LES CIELS DE LA BAIE D'AUDIERNE

DU MÊME AUTEUR

Aux Presses de la Cité

Que ma terre demeure (2001), Grand Prix Bretagne 2002
L'Adieu au Connemara (2003)
Au-dessous du calvaire (2005)

Chez d'autres éditeurs

La Mariée rouge (Jean Goujon, 1979 ; NEO, 1983 : Euredif, 1985 ; Picollec, 1986 ; Le Livre de Poche, 1989 ; Editions de la Chapelle, diffusion Ouest-France, avril 2002)
La Chasse au merle (Jean Goujon, 1979 ; Gallimard, 1984 ; Editions de la Chapelle, diffusion Ouest-France, avril 2002)
Pleure pas sur ton biniou (Jean Goujon, 1980 sous le titre *La Petite Fille et le Pêcheur* ; Gallimard, 1985 ; Editions de la Chapelle, diffusion Ouest-France, avril 2002)
Quai de la fosse (Fleuve Noir, 1981 et 1991 ; Editions de la Chapelle, diffusion Ouest-France, avril 2002), Prix du Suspense 1982
Le Crime du syndicat (Denoël, 1984 ; Editions de la Chapelle, diffusion Ouest-France, avril 2003)
Les Chiens du sud (Denoël, 1987 ; Editions de la Chapelle, diffusion Ouest-France, avril 2003)
Le Fossé (Denoël, 1995 ; Editions de la Chapelle, diffusion Ouest-France, avril 2003)
Flora des embruns (Denoël, 1991 ; Editions de la Chapelle, diffusion Ouest-France, avril 2003)
Marée basse (Fleuve Noir, 1983 et 1991 ; Editions de la Chapelle, diffusion Ouest-France, mars 2004)
Toilette des morts (Fleuve Noir, 1983 et 1992), épuisé
Histoire d'ombres (Denoël, 1986 ; Le Livre de Poche, 1990 ; Editions de la Chapelle, diffusion Ouest-France, mars 2004)
L'Adieu aux îles (Mazarine, 1986 ; Folio Gallimard n° 3151, 1999), Prix des Bretons de Paris 1986
Coup de chaleur (Fleuve Noir, 1987 ; Editions de la Chapelle, diffusion Ouest-France, mars 2004)
Le Fils du facteur américain (Payot, 1988), épuisé
Connemara Queen (Denoël, 1990 ; Folio Gallimard n° 2483, 1993 ; Folio Policier n° 51, 1999)
Hôpital souterrain (Denoël, 1990 ; Folio Gallimard n° 2424, 1992 ; Folio Policier n° 137, 2000), Grand Prix de Littérature policière 1990
Les Douze Chambres de M. Hannibal (Stock, 1992), épuisé
Ouragan sur les grèbes (Denoël, 1993)
Les Endetteurs (Stock, 1994), épuisé
Toutes les couleurs du noir (Denoël, 1995), Omnibus regroupant 4 titres épuisés
L'Allumeuse d'étoiles (Denoël, 1996 ; Folio Gallimard n° 3029, 1998), Prix Populiste 1996
La Tentation du banquier (Denoël, 1998)
Merci de fermer la porte (nouvelles, Denoël, 1999 ; Folio Gallimard n° 3560, 2001)
Chroniques d'hier et de demain (Editions Ouest-France, 2004)

(suite page 335)

Hervé Jaouen

LES CIELS
DE LA BAIE D'AUDIERNE

Roman

Production Jeannine Balland
Romans Terres de France

Le Code de la propriété intellectuelle n'autorisant, aux termes de l'article L. 122-5, 2ᵉ et 3ᵉ a), d'une part, que les « copies ou reproductions strictement réservées à l'usage privé du copiste et non destinées à une utilisation collective » et, d'autre part, que les analyses et les courtes citations dans un but d'exemple et d'illustration, « toute représentation ou reproduction intégrale ou partielle faite sans le consentement de l'auteur ou de ses ayants droit ou ayants cause est illicite » (art. L. 122-4).
Cette représentation ou reproduction, par quelque procédé que ce soit, constituerait donc une contrefaçon, sanctionnée par les articles L. 335-2 et suivants du Code de la propriété intellectuelle.

© Presses de la Cité, un département de place des éditeurs, 2006
ISBN 2-258-06736-7

Toute homonymie avec des noms de lieux et de personnes, ainsi que toute ressemblance avec des personnes existant ou ayant existé seraient fortuites.

Prologue

Je m'appelle Mélodie et dans quelques semaines j'aurai dix-huit ans. Mon anniversaire tombera pendant le procès de papa et maman. Quand je pense qu'ils risquent d'être condamnés à dix, douze ou peut-être quinze ans de prison, j'ai le cœur pris dans un étau.

Pour desserrer les mâchoires de cet étau, j'ai décidé de raconter ce qui nous est arrivé.

J'écris devant la fenêtre de ma chambre, chez mon grand-père, à Esquibien, face à la baie d'Audierne. Nous sommes en mars, le mois des premières tempêtes de printemps. Aujourd'hui, le ciel et la mer semblent fâchés. Le ciel est uniformément gris, boudeur, immobile, alors que la mer, agitée par une longue houle venue du large, est verte comme un lagon. Les vagues frangées de blanc pénètrent jusque dans le port. Dépassant de la digue, le mât d'un voilier qui fait route au moteur vers les pontons d'Audierne bat la mesure de cette gigue dansée aux quatre points cardinaux de l'Iroise.

La mer est verte, le ciel est gris, mais peu m'importe. Quelle que soit sa couleur, quelle que soit son humeur, je ne me lasse pas de ce paysage maritime.

La vue de ma fenêtre est un océan de bonheur.

Le bonheur, justement, parlons-en.

A part les imbéciles heureux, je suppose qu'à un moment ou un autre de sa vie chacun est amené à se poser cette question : c'est quoi le bonheur ?

Avant l'âge de raison, on a tendance à confondre cette question avec la fameuse proposition conditionnelle : « Si j'étais riche... » Cette tarte à la crème, ce sujet de rédaction sans doute passé de mode, avait au moins l'avantage de permettre aux écoliers de rêver.

Oui, avant que la bombe du malheur ne nous disperse en éclats, j'aurais répondu bêtement, comme la plupart des gosses, que le bonheur c'est de vivre dans un palais au bord de la Méditerranée, posséder un bateau avec son équipage, un jet privé avec son pilote toujours prêt à décoller, voyager autant qu'on veut, remonter l'Amazone, faire des safaris-photos au Kenya, gravir les pentes des volcans en Islande et peut-être descendre au centre de la Terre sur les traces des héros de Jules Verne. Et, dans l'ivresse de la confusion entre richesse et bonheur, j'aurais agité mon filet à papillonner des idées juvéniles et rajouté un tas de trucs égoïstes, du style le bonheur c'est aussi avoir deux mille chaînes télé, des montagnes de fringues, une armée de femmes de chambre, bref, tout ce qu'on peut avoir quand on est milliardaire, y compris, pour terminer, un vrai prince charmant qui vous épouse et vous fabrique des petits princes et des petites princesses qui feront la couverture des magazines.

Après que le ciel nous a dégringolé sur la tête, j'ai su tout de suite que le bonheur c'était notre simple vie d'avant : des parents qui s'aiment et vous aiment et n'ont pas de soucis d'argent, un petit frère avec qui vous disputer et vous réconcilier dans la minute qui suit, une jolie maison dans un quartier tranquille, un mois de vacances d'été au bord de la mer en Bretagne et une semaine de sports d'hiver en février. Tout le monde n'a pas tout ça.

Tout le monde n'a pas tout le reste, bien plus difficile à décrire, puisque ce ne sont pas des choses matérielles mais ces petits bonheurs dont on s'aperçoit qu'ils ont existé seulement quand on les a perdus. Ils s'assemblent, mine de rien, comme les pièces d'un puzzle et finissent par constituer ce tableau intitulé *Le Grand Bonheur*, bonheur d'une famille unie et sans problèmes, bonheur d'une enfance sans écueils, sans drames ni tragédies, quels qu'ils soient.

Ces petits bonheurs, ce n'est pas la peine d'enfiler un scaphandre pour aller les chercher dans les abysses de votre mémoire enfantine. Il suffit de troubler à peine l'eau du miroir des souvenirs. Vous vous rappelez le tablier en toile cirée que votre maman vous nouait autour de la taille, le lavabo qu'elle remplissait à ras bord, les jouets en plastique qu'elle vous laissait laver dedans et l'eau qui éclaboussait la salle de bains. En voilà donc un, de petit rien qui vous attendrit le souvenir. Il y en a des tas d'autres : un papa qui vous borde et vous lit une histoire ; un petit frère qui vous arrive quand vous avez six ans et que vous câlinez comme vous n'avez jamais câliné votre poupée préférée ; sa menotte dans la vôtre sur le chemin de l'école un jour de rentrée et l'odeur de votre cartable neuf ; et ne parlons pas des Noëls et des goûters d'anniversaire et de ces samedis soir où l'on sentait papa et maman tellement amoureux qu'on faisait semblant d'avoir envie de dormir pour les laisser seuls et éprouver en s'endormant le petit bonheur de se dire qu'ils s'aimeraient toujours et ne nous quitteraient jamais.

On pourrait rédiger une encyclopédie des petits bonheurs. Pour l'instant, hélas, ce récit que j'ai entrepris d'écrire, c'est l'histoire d'un effroyable malheur, l'histoire d'une énorme, d'une vénéneuse, d'une répugnante accusation.

Je venais d'avoir quinze ans quand ça a commencé. Nous habitions une ville de taille moyenne située entre Rennes et Paris, et nous étions heureux.

I

L'accusation

1

Il y a un peu moins de trois ans, un vendredi, à six heures du matin, on sonna et tambourina à la porte de la maison. Colonel, notre teckel à poil dur, se mit à grogner et à renifler sourdement, la truffe contre le bas de la porte. A la différence de papa, que rien ne réveille, maman a le sommeil léger. Quand j'étais bébé, il suffisait que je babille en dormant pour qu'elle soit aussitôt à mon chevet. Rien d'étonnant, par conséquent, qu'elle se soit précipitée la première au rez-de-chaussée après avoir passé un peignoir sur sa chemise de nuit. C'était la police, un commissaire et un inspecteur en civil, et plusieurs gardiens de la paix en uniforme. Colonel était à deux crocs de leur mordre les jarrets. Maman l'enferma dans la cuisine.
— Madame Mérour ? Votre mari est là ?
— Mon mari ? Bien sûr qu'il est là. Où voulez-vous qu'il soit ?
— Nous voulons le voir.
Papa descendit en pyjama, les cheveux en bataille. D'un ton jovial, il dit aux policiers :
— Bonjour, messieurs ! Un problème ?
— Habillez-vous et suivez-nous.

— Vous suivre ? Diable ! J'ai assassiné quelqu'un ?
— Qu'est-ce que ça signifie ? demanda maman.
— Vous verrez bien, dit le commissaire.
Maman m'aperçut, à moitié dissimulée derrière les barreaux de la cage d'escalier.
— Mélodie, retourne dans ta chambre ! Non, occupe-toi plutôt de ton frère. Qu'il reste au lit. Pas la peine qu'il assiste à ce genre de scène, d'accord ?
— Drôle de réveil en fanfare, hein, ma Mélodie ? plaisanta papa. Ne te bile pas, c'est sûrement une erreur.
— Erreur ou pas, dit maman, on n'embarque pas les gens comme ça.
— Gardons notre calme, Constance, dit papa. Je vais suivre ces messieurs et nous allons régler ce malentendu.
Il remonta s'habiller. Maman ouvrit l'annuaire des Pages jaunes et empoigna le téléphone.
— Je peux savoir qui vous voulez appeler ? bougonna le commissaire.
— Un avocat ! J'appelle un avocat, cher monsieur !
Le commissaire débrancha le téléphone.
— Inutile. D'une part, les avocats dorment à cette heure-ci, madame. D'autre part, vous n'avez pas le droit.
— Comment ça, je n'ai pas le droit ? Je n'ai pas le droit de téléphoner de chez moi ?
En tremblant comme une feuille, elle voulut remettre la prise en place. L'inspecteur lui tordit le bras dans le dos. Je me mordis les lèvres pour ne pas crier. Maman hurla :
— Mais vous allez me lâcher, espèce de brute ! Vous vous croyez où ? Dans une série télévisée ?
Il la lâcha, ses nerfs craquèrent, elle éclata en sanglots. Petit Louis s'était levé et me poussait pour essayer de voir entre les barreaux. Les flics nous regardaient comme des

bêtes curieuses, avec un air à la fois embêté et dégoûté. Maman essuya ses larmes et retrouva en partie son calme.

— Quand est-ce qu'on saura ce que vous reprochez à mon mari ?

— Plus tard.

— Vous l'emmenez où ?

— Au commissariat.

— J'y serai dans une heure et n'en bougerai pas tant que vous ne l'aurez pas relâché.

— Vous risqueriez de prendre racine, ricana l'inspecteur.

— Pardon ? Vous pouvez répéter ça ? C'est quoi, ce sous-entendu ? Qu'est-ce que ça veut dire ?

— Rien, ça ne veut rien dire, dit le commissaire. L'inspecteur a eu tort et s'excuse.

— Je n'en ai rien à cirer de vos excuses ! Ce que je veux, ce sont des explications !

— Nous en savons à peine plus que vous, madame. Nous allons interroger votre mari, un point c'est tout.

— L'interroger à quel sujet ?

— Dans le cadre d'une enquête en cours.

— Quelle enquête ?

— Madame, je vous en prie...

Là-dessus, papa redescendit. Il avait enfilé sa chouette chemise bleu délavé, son jean en toile bleu marine et son veston d'été. Il était d'humeur badine.

— Dois-je prendre une valise et quelques affaires de toilette ?

Le commissaire haussa les épaules et dit :

— On y va.

Papa embrassa maman sur la joue, elle se serra un court instant contre lui, il m'adressa un signe de la main, et comme petit Louis avait réussi à se faufiler sous mon bras, c'est à nous deux, ses enfants qu'il n'était pas près de revoir, qu'il lança gaiement :

— A tout à l'heure, les chouchous !

Maman resta prostrée un bon moment. Petit Louis n'arrêtait pas de répéter tout haut la question que je me posais tout bas :

— Qu'est-ce qu'il a fait, papa ? Pourquoi la police l'a arrêté ? Hein, maman, pourquoi ? Réponds, maman !

Maman ne répondait pas. Maman secouait la tête, incrédule. Une idée me traversa l'esprit.

— Peut-être qu'on a volé sa voiture et qu'on a commis un hold-up avec...

Petit Louis courut regarder par la fenêtre. Non, le break Mondeo était toujours là, dans l'allée de la maison. Maman se redressa d'un coup, sourit et tapa dans ses mains.

— Haut les cœurs, les enfants ! Ce n'est sûrement pas grand-chose. Papa sera de retour avant midi. N'empêche que sa journée de travail est fichue...

Il était hors de question qu'on se recouche. Maman nous dit de faire notre toilette, de nous habiller et de prendre notre petit déjeuner tranquillement. J'avais cours à huit heures, mais à l'école de petit Louis la classe ne commençait qu'à neuf heures moins le quart. Maman se mordilla l'ongle du pouce et ces petites peaux qu'elle s'arrache quand elle est énervée.

— Bon, faut qu'on s'organise... Mélodie, tu vas emmener ton frère à la garderie. Pour une fois, il n'en mourra pas. Ils ouvrent à sept heures et demie, tu auras tout le temps de te rendre ensuite au collège. Moi, je vais commencer à passer des coups de fil pour annuler les rendez-vous de papa, et après j'irai ouvrir le cabinet et recevoir les patients que je n'aurai pas pu toucher. On fait comme ça ? Allez, tout le monde sourit ! *Cheese* !

Petit Louis et moi on répéta plusieurs fois *cheese*, mais le mot à faire sourire ne nous arracha qu'une misérable grimace. Maman prit le carnet de rendez-vous et le répertoire d'adresses dans la serviette de papa, mais c'est l'annuaire des Pages jaunes qu'elle ouvrit en premier, à la lettre A, A comme avocat.

— Tu crois que la police dira à un avocat pourquoi papa a été arrêté ?

— J'espère bien ! Sinon, j'appelle le maire, ou le député, ou le président de la République, tant que j'y suis !

Elle feuilleta le carnet de rendez-vous.

— C'était la plus grosse journée de la semaine, en plus !

Au temps du bonheur, papa était masseur-kinésithérapeute et maman lui servait d'assistante. Au début de leur mariage, elle avait continué de travailler comme infirmière dans un hôpital psychiatrique, jusqu'à ce que la clientèle de papa devienne importante et qu'il installe son cabinet au niveau zéro de la Grande Pyramide, un immeuble de vingt étages planté au milieu d'autres tours moins hautes mais toutes en forme de temple aztèque, d'où le nom de la ZUP : les Pyramides.

Papa et maman avaient acheté deux appartements en rez-de-chaussée, qu'ils avaient réunis et aménagés en cabinet, avec salle d'attente, bureau, deux salles de soins, ainsi qu'une « piscine », une espèce de grand bac comme certaines personnes en ont dans leur jardin, où donner des soins de balnéothérapie.

Papa avait vu un avantage à son installation dans cet endroit : quelque quinze mille personnes regroupées dans un périmètre restreint, et donc tout plein de patients à portée de la main.

« C'est bien le cas de le dire, à portée de la main, rigolait souvent papa. Je suis un travailleur manuel ! »

Maman aurait préféré qu'il s'installe dans la vieille ville, à cause de la mauvaise réputation de la ZUP des Pyramides. D'ailleurs, deux cambriolages successifs lui donnèrent vite raison. Il fallut blinder la porte et les volets du cabinet. Mais bon, ils s'y étaient acclimatés, d'autant qu'ils ne faisaient qu'y travailler, tandis que nous continuions d'habiter dans notre quartier tranquille, où il n'y avait que des villas avec de grands jardins et des écoles chics alentour.

A la Grande Pyramide, papa et maman étaient parfois témoins de drôles de choses. Bien sûr, la plupart de la clientèle était constituée de patients normaux : personnes âgées ankylosées, gens qui s'étaient cassé une jambe ou un bras, ouvriers et ouvrières des usines proches qui avaient mal partout, aux épaules, aux poignets, aux genoux et surtout au dos. Mais il n'était pas rare qu'une mère ou un père leur amène un gosse qui, disaient-ils, était tombé, ou s'était cogné, ou s'était tordu le bras, et demandaient à papa de l'examiner, plutôt que d'aller chez le médecin.

J'entendais papa et maman en parler, le soir, à mots couverts. Ils supputaient que le gosse en question avait été battu et s'interrogeaient : devaient-ils oui ou non signaler l'affaire à la DDASS ? Ils le firent, plusieurs fois, et chaque fois après la porte du cabinet fut taguée et les pneus de la voiture crevés. Pendant quelques semaines maman m'interdisait de venir les voir au cabinet, et puis ça se tassait, on oubliait, la vie reprenait son cours.

Ce jour-là ce fut pareil, la vie continua. Le train-train – toilette, petit déjeuner, départ pour l'école – apaisa notre inquiétude. En répétant les gestes de tous les jours, il nous parut évident que la police allait relâcher papa.

— D'ailleurs, il est peut-être déjà en route pour la maison, dit maman.

Puis elle nous fit la leçon :

— Pas la peine de parler de ça à vos copains et copines, d'accord ?

— Tu penses bien.

— D'accord, petit Louis ?

— Oui, m'man ! claironna-t-il.

— Bon, ne vous inquiétez pas, les enfants. Ce soir on fera la fête avec papa.

— Tu nous feras des frites ? demanda petit Louis.

Il ne perdait pas le nord, l'animal ! Sans nous coller au régime mannequin, maman donnait dans la diététique, version viande et poisson grillés, et légumes variés cuits à la vapeur. Chez nous, la friteuse n'était pas souvent de sortie.

— Une montagne de frites ! répondit maman.

— Ouais ! exulta petit Louis et, finalement, il partit content à l'école.

Néanmoins, devant le portail de l'école, il me redemanda si je savais pourquoi les flics avaient arrêté papa.

— Il n'a pas été arrêté, la police l'a emmené au commissariat pour lui poser des questions.

— Ils auraient pu les lui poser à la maison.

— Au commissariat, c'est plus facile. Ils ont leurs machines à écrire.

— T'es sûre que tu sais rien ?

— Je te jure que je ne sais rien. Peut-être qu'il a été témoin de quelque chose et qu'il ne nous a rien dit.

— Témoin de quoi ?
— D'un accident, par exemple.
— D'un accident de quoi ?
— De voiture.
— Pourquoi il nous aurait rien dit ?
— Parce que ça n'avait aucune importance.
— Si c'est pas important, pourquoi on l'a arrêté ?

Têtu comme un fox-terrier, petit Louis insistait. Je fus sauvée de cet interrogatoire à n'en plus finir par la sonnerie de l'école. Petit Louis fonça rejoindre ses copains et moi je pris le chemin du collège. Le point d'interrogation qui suit toujours le mot « pourquoi » me vrilla la cervelle pendant tout le trajet jusqu'à Sainte-Brigitte.

Les garçons de la troisième A, ma classe, complotaient dans leur coin en roulant des mécaniques et en ricanant bêtement. Je crus qu'ils se fichaient de moi. Mais non. Ils reluquaient les filles, comme d'habitude, lourdingues en groupe mais muets comme des carpes et gentils comme des peluches quand vous êtes seule avec l'un d'eux.

C'est bizarre. En sixième les filles et les garçons jouent ensemble, en cinquième les deux groupes se chamaillent, en quatrième ils se séparent comme s'ils avaient la trouille du sexe opposé, et en troisième les choses s'arrangent, à en croire les couples qui se bécotent derrière les platanes, au fond de la cour. Enfin bref, si je crus que les garçons étaient au courant pour mon père, c'était à tort. Ils devaient encore comparer nos poitrines et baver sur celle de Joanna, ma meilleure copine, dont les seins se rapprochaient du melon tandis que les miens étaient plutôt du genre rose à peine éclose. Il faut dire qu'il y avait presque un an de différence entre nous.

Joanna me fit la bise et me dit que j'étais toute pâle.

— J'ai mal dormi. J'ai fait un cauchemar.
— On peut savoir ?
Je résistai à l'envie folle de tout lui raconter. D'abord, Joanna adore rapporter les potins. Ensuite, elle monte en pression plus vite qu'une Cocotte-Minute et on peut toujours lui courir après pour éteindre le gaz, elle continue de faire gicler de la vapeur. Enfin, comme elle était déléguée de classe, tendance fouteuse de merde, je l'imaginai décrétant la grève et organisant une marche de protestation sur le commissariat, le meilleur moyen d'informer tout le collège que papa avait des ennuis.

En fait, je lui racontai presque tout, sans rien raconter vraiment.

— J'ai rêvé que mon père avait commis un crime et que les flics étaient venus l'arrêter en pleine nuit.
— Pas possible ! T'as dû entendre les sirènes dans ton sommeil... Mon dad était de nuit... Paraît qu'à six heures du matin, quand il est rentré, ça grouillait de flics du côté de la Grande Pyramide.
— De la Grande Pyramide, t'es sûre ?
— Ben ouais, là où ton père a son cabinet. Peut-être que c'était un rêve prémonitoire.
— T'es conne ou quoi ? Parle pas de malheur !
— Si on peut plus rigoler, alors...

Joanna venait de temps en temps passer le week-end à la maison. Ça la changeait de son immeuble décrépi, du hall tagué, de l'ascenseur toujours en panne et des bandes de loubards scotchés dans l'entrée. Joanna était une fille des Pyramides flanquée d'une ribambelle de frères et sœurs et de demi-frères et de demi-sœurs. Afin que de bonnes fréquentations compensent les mauvaises, sa mère et son beau-père l'avaient inscrite à Sainte-Brigitte. Mais le collège privé ne pouvait empêcher que les Pyramides lui déteignent dessus. Joanna avait pour moi le goût du fruit défendu.

Sur les choses qu'on n'apprend pas à l'école elle avait plusieurs années d'avance sur moi. Peut-être ne faisait-elle pas avec les garçons tout ce qu'elle disait, mais en tout cas, elle savait que ces choses-là se font, et précisément comment. Pourtant, à la maison, en présence de mes parents – nos conversations secrètes avaient lieu au lit, bien sûr –, elle jouait à la perfection son rôle de petite fille modèle. Cela, j'en prendrais conscience plus tard. Le jour de l'arrestation de papa, j'étais encore crédule, je croyais en l'amitié de Joanna.

Le gag, c'est qu'il a fallu que ce soit moi, la fille sage, qu'on balance avec les cochons dans leur soue et qu'on badigeonne dehors et encore plus dedans d'une saleté innommable. J'aurai beau rester plongée dans une baignoire toute ma vie avec des kilos de sels parfumés que jamais je n'arriverai à me débarrasser de cette crasse qui me colle à la peau et au cœur. Cela, j'étais loin de l'envisager, le matin où papa a été arrêté, sinon je me serais jetée sous les roues du premier bus venu, sur le chemin de la Grande Pyramide, à midi.

Alors qu'on se dirigeait vers la cantine, je fus prise du fol espoir que papa serait au travail. Il fallait que j'aille aux Pyramides. Il fallait que je sache. Si papa n'était pas à son cabinet, maman y serait et aurait des nouvelles de lui. Je fis semblant de me rappeler un rendez-vous chez le dentiste.

— Tu ne viens pas bouffer ? s'étonna Joanna.
— J'achèterai un sandwich.

Il y avait plusieurs voitures de police au pied de la Grande Pyramide. La voiture de maman y était aussi. J'allais entrer quand un flic apparut à la fenêtre du bureau de papa pour balancer un mégot. Je fis demi-tour et marchai droit devant moi. J'avais l'impression de peser des tonnes et d'errer à l'aventure. Déboussolée ? Pas tout à fait : ma boussole me conduisit dans un autre endroit qui m'obsédait. Au commissariat.

Le planton leva le nez de son bureau.
— Oui ? C'est pour quoi ?
— Je voudrais voir mon père.
— Ton père ? Il est gardien de la paix ou officier de police ?
— Non, il est...

Qu'est-ce que je pouvais dire ? Il est masseur-kinésithérapeute ?
— Il est ici.

Le planton fronça les sourcils.
— Comment ça, ici ? A quel titre ?
— Vous l'avez arrêté.
— Comment tu t'appelles ?
— Mélodie Mérour.
— Ah ! Mérour, hein ?

Il se frotta le menton, l'air embêté.
— Je ne sais pas très bien où ils en sont, mais pour l'instant personne ne peut voir ton père. Je pense que tu auras des nouvelles demain. Tu n'as pas école aujourd'hui ?
— Si.
— Tu es dans quel collège ?
— Sainte-Brigitte.
— Tu ferais mieux d'y retourner. D'accord ?

Dehors, je restai un bon moment à regarder l'immeuble en pierre de taille et ses fenêtres barreaudées. Dans quelle pièce était papa ? Que lui faisait-on ? Est-ce qu'on lui balançait des claques, comme dans les films, pour le faire avouer ? Mais avouer quoi ? Le point d'interrogation me vrilla de nouveau le crâne. Oh, papa, pourquoi ? pourquoi ? pourquoi ? Il était deux heures et demie, j'avais raté la reprise des cours. Que faire ? Marcher, m'acheter un magazine, boire un Coca à une terrasse en attendant l'heure d'aller chercher petit Louis à l'école ? Je n'avais envie ni de retourner au collège, ni de rester seule. Une pensée dérisoire résolut mon dilemme : mes affaires étaient restées au collège, j'en aurais besoin demain samedi, j'aurais des devoirs à faire pendant le week-end...

Dans le couloir de l'administration, je mâchonnai deux Kleenex que je coinçai d'un côté pour me fabriquer une chique, dis au CPE que je revenais de chez le dentiste, il me demanda si ça allait ; autrement, si ça me faisait trop mal, je pouvais rentrer à la maison, je dis non non ça va, et il me signa un billet de retard excusé pour le prof.

Joanna et moi on n'était pas dans la même classe. A trois heures et demie, pendant la récré, elle s'exclama :

— La vache ! La chique ! T'as été drôlement charcutée, dis donc !

Ça m'aurait fait du bien de cracher mes Kleenex et de tout lui déballer mais la honte que j'éprouvais était bien supérieure à mon désir de me confier.

On avait prévu d'aller à la patinoire le samedi après-midi. En la quittant, à cinq heures, je lui dis que je n'étais plus sûre du tout d'y aller.

— A cause de ta chique ? Demain elle sera raplapla.

— J'espère. Mais bon... Je te téléphone vers midi, d'accord ?

— OK. A plusse, ma vieille !

Une fois hors de vue de Joanna, je me débarrassai de ma chique et passai prendre petit Louis à la garderie.

Evidemment, il me demanda si papa avait été relâché par les keufs.

— Par la police, lui ai-je dit. Si maman t'entendait, elle ne serait pas contente.

— Il a été relâché, oui ou non ?

— Ce soir, ai-je menti.

Je le branchai sur ses amours avec sa Clémentine, selon les jours sa fiancée bien-aimée ou sa pire ennemie, et tandis qu'il me racontait comment elle l'avait honteusement trahi en écrivant un mot d'amour à un certain Fabrice, je me projetai le lendemain. Si papa rentrait, il aurait besoin de nous tous autour de lui. Si on ne le relâchait pas, ce serait maman qui aurait besoin de moi. N'importe comment, je n'aurais aucune envie de m'amuser. Je n'irais donc pas à la patinoire.

Pourtant, j'allais glisser, nous allions tous glisser au fond d'un puits insondable et glacé duquel on ressort – si on en ressort ! – avec des bleus indélébiles à l'âme.

C'était un puits creusé dans la banquise, et la banquise ça vous broie les os quand elle se brise.

Les voitures de police étaient revenues devant la maison.

— Ouais ! T'avais raison ! cria petit Louis. Ils ont ramené papa !

2

Ces messieurs de la police portaient tous des gants en plastique fin. Craignaient-ils de se salir les mains en vidant nos tiroirs ? Leurs sales pattes rose pâle se baladaient comme de gros asticots sur nos affaires, vaisselle, cassettes vidéo, CD, bouquins, vêtements, y compris mes petites culottes, qu'il faudrait relaver, songeai-je, tellement ça me semblait répugnant.

On aurait dit une armée de cambrioleurs. Le plus angoissant, c'était qu'ils travaillaient en silence, comme des ouvriers consciencieux, vidant, examinant, triant, mettant certaines choses de côté. Maman les apostrophait, ils ne répondaient pas. Elle était assise sur la banquette du salon, les coudes aux genoux, la tête entre les mains, les cheveux ébouriffés et les yeux rouges. Le commissaire était assis en face d'elle. Il ne fouillait pas, il la surveillait, prêt à lui sauter dessus si elle se levait toutes griffes dehors. Les inspecteurs alignaient leurs trouvailles sur la table du salon. Juste comme on entrait, petit Louis et moi, ils posaient devant maman un body en dentelle noire et le porte-jarretelles assorti. Elle leur lança :

— Et allons donc ! Vous ne seriez pas un peu

fétichistes sur les bords, des fois ? Vous voulez me voir en lingerie fine ?

— Maman, pourquoi ils fouillent partout ? s'inquiéta petit Louis.

— On appelle ça une perquisition. Une sorte de grand ménage. Une tornade blanche, je dirais. Pardon, une tornade noire, plutôt. Couleur désordre, les enfants. Mélodie, tu veux bien préparer le goûter de ton frère ?

— J'ai goûté à la garderie.

— C'est vrai, j'avais oublié. Quelle heure est-il ?

— Six heures et demie, répondit le commissaire.

— Je vous ai sonné, vous ? se piqua maman. On s'occupera du repas quand ces messieurs auront fini de faire les poussières.

Je dis que je n'avais pas faim et petit Louis dit que lui non plus.

— On ira à la pizzeria, murmura maman sur un ton tragique, comme elle aurait annoncé une catastrophe.

— Qu'est-ce qu'ils cherchent, maman ?

— Des indices... Des preuves... Des indices et des preuves de quoi, vous pouvez me le dire ? hurla-t-elle au commissaire.

— Madame, je vous en prie...

Elle s'affaissa de nouveau, presque pliée en deux, en secouant la tête. On s'assit à côté d'elle et on regarda les zombis gantés aller et venir de la cave au grenier en nous jetant des coups d'œil en coin.

C'était exactement comme dans un cauchemar où l'on veut courir pour échapper à un danger et que vos jambes refusent de bouger. Petit Louis était sur le point de pleurer. Qu'est-ce qui pouvait bien se passer dans sa tête de gosse ? Peut-être se disait-il comme moi que tout ça était une mauvaise plaisanterie, qu'il y avait des caméras cachées et qu'on était filmés pour une de ces émissions de télé débiles où le public rigole des réactions des gens piégés.

Les flics continuaient de déposer leurs trouvailles sur la table du salon. Commencée à partir du body et du porte-jarretelles en dentelle noire, leur collection s'enrichit de différents objets qui finirent par me donner une vague idée de ce qu'ils cherchaient.

Le vieil ordinateur de papa, un Mac complètement dépassé, je ne voyais absolument pas ce qu'ils allaient en tirer. Il me servait à taper mes explications de texte et petit Louis s'amusait avec les jeux, d'après lui des antiquités, installés sur le disque dur à l'origine.

Dans les albums de photos de famille – Noëls, anniversaires, vacances et balades diverses –, qu'est-ce qu'ils escomptaient dénicher ?

Nos cassettes vidéo, dont trois de dessins animés de Tex Avery, plus les films d'art et d'essai de papa, ils allaient les visionner ?

Sur une des cassettes ils avaient collé un Post-it. Cette cassette, depuis environ trois mois, je savais ce qu'il y avait dessus. C'est Joanna qui l'avait découverte, un soir de semaine qu'elle était venue dormir à la maison pendant une grève des profs de collège. Papa et maman et petit Louis s'étaient couchés à une heure normale et nous, comme on n'avait pas classe le lendemain, on avait eu la permission de minuit. Il n'y avait rien de bien à la télé. Joanna était allée jeter un coup d'œil sur l'étagère à cassettes à côté de la télé.

« Y a rien de plus fun dans la collec' de ton père ? Je suis sûre qu'il y a des films de cul planqués quelque part.

— Ah ? Parce qu'il y en a chez toi ?

— Chez moi ? Un vrai sex-shop ! Faut bien que les

vieux s'excitent. Après vingt ans de mariage, les feux de l'amour se refroidissent, comme dit ma mère. Faut souffler sur les braises. Tes parents, c'est pareil.

— Ça m'étonnerait !

— T'es vraiment pure et innocente, ma Mélodie... C'est pas en jouant aux dominos que tes parents t'ont fabriquée.

— Tu me prends pour une idiote ?

— Non, mais t'as beaucoup de choses à apprendre. Va falloir que je m'occupe de ton éducation.

— Je n'ai pas besoin de cours particuliers. »

Elle commençait à m'énerver.

« Hum ! Hum ! Ah ! Voilà ! Une cassette planquée derrière les autres, rien d'écrit dessus, tu paries quoi que c'est un bon porno des familles ? »

Si j'avais parié j'aurais perdu. La seule différence par rapport aux revues que les garçons nous forçaient à regarder, c'était que les images bougeaient.

Non, il y avait d'autres différences. En costume Belle Epoque, les filles étaient belles, le film gai et l'histoire rigolote. Deux vieilles dames, anciennes femmes de chambre d'un châtelain, se mettent à écrire leurs mémoires érotiques et envoient le manuscrit à un éditeur sous le nom du châtelain, devenu avec l'âge une vieille barbe moraliste et pudibonde, d'où une série de quiproquos.

« La vache, il date pas d'hier, ce film, dit Joanna. T'as vu, les filles sont pas rasées... Ce qui m'étonne, c'est qu'il y en ait qu'un. Faut croire que tes parents s'en contentent. Remarque, il est pas mal. Pas mal du tout. »

Voyant mon trouble, Joanna se moqua de moi.

« Hé ben, ma puce ! T'es toute rouge ! C'est parce que t'imagines papa et maman en pleine action ? Encore

heureux qu'ils le fassent, ça prouve qu'ils s'aiment. Et me dis pas que t'as rien vu des préliminaires... Le samedi soir, une bouteille de champagne au frigo. Papa a l'air tout jouasse, maman s'est habillée sexy. Ils ont l'air pressés que la marmaille aille se pieuter. De ta chambrette, t'entends le magnétoscope démarrer, le bouchon de champagne qui saute, des bruits de verre et des soupirs... Tu descends voir...
— Non !
— Quoi ? T'es jamais descendue en douce assister en *live* à la partie de jambes en l'air ?
— T'es pas folle ? Sûrement pas !
— T'as tort, c'est mieux qu'à la télé. N'empêche, j'ai bien raconté ? C'est bien comme ça que ça se passe, hein ? »

Je lui en avais voulu, je lui en veux encore et je lui en voudrai toujours de m'avoir poussée à la confidence. Je lui avais parlé du body et du porte-jarretelles, et de la robe fendue que maman mettait souvent le samedi soir.

« Hé ben, elle avait pas raison, la petite Joanna ? »

Aujourd'hui que je la déteste, je peux dire que je m'en veux de l'avoir laissée regarder dans notre intimité par le trou de la serrure. Comme la police, le jour de l'arrestation de papa.

Les objets saisis s'accumulaient sur la table du salon. A chaque fois que les inspecteurs en déposaient un nouveau, maman soupirait et secouait la tête d'un air exaspéré.

Un flic apporta un tas de grands livres, du genre qu'on appelle beaux livres. Le commissaire les feuilleta. C'étaient principalement des photographies de filles nues, signées d'artistes réputés.

— Votre mari aime la photo ?

— A quoi rime cette question ? Vous le savez parfaitement. Un de vos sbires est en train de fouiner au sous-sol.

Comme pour corroborer la réponse acerbe de maman, un flic posa sur la table tous les classeurs à négatifs de papa. Il avait installé un labo dans la cave et nous invitait souvent, petit Louis et moi, à participer au développement et au tirage des photos de vacances. Quand on était gosses, il nous photographiait nus, et il avait même réalisé une série où on était tous nus, maman, petit Louis et moi.

Le commissaire examina des négatifs par transparence et je me dis que c'étaient les pellicules de ces photos-là. Maman aussi, sûrement.

— Qu'allez-vous en conclure, de ces négatifs ?

— Pour l'instant, que votre mari a le sens de la lumière et des cadrages.

— Contentez-vous de cela, dit maman, ne cherchez pas midi à quatorze heures.

— Les conclusions sont du ressort du juge d'instruction, madame.

Les inspecteurs annoncèrent qu'ils avaient terminé. Ils rangèrent les objets saisis dans des caisses en plastique. Le commissaire partit le dernier. Maman l'attrapa par la manche.

— Allez-vous me dire maintenant ce que tout cela signifie ?

— N'insistez pas.

— Vous voulez donc me rendre dingue ? Et les gosses ? Vous avez pensé aux gosses ?

— Je ne pense qu'à eux. Aux vôtres et à tous les gosses concernés par cette affaire.

Là-dessus, il claqua la porte et j'allai à la fenêtre regarder les voitures partir. Je ne fus pas la seule. Partout dans le lotissement des rideaux bougeaient. Des voisins, sortis faire semblant de tailler une haie ou de balayer leur allée, lançaient vers notre maison des regards rien moins que discrets. Le surlendemain, pour les abonnés au supplément du dimanche, et le lundi matin pour les autres, c'est en ouvrant des yeux grands comme des couvercles de poubelles qu'ils découvriraient la bombe déposée à l'aube dans leur boîte à lettres par le porteur de journaux. En première page d'*Ouest-République*, s'étalerait l'abominable réponse aux questions qu'on se posait à propos de l'arrestation de papa...

3

Le vendredi soir, après avoir tant bien que mal rangé nos affaires, nous allâmes à la pizzeria San Felice, qui se trouve du côté des vieux quartiers, à cinq minutes à pied de chez nous. Suggestion mentale ou réalité ? La patronne me parut moins enjouée que d'ordinaire. Avait-elle déjà appris que papa était en garde à vue ? Comment savoir ? Les rumeurs ordinaires voyagent à la vitesse du son, et les moins fondées à celle de la lumière… Toujours est-il que ça me fit tout drôle qu'on dîne au restaurant seuls avec maman. Sans doute était-ce déjà arrivé quand j'étais bébé, bien avant que les souvenirs se gravent dans la mémoire, mais je ne me rappelai pas, ce soir-là, qu'on fût allés une seule fois au restaurant sans papa.

Il y a des pères qui voyagent beaucoup pour leur travail et leur absence fait partie de la routine familiale. A la maison, ce n'était pas le cas. Même quand il devait assister à un congrès de masseurs-kinésithérapeutes, papa s'arrangeait toujours pour revenir le week-end. C'était à croire que nos parents s'aimaient toujours comme aux premiers temps et que la moindre séparation leur était un véritable arrachement, presque aussi intolérable qu'un départ pour la guerre, sac au dos et fusil à la bretelle.

Maman ne supportait pas que son amoureux s'absente. Je souris à l'idée de la phrase suivante : il y a tellement de tendresse dedans, et j'ai tellement besoin de ressusciter les moments de tendresse... Il fallait voir comment maman l'embrassait, l'homme de sa vie, quand il partait à Paris ou ailleurs pour deux ou trois jours, et il fallait voir sa petite mine une fois qu'il était parti, et il fallait voir encore comment elle pétillait de gaieté à mesure que l'heure d'aller le chercher à la gare approchait. J'avais l'impression que des milliers de fleurs multicolores s'épanouissaient dans la maison et se mettaient à tintinnabuler de leurs clochettes comme dans un dessin animé. Oui, c'était comme ça avant, avant qu'une salope de bonne femme ne nous découpe en morceaux et nous plonge à macérer dans la chaux vive du désespoir. A la fin de notre histoire, je crains qu'il n'y ait point de saint Nicolas pour nous ressusciter du saloir.

A la pizzeria San Felice, une boule me noua l'estomac quand me vint cette pensée saugrenue : maman était veuve et nous étions orphelins. L'éventualité que nous ne reverrions plus papa avait l'inconsistance des intuitions, et pourtant elle pesait comme une terrible certitude. Je n'avais déjà pas très faim, ça me coupa l'appétit. Je pris une simple portion de pennes au beurre et maman une salade composée.

Petit Louis n'avait pas prononcé dix mots depuis le départ de la police. Ce n'était pas bon signe. Le plus perturbé est souvent celui qui n'en a pas l'air. Il aurait mieux valu qu'il continuât de répéter ses « pourquoi ? » plutôt que de ressasser dans sa tête je ne sais quelles idées noires qu'à son âge on est incapable de trier et d'évacuer. Les grandes douleurs sont muettes, dit-on. Sûr que si elles n'étaient pas muettes elles seraient moins grandes. Ça fait du bien de crier, quand on a mal.

C'est ce que je suis en train de faire, finalement, en écrivant : pousser un grand cri. Je crie mon silence, en silence, si l'on excepte le son mat des touches de mon clavier d'ordinateur et le bruit du ressac qui entre par ma fenêtre entrebâillée.

Quand petit Louis finit par ouvrir la bouche, ce fut pour avaler une pizza aux quatre fromages taille XXL et un banana split, ce que maman lui refusait d'habitude. Là, il aurait commandé un café liégeois dans la foulée qu'elle aurait dit amen. Bien qu'elle fût assise en face de nous, elle n'était pas avec nous. Les yeux humides, elle se baladait quelque part là-haut, dans les nuages noirs, ou bien errait sous terre, dans un tunnel rempli de fumée âcre. Si j'avais été certaine que ça la fasse revenir sur terre, je lui aurais bien parlé de ce que m'avait dit Joanna au collège – l'agitation policière, à l'aube, dans le quartier des Pyramides. Mais peut-être rêvait-elle et n'avait-elle aucune envie de revenir sur terre. D'autre part, Joanna n'était pas un bon sujet de conversation. A chaque fois que je l'évoquais, maman me renvoyait à mes chères études de l'amitié. « Pardonne-moi, je sais que c'est ton amie, mais cette Joanna ne me plaît pas beaucoup. Evite de me parler d'elle. »

En se couchant, petit Louis n'était pas dans son assiette. Vers une heure du matin, ce fut le branle-bas de combat. Il avait vomi son dîner pantagruélique dans son lit, sans même se réveiller.

— Hé ben ! Ça nous manquait ! dit maman.

Il fallut changer toute la literie et laver petit Louis des pieds à la tête sous la douche. Il sanglotait et grelottait. Maman lui fit une infusion à la menthe et nous deux on but un thé vert, devant la télé allumée sans le son. Maman prit un somnifère. A peine installée dans sa position favorite sur la banquette, à moitié allongée, calée par un tas de coussins, elle s'endormit. Je la couvris d'un plaid et montai me coucher.

Le samedi, il était presque midi quand je me réveillai. Petit Louis avait retrouvé la forme : il jouait dans sa chambre avec sa collection de voitures miniatures. Maman était habillée chic, fraîche comme une rose, un rien altière à cause de son chignon compliqué qui prolonge l'arrière de sa tête comme les ailes repliées d'un casque de guerrier de l'Antiquité.

— C'est pour affronter l'adversité ! proclama-t-elle.

Du coup, moi aussi je voulus conjurer cette adversité qu'on répugnait à nommer. Douche, shampoing, ongles des pieds, ongles des mains, une touche de fond de teint et un soupçon d'ombre sur les cils, corsage clair et jean noir, espadrilles en cuir blanc : en tenue de combat, j'étais prête à lutter contre les forces du mal.

Belles comme des déesses, on partit comme d'habitude faire les courses du samedi tandis que petit Louis restait garder la maison.

Comme d'habitude ? Non, pas tout à fait.

Maman sortit la Twingo du garage alors que le samedi, pour les courses, elle prenait le break Ford, dont le coffre est immense. On évita de regarder la Mondeo. C'était bizarre, elle avait changé de sens, de *signification*, si on peut dire : comme abandonnée devant la maison, elle témoignait de l'absence de papa et non plus de sa présence.

Au lieu de tourner à droite dans l'échangeur du périphérique et de filer vers l'Intermarché des Pyramides où on allait tout le temps, maman poursuivit sa route, direction le boulevard Nord et l'hyper Carrefour. A l'intérieur du magasin, privées de nos repères, on se perdit un peu. Enfin, pour en terminer avec ce changement d'habitudes, papa n'avait pas pu nous confier sa liste. Entre maman et moi, cette liste était un sujet de saine distraction. En dépit de solides réserves, papa avait toujours peur de manquer de ses mueslis favoris, de ses fromages blancs bien-aimés, de ses raisins secs adorés et de ses noix qu'il croquait en finissant son thé au petit déjeuner.

Façon de croiser les doigts ou de toucher du bois, je fis comme s'il nous avait donné sa liste et mis toutes ses provisions habituelles dans le chariot. Maman lui acheta de la mousse à raser et un paquet de rasoirs jetables.

— Au cas où...

Eh oui, au cas où. On se comprenait à demi-mot. Papa était présent entre nous comme une montagne de tristesse partagée, comme un iceberg, plutôt, avec juste quelques sentiments qui affleurent et se montrent à peine, et dessous un immense bloc de désarroi prêt à déchirer la coque du bateau familial.

Petit Louis courut au-devant de nous dans l'allée. J'eus l'illusion que le break avait été déplacé, et que mon frère courait à en perdre le souffle et la voix pour nous annoncer que papa était de retour.

— Y a des gens qui ont téléphoné ! bafouilla-t-il.

— Des gens ? Qui ça ? Qu'est-ce qu'ils ont dit ?

— Plein de saloperies !

— Petit Louis, je t'en prie !

— Des gros mots, je te dis !

— Eh bien, ça n'a pas traîné, chuchota maman.

— Une dame aussi a appelé. Une qui s'appelle maître.

— Maître Stagnol ?

— Ouais, je crois. Faut que tu la rappelles.
— A son cabinet ou chez elle ? Tu as noté le numéro ?
— Ben ouais, chuis pas idiot !

Maman fonça vers la maison, arracha la feuille du bloc où petit Louis avait écrit le numéro, décrocha le sans-fil et, comme je la suivais, me dit en montant l'escalier :

— Je t'en prie, Mélodie, je préfère être seule. Tu veux bien ranger les courses ? Demande à ton frère de t'aider.

Tout en rangeant nos emplettes dans le frigo, le buffet et les placards, j'essayai de saisir des bribes de phrases. Au début, maman parlait tout bas. Puis elle oublia qu'on était là. Elle s'énervait.

— Comment ça, présenté au juge d'instruction ? A quel titre ? Comment, vous n'en savez rien ? Quarante-huit heures ? Jusqu'à dimanche matin ? Que vous soyez vous-même autorisée à le voir seulement dans la dernière heure de la garde à vue m'importe peu... Moi, j'entrerai par la porte ou par la fenêtre, mais j'entrerai dans ce commissariat ! Bon, d'accord, d'accord, vous avez raison. Oui, lundi matin, à votre cabinet... *Bon dimanche ?* Vous voulez rire ? C'est de l'ironie ou de l'inconscience ? Excusez-moi, je ne sais plus ce que je dis... Au revoir, c'est ça, merci, à lundi.

En bas de l'escalier, maman feignit d'être enchantée.

— Papa va voir le juge. Je suis sûre que ce malentendu va être vite dissipé. Allez, on va se faire une dînette sur la table du jardin...

La dînette tarda un peu. Avant de préparer une salade de tomates à la feta, maman téléphona à France Télécom pour se renseigner sur une seconde ligne en liste rouge. Pas de problème, ils enverraient un technicien lundi.

— En attendant, me dit-elle à part, on ne décroche plus, on reste sur répondeur. Pas la peine que ton frère

entende de nouvelles insanités. J'écouterai les messages et les trierai, OK ? D'ailleurs...
Je lisais dans ses pensées. Comme moi, elle se disait que les heures allaient être interminables d'ici lundi matin, puisqu'on ne pouvait rien faire pour défendre papa, condamnés à attendre et attendre, attendre et se ronger les ongles, attendre et bâtir des scénarios catastrophes, attendre et inventer des happy ends avec larmes de joie et tendres retrouvailles.

— D'ailleurs, poursuivit-elle, il vaut mieux qu'on ne reste pas là à se morfondre, autant qu'on se change les idées. Je vous emmène à Saint-Malo.

Ce n'était pas une proposition ni une injonction, mais le simple énoncé d'une évidence prononcée sur ce même ton apathique des fins de journée infernales au cabinet de papa où elle annonçait : « Bon, ben, les enfants, j'ai bien peur que ce soit régime nouilles au beurre ce soir. Je suis crevée et je ne me sens pas la force de préparer un dîner. » A vrai dire, on ne détestait pas ça. Chacun piochait dans le frigo, on grignotait dans le salon autour de la table basse, et la soirée avait le goût festif d'un pique-nique improvisé.

Maman réserva une chambre à l'hôtel de France et on fit nos valises. Petit Louis s'étonna qu'on se serre dans la Twingo au lieu de prendre le break. Je lui dis :

— Et comment il fera, papa, pour nous rejoindre s'il sort tout à l'heure ?

Maman esquissa un pâle sourire qui valait mille mercis. A ses yeux comme aux miens, la voiture de papa était devenue une sorte de sanctuaire qu'il ne fallait pas toucher ni bouger de peur que ça nous porte malheur.

Deux heures plus tard, on chaussait nos lunettes de soleil à la terrasse de l'hôtel et on commandait des

Perrier-menthe à Bernard, un serveur qui devait déjà travailler là avant ma naissance. Il avait l'œil noir, des épaules et des moustaches en guidon de vélo d'haltérophile des Années folles. Il ne s'en laissait pas conter par les touristes parisiens toujours archipressés, et c'était un petit plaisantin. Il fit mine de chercher papa du regard, sur la terrasse et sur la place.

— Et le masseur de madame ?

— Il masse, répondit maman. Il est de garde ce week-end.

— Alors, prends gââârde à toi ! chantonna Bernard, puis il virevolta vers d'autres tables.

Maman et moi on rit plutôt jaune. « De garde », ça vous forçait à penser à « garde à vue » et à des heures épouvantables pendant lesquelles il faut drôlement prendre garde à soi, surtout quand on ignore ce dont on vous accuse... Quelles questions le juge allait-il poser à papa ? Qu'avait-il à voir avec la descente de police à la Grande Pyramide ?

Les Pyramides, quartier maudit d'une ville maudite. J'ai tiré un trait sur cette ville, comme on déchire la photo de quelqu'un qu'on a aimé, qui nous a trahi et que l'on détestera jusqu'à la fin de sa vie. Cette ville de mon enfance m'a volé mon adolescence, je la déteste.

Il me faut surmonter ma répugnance et dire que c'est une ville moyenne, avec ses vieux quartiers au centre, ses lotissements de maisons individuelles en périphérie et, plantée comme une épine sur une colline, sa zone de tours, en l'occurrence les Pyramides, en forme de palais aztèques, avec balcons supposés dégouliner de géraniums et d'orchidées, et non pas de linge mis à sécher. Il est étrange de remarquer que dans la plupart des villes on érige les tours aux endroits le plus hauts possible, comme s'il fallait qu'on les voie de très loin, comme un calvaire, comme une croix que la société doit porter, comme une épée de Damoclès suspendue au-dessus des hôtels particuliers et des maisons de maître du quartier historique. Pour être honnête, je dois avouer que je n'ai pas trouvé ça toute seule. C'est Joanna qui me le souffla un jour, à sa manière : « La France d'en bas vit en haut et la France d'en haut habite en bas. Marrant, non ? »

La Ville Maudite est située dans le Grand Ouest, à environ deux heures de route de différentes destinations où passer le week-end : Paris, le Cotentin, les plages du Débarquement, la Vendée, Noirmoutier et l'île de Ré, et Saint-Malo, bien entendu, où papa et maman effectuaient de véritables pèlerinages. C'est à Saint-Malo qu'ils se sont connus. Encore étudiant, papa faisait un stage de kiné à la thalasso ; maman accompagnait ses parents, papy et mamie Garrec, en cure d'amaigrissement – je parlerai d'eux plus tard.

On sirota nos Perrier-menthe, à moitié allongés dans les fauteuils en rotin de la terrasse de l'hôtel. Nous ne prenions pas du bon temps, nous faisions comme si l'arrestation de papa n'était qu'une courte parenthèse, très vite refermée, dans notre existence.

Maman avait enfilé une chemise d'été de papa, blanche avec une ancre bleu marine sur la poche de poitrine, encore une manière de conjurer le sort, je suppose. Elle retroussa ses manches et ouvrit son col, limite soutien-gorge, pour prendre le soleil. Des types la reluquaient. Il faut dire qu'on aurait dit une sœur jumelle de Nicole Kidman. Longtemps j'ai espéré devenir aussi belle qu'elle. A présent, je m'en contrefous. Mais je me souviens d'avoir pensé, en remarquant les regards des types, que maman n'aurait que l'embarras du choix si elle devait se remarier, et un instant je fus jalouse de tous ces types, beaux-pères potentiels et forcément détestables.

Puisque Saint-Malo était un lieu de pèlerinage aux origines de notre cercle familial, on pèlerina... La marée était basse et le Grand Bé accessible. On se rendit une fois de plus sur la tombe de Chateaubriand, une modeste pierre surmontée d'une simple croix en granit, face à la mer. Des gogols en short et marcel étaient assis dessus et saucissonnaient. Ils se plaignaient qu'il n'y eût aucun nom gravé sur la tombe. « Comment on peut être sûr que c'est lui qui est enterré là ? » Le pauvre grand homme, lui qui croyait être tranquille sur son rocher... Il ne l'est qu'à marée haute. Il n'avait prévu ni le reflux, ni le tourisme de masse.

On ne changea rien à nos habitudes. Le soir, on alla se taper un plateau de fruits de mer à la brasserie Jacques Cartier. Puisque petit Louis avait été malade dans la nuit, il se contenta de crevettes. Il mangea toutes celles du plateau.

Avant de se coucher, on prit un dernier verre, selon l'expression consacrée, à la terrasse de l'hôtel de France. Il faisait frais, Bernard avait allumé les gros champignons chauffants. Petit Louis but un Vichy-fraise, moi une verveine et maman un whisky.

— Un double Lagavulin, précisa-t-elle à Bernard.

— Un pour vous et un pour monsieur, si je comprends bien ?

— Exactement ! dit maman.

C'était le whisky préféré de papa. On se raccroche à ce qu'on peut. Un double whisky, ça vaut un somnifère, et c'est bien meilleur, maman dixit.

Je nouai les manches de mon pull autour de mon cou, maman croisa les bras en frissonnant, petit Louis se remit à poser des questions. Pas sur l'arrestation de papa, sur Chateaubriand. Qui c'était, et quand il était né, et quand il était mort, et est-ce qu'il avait écrit des BD... Ces quelques minutes, à la nuit tombée, dans la fraîcheur du soir, furent notre ultime moment de semblant de bonheur.

Il aurait dû y en avoir un autre : le petit déjeuner du lendemain matin. A l'hôtel de France, le buffet est génial. Non seulement il y a à peu près tout ce que vous désirez, mais il y a aussi un toaster à votre disposition et un bain-marie avec une minuterie pour se faire des œufs à la coque. D'ordinaire, petit Louis et moi on s'y précipitait.

Ce matin-là, sur une table, à l'entrée de la salle, il y avait quelque chose de bien moins réjouissant ; plusieurs exemplaires de *Ouest-République Dimanche* et, en première page, ce titre à vous retourner l'estomac comme une peau de lapin : « Un réseau de pédophiles démantelé ».

Maman prit un journal, moi un autre...

En tête de liste des gens mis en examen, il y avait le nom de papa.

— Ne pleure pas, ne dis rien, fais comme si de rien n'était, me chuchota maman en vitesse.

Petit Louis se fit son œuf à la coque, maman et moi on eut du mal à avaler trois gorgées de thé.

Vers onze heures, on quittait l'hôtel. La dame de la réception ne put s'empêcher de hausser les sourcils en voyant le nom sur le chèque de maman. A côté du standard, le journal était ouvert à la bonne page...

De la terrasse, Bernard nous adressa un signe de tête avec cet air de compréhension forcée et de voyeurisme

rentré qui me deviendrait terriblement odieux et familier. J'y lirais un mélange de dégoût et de doute, de rejet et de compassion, et au final, tout le temps et quelle que soit la proportion de compassion, en filigrane le fameux adage « il n'y a pas de fumée sans feu ».
Fin du premier acte.
Le petit chat est mort ? Non, le petit chat n'est pas mort.
Dans cette pièce que nous allions jouer, on ne noie pas les petits chats, ni la maman chatte, on leur arrache les yeux, la langue et la peau, on les écorche vifs, on les laisse en vie afin qu'ils souffrent mille misères pendant que les spectateurs se bouchent les oreilles pour ne pas entendre leurs cris.
Ou les ouvrent bien grand pour s'en délecter.

4

Dès qu'on eut pris la quatre voies à la sortie de Saint-Malo, maman mit le pied au plancher. Je regardai le compteur. Cent trente, cent quarante... Elle doublait tout le monde. Petit Louis était aux anges. Assis à l'arrière, accoudé aux sièges avant entre nous deux, il réclamait de la vitesse, encore de la vitesse. Moi, je serrais les fesses.
— Tu n'as pas peur des radars ? Ce serait moche qu'on t'enlève ton permis alors que...
Maman ne m'écoutait pas. Elle fixait la route, l'air buté. J'ai pensé qu'elle voulait nous tuer tous les trois.
Sur le périph' de la Ville Maudite, elle bifurqua vers le quartier des tours et se gara sur le parking de la Grande Pyramide.
— Faut que je récupère le fichier clients...
Je l'accompagnai. Petit Louis resta dans la voiture. Tant mieux : le spectacle qui nous attendait n'était pas fait pour vous remonter le moral. La porte du cabinet avait été taguée de mots dégueulasses et de dessins obscènes. Quelqu'un avait essayé de forcer la serrure. Un bout de métal était coincé dedans, si bien que maman fut incapable d'ouvrir.

— Remarque, les flics ont dû embarquer le fichier papier en même temps que l'ordinateur...

Papa n'était pas un adepte de l'informatique. Il tenait des fiches manuscrites, rangées dans un boîtier, et maman s'occupait de mettre à jour le fichier patients sur l'ordinateur de bureau.

— Pourquoi tu voulais récupérer les fiches ? C'est important ?

— Tu parles ! Je t'expliquerai ça tout à l'heure, à tête reposée.

Une bande d'ados aussi slackés des méninges que du jogging crasseux entouraient la Twingo. Petit Louis était recroquevillé sur la banquette arrière. Il avait verrouillé les portières. On ignora les gogols, mais l'un d'eux retint la portière que maman venait d'ouvrir. Il bava la phrase qu'il avait préparée.

— On voudrait un massage spécial. C'est possible sans rendez-vous ? Vous faites un tarif de groupe à des p'tits gars comme nous ?

D'une poussée des deux mains, maman l'envoya valdinguer. On s'engouffra dans la Twingo, ils se mirent devant, maman fonça dans le tas, ils s'écartèrent à la dernière seconde et, au passage, tambourinèrent des deux poings sur le capot et le toit.

— On n'aurait jamais dû installer le cabinet de ton père dans cette saloperie de quartier, dit maman entre ses dents.

Notre joli quartier bourgeois ne valait guère mieux. Tous les habitants de la Ville Maudite avaient lu leur journal du dimanche. Notre villa était devenue une attraction, la Maison des Supplices d'un Luna Park du fait divers. Devant chez nous, un jeune couple poussait un bébé dans son landau, un quatuor de quinquagénaires considérait nos rosiers grimpants, une vieille dame myope vérifiait notre nom sur la boîte à lettres...

Tout ce beau monde s'égailla à notre arrivée, mais le manège continuerait tout l'après-midi, en boucle, comme dans ce film américain dont le héros est à son insu, depuis sa naissance, le personnage principal d'une émission de téléréalité et finit par se rendre compte que ce sont des figurants qui passent devant chez lui, à heures fixes, à pied, à vélo ou en voiture. Si j'évoque ce film, c'est parce que ce dimanche le malheur me parut plus virtuel que réel. Il s'en fallait encore de vingt-quatre heures pour que le concret me saisisse par les cheveux et ne me lâche plus.

Maman tira les doubles rideaux et alluma les lampes du salon. Notre long séjour dans la poubelle de l'opprobre venait de commencer.

Petit Louis monta à l'étage se planter devant la télé. Aujourd'hui, avec près de trois années de recul, je me dis qu'on aurait dû s'inquiéter de ses silences au lieu d'être soulagées, sur le coup, qu'il cesse de poser des questions. Maman me regarda droit dans les yeux en mordillant sa lèvre inférieure.

— Bon ! conclut-elle sa réflexion, tu as quinze ans, tu n'es plus une gamine... Il faut que je te dise certaines choses...

Elle étala sur la table basse les deux exemplaires de *Ouest-République Dimanche* que nous avions pris à l'hôtel de France.

— Cet article, on va le relire ensemble, et l'analyser.

A mots prudents, en conjuguant les verbes au conditionnel, le journal racontait que cela faisait plusieurs semaines que la police judiciaire tournait autour d'une famille des derniers étages de la Grande Pyramide, les

Ruttard. Un instituteur de maternelle avait estimé de son devoir de signaler des paroles et des attitudes de leur gamin de quatre ans laissant accroire qu'il avait subi des attouchements sexuels. Sous prétexte de divers dossiers à remplir, une assistante sociale avait observé la famille en catimini, à la suite de quoi les flics avaient interrogé les gosses, tous les gosses, quatre en tout, de deux à douze ans. Les plus petits avaient naïvement révélé le pot aux roses. Ils ignoraient que ce n'était pas normal qu'un papa et une maman couchent avec leurs enfants. Au bout d'une dizaine d'heures de garde à vue, les parents avaient avoué viols et turpitudes en tous genres.

Jusque-là, ce n'était qu'un fait divers sordide, qui vous émeut le temps de le lire, mais que vous oubliez aussitôt, parce qu'il vous paraît avoir eu lieu sur une autre planète.

Là où l'affaire nous clouait solidement par terre, c'était que les pédophiles avaient avoué en plus qu'ils prostituaient **leurs** enfants, chez eux, en haut de la Grande Pyramide. Et ils avaient livré les noms de leurs « clients ».

En tête d'une liste de huit personnes, il y avait, toujours, le nom de papa et sa profession. Comme le matin à Saint-Malo, j'en eus la nausée. On se força à relire l'article, mot à mot. Maman prenait des notes. Elle me dit :

— Bon, on en parle ? Ça va, tu tiendras le coup ? Tu sais ce que c'est qu'un pédophile ?

— Ben, un monsieur qui… avec les gosses…

— Oui, un de ces types qui tripotent les gosses, violent les petites filles et les petits garçons, quand ils ne se tapent pas carrément des bébés. Si ton père était pédophile, je le saurais, après dix-sept ans de mariage. Et toi aussi. Et ton frère aussi.

— Papa n'est pas comme ça. Il n'a jamais…

— Bien sûr qu'il n'est pas comme ça ! C'est les autres branquignols qui sont bons à enfermer ! Tu veux savoir pourquoi ces gens-là l'accusent ? Je vais te le dire. Plus j'y pense, plus ça me paraît évident. Tout ça pue la vengeance à plein nez.

— La vengeance ? Mais qu'est-ce que papa a bien pu leur faire ?

— Il a refusé de marcher dans leurs combines, voilà tout.

Ces Ruttard, le père et la mère, papa les avait eus comme patients. Ils étaient tous les deux employés à l'abattoir de poulets. C'est un boulot pénible. Les ouvriers travaillent dans le froid, à la chaîne, où ils répètent toujours les mêmes gestes et, à force, finissent par avoir mal à l'épaule, au poignet, au dos, au coude, bref souffrent de ces maux qu'on appelle des troubles musculo-squelettiques. Beaucoup de ces ouvriers fréquentaient régulièrement le cabinet de papa.

En ce qui concernait les Ruttard, papa s'aperçut assez vite qu'ils simulaient. Pendant un certain temps on peut tromper un médecin en lui disant j'ai mal ici, j'ai mal là, je ne peux plus faire tel ou tel geste, mais pas le kinésithérapeute qui vous manipule et voit bien que ça ne fait pas mal là où ça devrait. D'après ce que papa avait dit à maman, les Ruttard accumulaient les congés de maladie de façon à se voir reconnaître une maladie professionnelle, toucher une pension et rester chez eux les doigts de pieds en éventail.

— Ton père ne supporte pas les magouilles. Il a un côté don Quichotte. S'il le pouvait, il comblerait à lui tout seul le déficit de la Sécu. Il a téléphoné au médecin de la Caisse maladie et on n'a plus vu les Ruttard. Alors, si on examine du même point de vue de la vengeance la liste des autres gens qu'ils accusent...

Un chauffeur de bus de la ligne Les Pyramides-Mairie Centre...

— Imagine qu'un jour il les ait rembarrés parce qu'ils n'avaient pas de billet, ou qu'il ait appelé les flics parce que leurs gosses cassaient tout à l'intérieur de son bus ?

Le responsable d'un cabinet de contentieux...

— C'est couru d'avance, je parie qu'il était à leurs trousses, pour récupérer des dettes qu'ils ont dû faire un peu partout.

Un assureur...

— Pareil, dit maman. Ils ne payaient pas, il a dû les menacer de dénoncer leur assurance bagnole.

Le directeur de la Caisse d'épargne...

— Risible tellement ça crève les yeux. Il leur a sucré leur chéquier, leur a refusé un crédit, les a mis en demeure de rembourser un découvert, ils peuvent avoir trente-six raisons de lui en vouloir.

Un contremaître de l'abattoir de poulets...

— Je suppose qu'il leur a remonté les bretelles, alors hop ! dans la charrette des accusés !

Une dame de service de l'école maternelle...

— Je mettrais ma main à couper que c'est elle qui a signalé le problème à l'instituteur. Tu comprends, ce sont ces dames-là qui s'occupent des tout-petits, changent les couches de ceux qui ne sont pas encore propres. Elle a dû voir des trucs, des traces de sévices, que sais-je, et elle en a parlé au maître, qui a alerté les services sociaux.

Le boulanger de la galerie marchande des Pyramides...

— Là, je m'interroge. Qu'est-ce qu'un boulanger a bien pu leur faire ? Refuser de leur faire crédit, lui aussi ?

La démonstration de maman était absolument lumineuse.
— Le juge d'instruction va se dire la même chose que toi !
— On peut l'espérer.
— Pourtant, il les a tous mis en prison.
— La trouille de l'opinion publique. Il n'a pas voulu prendre de risques. Ou bien il était pressé, il partait en week-end... Demain il va remettre le dossier à plat, consulter ses collègues, interroger de nouveau les Ruttard, leur faire avouer qu'ils ont menti.
— Tu le crois vraiment ?
— Oui, parce que autrement...

On se raccrocha toutes les deux à cette idée d'un juge reprenant les interrogatoires de zéro, à tel point qu'elle nous parut évidente et qu'on fit contre mauvaise fortune bon cœur, comme quand dans un aéroport étranger les haut-parleurs vous annoncent que votre avion aura huit heures de retard. Passé le premier moment de découragement, vous vous dites que quoi qu'il arrive vous rentrerez chez vous, et qu'il suffit donc d'attendre.

Il nous suffisait d'attendre le lendemain pour que tout rentre dans l'ordre.

Maman me demanda d'aller voir ce que petit Louis fichait à l'étage pendant qu'elle consultait les messages. Du palier, je tendis l'oreille. Elle effaçait les messages dès qu'ils commençaient par une insulte. Entre les coups de fil anonymes, il y avait un message du commissaire prévenant que papa avait été incarcéré à Rennes et priant maman de se présenter au commissariat dès lundi matin. Il y avait également un message de Joanna. « Alors, en plein mélo, ma Lodie ? Rappelle-moi, ma petite poule ! » Compte là-dessus ! Le ton de sa voix me déplut atrocement. Elle jubilait, la garce, comme ces voyeurs qui courent sur les lieux d'un incendie pour se repaître de la vision des corps calcinés.

On se prépara un plateau télé et on dîna au salon en regardant un documentaire sur Arte. Ni maman ni moi n'avions plus envie de parler. On s'était enfoncées sous l'édredon de l'espoir, recroquevillées en chien de fusil pour ne rien perdre de la chaleur qu'il nous procurait.

Vers onze heures, on se mit au lit pour de bon.

Je me réveillai au milieu de la nuit, en sueur, le cœur battant. Je venais de rêver qu'on m'avait interdit d'entrer au collège en me lançant des pierres. Joanna menait le bal de la lapidation.

Je ne pus me rendormir. L'espoir s'était refroidi. J'étais maintenant glacée à la pensée d'affronter les regards au collège.

Le livreur de journaux passait aux alentours de six heures du matin. Je courus en chemise de nuit chercher *Ouest-République* dans la boîte à lettres. Ma folle espérance, c'était de lire sur cinq colonnes à la une : « L'ACCUSATION SE DÉGONFLE. » Ou bien : « PÉDOPHILIE : IL N'Y AVAIT PAS DE RÉSEAU. » Ou bien encore : « GRANDE PYRAMIDE : VOLTE-FACE DU JUGE D'INSTRUCTION. »

Complètement idiot, bien sûr. Il aurait fallu que le juge travaille le dimanche. Dans la boîte, en plus d'*Ouest-République*, une main peu charitable avait glissé le numéro du lundi des deux autres journaux de la région, *Le Courrier de l'Ouest* et *La Nouvelle République du Centre*. Trois journaux au lieu d'un, trois raisons de se morfondre.

— Tiens donc, dit maman, que les gens sont charmants, dans le quartier ! Ne lis pas, ça ne sert à rien.

— Tu vas te rendre au commissariat ?

— Et comment ! Dès que vous serez partis à l'école.
— Et si on n'y allait pas ?
— A l'école ? ça voudrait dire qu'on se sent coupables. Or on ne se sent pas coupables, n'est-ce pas ?

Je secouai la tête.

— Ce soir tout ça sera arrangé. Courage, ma Mélodie !

Sur le seuil de la porte, maman m'embrassa, ce qui me bouleversa : elle ne me faisait plus la bise le matin depuis mes dix ans.

Comment aurais-je pu savoir qu'on n'aurait plus l'occasion de s'embrasser avant une éternité ?

5

On ne me lapida pas à l'entrée du collège, on me jeta seulement des regards lourds de curiosité, mais ils pesaient comme des cailloux d'une tonne, ces regards qui roulaient vers moi pour m'écrabouiller. En sa qualité de meilleure copine de l'objet de curiosité, Joanna jouait les vedettes au milieu d'un groupe. Je ne doutai pas qu'elle leur racontait ma vie, ses week-ends à la maison, et peut-être comment elle avait échappé au monstre pédophile, mon père. Elle m'adressa un clin d'œil et je me sentis bouillir de rage. Quelle conne !

Pourquoi cette hargne soudaine à son égard ? Hormis son message dégoulinant d'appétit pour le sordide, elle ne m'avait encore rien fait de précis. Parce qu'elle venait des Pyramides, je l'assimilais aux accusateurs, voilà tout. Je mettais l'ensemble des habitants de ce quartier dans le même sac. Les psys diront doctement que cette bouffée d'intolérance à l'égard d'un groupe social n'était qu'une réaction de défense justifiée par le choc de l'arrestation de papa. Exact. Mais Joanna, ainsi que je le ressentis intuitivement, n'était ni pure ni innocente…

Elle se détacha du groupe pour venir vers moi. Je ne voulais pas lui parler. Son message résonnait encore à mes oreilles. « Alors, en plein mélo, ma Lodie ? » Sa voix puait la cage d'escalier de son quartier, un mélange de graillon et de litière de chat. Tête baissée, j'accélérai le pas et me heurtai à madame Fignoux, la directrice du collège, qui me guettait sous le porche. Elle me prit par le bras.

— Ah, Mélodie ! Je t'accompagne jusqu'à ta classe, tu veux bien ?

Je retirai mon bras brutalement. Elle le reprit et me serra plus fermement contre elle.

— Nous sommes tous avec toi, Mélodie. Tu as eu le courage de venir, c'est formidable.

J'éclatai en sanglots.

— Il ne faut pas avoir peur du regard des autres. Avant midi, ce regard va changer...

J'en eus la respiration coupée. Je crus qu'elle voulait dire qu'à midi papa serait libéré. Non, ce n'était pas cela, hélas, mais ce qu'elle me dit méritait d'être entendu. Je n'aurais pas espéré autant de gentillesse de sa part.

— Le proviseur du lycée et moi-même venons de réunir les enseignants des deux établissements. Tous les professeurs principaux, dans toutes les classes du collège et du lycée, des sixièmes aux terminales, vont faire un cours sur la justice et la présomption d'innocence. Tant qu'il n'a pas été reconnu coupable, ton papa est innocent. Il l'est, j'en suis persuadée. Cette affaire n'est qu'une épouvantable méprise. Tous ces gens honorablement connus salis par une accusation absurde... La ficelle est trop grosse. Qui pourrait y croire ? Personne de sensé.

— Maman pense qu'il s'agit d'une vengeance.

Je lui racontai nos supputations de la veille.

— C'est absolument plausible. J'espère que ta maman va le dire à la police et au juge.
— Elle est convoquée au commissariat ce matin.
— Parfait ! Les choses peuvent aller très vite, dans le bon sens. Pour toi, ce n'est pas une journée ordinaire, mais tâche de faire en sorte que... Si tu ne te sens pas bien, quitte ta classe et rends-toi à l'infirmerie. L'infirmière et les professeurs sont prévenus. Si un élève t'agresse, viens me voir directement et nous aviserons. D'accord ?

J'acquiesçai, réconfortée. Madame Fignoux me donna l'accolade sur le seuil de la classe.

— Tu es courageuse, Mélodie. A plus tard.

Ce bout de chemin avec la directrice ayant duré plusieurs minutes, le cours était commencé quand j'entrai. Le prof de maths me gratifia d'un sourire de compassion, comme s'il venait d'apprendre que j'avais la leucémie et plus que trois mois à vivre.

En deuxième heure, le prof d'histoire se chargea du cours prescrit par la directrice. Après avoir rapidement exposé les grandes lignes du système judiciaire français et son pilier supposé, la présomption d'innocence, il développa l'affaire Dreyfus pour illustrer la notion d'erreur judiciaire. Quelle horreur ! Ce capitaine dégradé devant le front des troupes, les fausses preuves fabriquées, de véritables preuves de son innocence ignorées, les rouages infernaux de la justice, la condamnation et la réhabilitation, une éternité plus tard. Et si c'était pareil pour papa ? Innocenté dans vingt ans ? En attendant, qu'est-ce qu'on fait ? Du sport ?

J'ironise pour me détendre. Malgré la baie d'Audierne dans l'encadrement de ma fenêtre, écrire me met les nerfs en pelote. J'ai envie de mordre dès que j'allume mon ordinateur. Si je me laissais aller, j'ouvrirais tous mes dictionnaires, y compris le dictionnaire d'argot, et je chercherais un maximum d'injures à aligner sur un maximum de pages dédiées aux flics, aux juges et à tous les faux culs responsables de nos malheurs. Ce n'est pas de gaieté de cœur que je m'acharne à poursuivre ce récit. Le cœur, je l'ai au bord des lèvres en revivant tout cela. Mais je m'accroche. Il faut que je témoigne. Personne ne peut le faire à ma place.

De dix heures trente à midi et demi, toutes les troisièmes avaient sport. Je ne pouvais plus échapper à Joanna. Encore que, pendant la première heure, les options nous séparaient. Ayant fait de la danse classique jusqu'à huit ans et de la gymnastique rythmique de neuf à douze, j'avais pris rock acrobatique, tandis que Joanna s'adonnait aux sports collectifs, que personnellement je fuyais.

Mon partenaire de rock était un garçon gentil et drôlement costaud. Il appréciait ma souplesse et ma légèreté. Bien qu'il fît de la muscu, une grosse dondon, évidemment, il aurait eu du mal à l'envoyer valser dans les airs au rythme de *Blue Suede Shoes*, *Rock Around The Clock* et autres tubes des fifties et sixties qui me semblent bien plus fertiles que les nôtres. Je suis née trop tard, à tous points de vue, faut croire…

Après les options, on se regroupait pour une heure d'endurance, mot qui ne correspondait pas à la réalité. Théoriquement, on devait courir un trois mille mètres autour du terrain de foot, mais le plus souvent les filles se contentaient d'un tour, en marchant et en papotant. Je partis comme une flèche. Joanna me rattrapa et me bloqua pratiquement sur place.

— Ho ! Tu me fais la gueule ou quoi ?

— Je n'ai pas envie de parler, c'est tout...
— T'as tort. Quand t'as mal au ventre, tu vas pas aux chiottes ?
— C'est malin, comme comparaison...
— Pourtant j'en vois pas d'autre. Il faut se vider la tête comme on se vide le bide.
— Qu'est-ce que tu veux que je te dise ?
— Tout ! De A jusqu'à Z. Quand les flics se sont ramenés, comment ils ont embarqué ton père, comment ta mère accuse le coup... Allez, dis-moi tout, ma petite Mélodie.

C'était écœurant.

— Mon père est innocent, il n'y a rien d'autre à dire.
— Et s'il était coupable ?
— Tu rigoles ?

Elle afficha cet air de complicité graveleuse qui me plaisait et me déplaisait tant à la fois : sourire de défi, éclair de connivence dans les yeux, obstination vicieuse à combler entre nous le fossé séparant les interdits de leur connaissance.

— Tu sais, y a plus d'un père de famille qui a essayé de me coincer dans l'ascenseur pour me peloter. T'as qu'une chose à faire, serrer les cuisses.
— Pas mon père !
— Les mecs sont tous pareils. Petits ou grands, jeunes ou vioques.
— Pas mon père, je te dis !
— Je peux même te dire que le fils aîné des Ruttard, Steeve qu'il s'appelle, un jour il m'a pris la main et l'a posée sur son truc. Il bandait comme un cerf. A douze ans, ça sidère !
— C'est ton quartier, pas le mien !
— Eh là ! Tu vas pas nous la rejouer, la scène de la

petite fille à son papa et à sa maman bien à l'abri sous son parapluie de fric ! Des snobinardes, y en a assez dans cette putain de boîte, j'en ai ma claque.

— Pourquoi tu es venue dans ce collège, alors ?

— Pour apprendre les bonnes manières. Les mauvaises, c'est pas la peine, je les potasse depuis la maternelle. Aux Pyramides, t'as un tas de gusses pour te donner des cours particuliers.

Elle éclata de son rire gras, et soudain je l'entendis résonner, ce rire, ailleurs, à la maison, dans la baignoire, quand on prenait notre bain toutes les deux et qu'elle insistait drôlement avec le gant entre ses cuisses en me regardant d'un air bizarre. Transmission de pensées ? Elle continua :

— Si tu crois que j'ai pas remarqué que ton père avait toujours un prétexte pour entrer dans la salle de bains quand on était à poil...

— Menteuse ! Ce n'est pas vrai, il n'a jamais fait ça.

Elle recula.

— Peut-être que je confonds avec ta mère, après tout.

— Il y a intérêt ! Tu te rends compte, si tu disais ça aux flics ? Tu enfoncerais mon père.

— Peut-être que les flics m'interrogeront.

Elle prononça cette phrase d'un ton si léger qu'il pesait son poids de sous-entendus.

— Tu aimerais ça, hein ? Ce serait ton heure de gloire, hein ? Où tu veux en venir ?

— Oh ça va, tu commences à me gonfler ! Puisque tu me cherches, je vais te dire... Finalement, innocent ou coupable, c'est peut-être pas mal qu'un type comme ton père soit mouillé dans ce truc. Au moins, les bourges verront qu'ils sont pas seuls au monde... Ils vont pouvoir

visiter des Pyramides sans aller en Egypte... Ça leur fera du bien, ha ! ha ! ha !
Elle devenait méchante. Elle ajouta, en continuant de ricaner :
— A toi aussi, ça te fera beaucoup de bien, de tremper ton joli petit cul dans le caca des Pyramidiens.
— Tu me dégoûtes !
— Et toi tu me débectes, avec tes airs de sainte-nitouche !
Elle m'avait toujours détestée. Ce jour-là, je compris beaucoup de choses que j'aurais voulu ignorer à jamais. Que les relations humaines sont bâties sur des faux-semblants. Que la méchanceté est bien plus répandue que la pitié. Que l'homme est la pire des bêtes. Qu'il n'aime rien tant que d'achever les blessés, non pas à coups de dents, mais à coups de mots cruels et d'allusions tranchantes. Les mots, c'est le couteau-scie des bouchers de la calomnie. Sombre vision de l'humanité, n'est-ce pas ?
Bref, la trahison de Joanna m'ouvrit les yeux. Heureusement qu'on était au troisième trimestre. Les grandes vacances allaient nous séparer et il ne me restait plus qu'à espérer que nous ne serions pas dans le même lycée, à la rentrée. Ce vœu allait être exaucé, mais ne me comblerait pas de joie... J'étais à un milliard d'années-lumière d'imaginer que j'allais être débarrassée d'elle, ou qu'elle allait être débarrassée de moi, plutôt, car c'est moi qui partirais.
A midi, au lieu de me rendre au self, j'allai m'asseoir sous les tilleuls, au fond de la cour. La prof d'anglais, une remplaçante, m'offrit un bout de son sandwich. Ce n'était pas pour garder la ligne – elle était mince comme un fil à linge – qu'elle ne déjeunait pas avec les profs,

mais par économie. Elle effectuait cent cinquante kilomètres aller-retour en voiture pour quatre heures de cours. On ne parla pas de l'affaire. Elle essaya de me remettre d'aplomb en me racontant comment elle avait été collée à l'oral de l'agrégation à cause de son accent du Midi.

Vers quatre heures, avant la fin du dernier cours, la directrice vint me chercher en classe. Elle faisait une tête d'enterrement. Quelque chose de grave était arrivé. Je blêmis et la suivis jusqu'à son bureau. Le couloir, les murs, le carrelage par terre, les portes des salles de classe, le plafond, tout me parut triste, sale, pisseux. La directrice me parlait d'une voix d'outre-tombe.

— Je suis à ce point consternée que je ne sais pas quoi te dire... Sauf que... Tu as été courageuse, prépare-toi à l'être encore plus...

Dans le bureau de la directrice, une dame de l'âge de maman, la quarantaine, attendait debout, un gros cartable en cuir à la main. Madame Fignoux dit sur un ton presque funèbre tellement il était empreint de lassitude et d'incompréhension :

— Voilà notre Mélodie, je vous la confie, puisque c'est ainsi...

Elle se laissa tomber dans son fauteuil et ajouta :

— Cette histoire est proprement ahurissante...

La dame eut un sourire un peu crispé, ce genre de sourire qu'on teste devant un miroir quand on se veut attentive à l'image qu'on a de soi et qu'on veut donner de soi.

— Je suis madame Le Quintrec, mais tu peux m'appeler Anne-Marie et me tutoyer si tu le souhaites. Je travaille à la DDASS, la Direction départementale des affaires sanitaires et sociales, comme assistante sociale. Asseyons-nous un instant, tu veux bien ? Je mentirais si j'écrivais qu'elle a été inhumaine, sadique ou quoi que ce soit. Elle n'a rien été du tout, sinon efficace et professionnelle. Pour elle je n'étais qu'un cas malheureux parmi bien d'autres. Je m'assis, sage et molle comme une poupée de son.

— Je fais un métier difficile, Mélodie. Il m'oblige à prononcer des choses difficiles à entendre. Et... et ce que mon métier m'oblige à te dire, à toi, est *très* difficile à dire et à entendre.

— Mélodie est une fille courageuse, se rassura madame Fignoux d'une voix chevrotante.

— Alors, voilà, poursuivit l'assistante sociale en me prenant les deux mains, ta maman...

Mes oreilles bourdonnaient, mes yeux ne voyaient plus, je ne sentais plus les mains de l'assistante sociale presser les miennes. Je me désagrégeais.

— Ta maman...

Je me dissolvais dans le néant où maman s'était sûrement dissoute, puisque la messagère de la DDASS hésitait tant à m'annoncer cette nouvelle qui ne pouvait être que sa mort.

Alors, tandis que je tourbillonnais dans l'éther, maman me prit par la main, à tous les âges de notre vie, j'étais bébé, petite fille, grande fille, et elle était jeune femme, belle femme, femme épanouie, toujours gaie, jamais avare de surprises, très dans le vent en chevauchant son VTT dans les sous-bois le dimanche après-midi et *so british* le même soir après avoir pris son bain, maman-cake, maman plum-pudding, maman-sherry, maman aux pulls brodés de perles, maman plongée dans ses romans anglais du XIXe, maman-maman enceinte de petit Louis et malgré cela plus vive que jamais, maman-ronde tournoyant avec nous sur ces comptines qu'elle nous chantait, dont celle-ci pour nous apprendre le solfège et qui me revint pendant que je tournais comme une buse, bientôt invisible dans un ciel éblouissant :

> *One, two, three, four, five,*
> *I take a fly alive.*
> *Six, seven, eight, nine, ten,*
> *I let it go again.*

— Ta maman... répéta l'assistante sociale.

J'acceptai les images que j'apercevais de là-haut, à travers le miroir sans tain du néant, maman les poignets ouverts, vidée de son sang dans la baignoire ; maman allongée sur son lit, les mains jointes, et comme vidée de son sang, aussi, toute pâle, toute blanche, immaculée, après avoir avalé des dizaines de cachets et cessé de respirer ; maman se jetant sous les roues d'un camion ; maman couchée sur la voie ferrée alors qu'au bout de la courbe gronde le TGV Paris-Quimper.

Avant de me dissoudre dans les limbes, je murmurai :
— Elle est morte ?

6

— Morte ? Grâce à Dieu, non ! s'exclama la directrice d'une voix sourde.
Du coup, l'assistante sociale cessa de tergiverser. Elle se décoinça. Se débloqua, si je puis dire. Se mit à débloquer, écrirais-je si j'avais le cœur à rire. Mais à moins d'être folle on ne rit pas aux éclats quand on s'enfonce soi-même un couteau dans le ventre et qu'on le tourne et le retourne dans la plaie comme je le fais.
L'assistance sociale lâcha d'un trait :
— Ta maman a été inculpée de complicité dans l'affaire de la Grande Pyramide et conduite cet après-midi à la prison pour femmes de Rennes.
— C'est ridicule ! protesta madame Fignoux. Une femme comme madame Mérour ! C'est insensé !
— Comprends-moi bien, Mélodie, continua l'assistante sociale, ça ne veut pas dire du tout que ta mère soit coupable. Pas plus que ton père, d'ailleurs.
— Mais pourquoi maman ?
— Elle n'est pas la seule. Les gens de la Grande Pyramide ont également dénoncé les conjoints des personnes déjà arrêtées.
— *Dénoncé ?*

— Il faut faire confiance à la justice.

La justice ! On se plaint de ses lenteurs, des tribunaux engorgés, des juges débordés de travail, mais quand il s'agit de vous coller au trou, là c'est à la vitesse grand V ! Alors, comme ça, pris d'une inclination subite pour des aveux complémentaires, les Ruttard disent au juge que les conjoints, aussi, participaient aux orgies, et monsieur le juge les croit, et sans hésiter une seconde fait arrêter et incarcérer sept femmes plus le mari de la dame de service de l'école maternelle ?

Je ne lirai plus jamais de romans policiers. Ils vous roulent dans la farine. Dans les romans policiers les enquêteurs et les juges passent leur temps à réunir des preuves matérielles, tangibles, indiscutables, et ce sont ces preuves qui servent à confondre les criminels. Dans la réalité, des tordus accusent et au lieu de chercher à étayer leurs assertions, on enferme d'abord seize personnes, avec l'espoir qu'elles avoueront dans un mois ou dans un an, et que le système judiciaire fera l'économie de la recherche des preuves. En collant les gens en prison, le juge espère les faire craquer, et il arrive que ça marche : parce qu'ils en ont marre d'être interrogés, des gens signent des aveux, et après, au procès, ils ont beau clamer qu'ils ont avoué sous la contrainte et réclamer qu'on leur oppose les fameuses preuves, bernique ! Des aveux, c'est pire qu'un tatouage. Pour s'en débarrasser, il faut être prêt à s'immoler par le feu.

Dans le bureau de la directrice, en ce lundi fatal, je n'étais pas en mesure de nourrir de si hautes pensées. Je volais en rase-mottes et au radar au-dessus du champ de ruines de nos vies et cherchais en vain un bout de piste où me poser. Je me crashai à l'atterrissage. Je tombai dans les pommes.

Allongée par terre, je saignais un peu du nez. Madame Fignoux me tapotait les joues et glissait entre mes dents un morceau de sucre imprégné d'alcool de menthe.

— Ne t'inquiète pas, me dit l'assistante sociale, on va s'occuper de toi et de ton petit frère.

— De mon chien aussi ? demandai-je d'une voix mourante.

L'assistante sociale fut désarçonnée.

— Euh... bien sûr... de ton chien aussi. C'est un chien de quelle race ?

— Mélodie ! Mélodie ! criait madame Fignoux. Mais il va falloir appeler l'infirmière !

Des hoquets me secouaient la poitrine. A l'intérieur de moi, j'appelais : « Colonel ! Colonel ! » Lui si mélancolique à la moindre de nos absences, nous allions l'abandonner ? Je retombai dans les pommes et me vis partir avec mon chien vers l'horizon, comme Lucky Luke sur la dernière vignette des albums. *I am a poor lonesome Mélodie...*

Mon chien s'appelait Colonel, à cause de ses moustaches de colonel anglais. Comme je l'ai dit au début, c'était un teckel à poil dur. Il avait deux ans de moins que moi, puisque papa et maman me l'avaient offert bébé pour mon deuxième anniversaire. Treize ans, c'est un bel âge, pour un chien. Ses bacchantes grisonnaient et il courait moins vite après les chats, ses ennemis jurés, au moment où sa vie bascula avec la nôtre.

Plus casanier qu'un tapis persan, en notre présence il passait son temps dans son panier à égrener ses heures de longs soupirs qu'il poussait sans se **réveiller**. Quand nous faisions entrer quelqu'un à la maison, il clignait d'un œil, l'air de dire : « Pigé ! » Il pigeait que la personne n'était pas un intrus, puisque nous avions ouvert. En revanche, s'il était seul à l'intérieur et qu'on sonnait, il aboyait comme un molosse. Pareil la nuit. Personne n'aurait pu s'introduire chez nous. La sirène d'alarme canine se serait déclenchée.

En hiver, il s'installait carrément dans la cheminée, soupirait d'aise et s'endormait. Nous guettions tous l'instant rigolo où, le poil sur le point de prendre feu, il sautait en l'air, à la verticale, et courait se réfugier dans la fraîcheur providentielle de son panier, l'air offusqué.

Cet animal se métamorphosait à l'extérieur. Il partait en chasse. S'il apercevait un chat, ou décelait l'odeur d'un cochon d'Inde ou d'un hamster chez les voisins, il ne lâchait pas sa proie. Le soir, il valait mieux le tenir en laisse pour la promenade pipi, sinon il fallait se lever à trois heures du matin pour le faire rentrer. Une fois, en Bretagne, dans les dunes de Sainte-Anne-la-Palud, qui ressemblent à une termitière tellement il y a de lapins, on crut l'avoir perdu. Il avait disparu au fond d'un terrier. On l'entendait aboyer sous terre et il demeurait sourd à nos coups de sifflet.

— Mélodie ! Mélodie !

Madame Fignoux me poussait entre les dents un deuxième sucre à l'alcool de menthe. J'étais affalée dans son fauteuil et répétais d'une voix pâteuse :

— Et mon chien... Et Colonel, qu'est-ce qu'il va devenir ?

— On pourra peut-être le confier à tes grands-parents, dit l'assistante sociale. Qu'est-ce que tu en penses ?

— Pourquoi pas nous ?

— Vous quoi ?

— Pourquoi on n'irait pas chez nos grands-parents, mon frère et moi ?

Ma question de bon sens la plongea dans un abîme de perplexité. Elle avait au fond de son carquois d'assistante sociale tellement de flèches empoisonnées qu'il lui fallait calculer combien m'en planter dans le cœur en même temps pour ne pas atteindre la dose mortelle.

— Je t'expliquerai... Vous irez plus tard... Ta mère m'a donné leur numéro de portable. Ils sont à Faro, au sud du Portugal.

Papy et mamie Garrec, les parents de maman, étaient il y a trois ans d'aimables retraités actifs et aisés. Ils s'habillaient jeune, se bécotaient à tout bout de champ, ne se quittaient pas d'une semelle, soignaient leur ligne, sacrifiaient au jogging, au vélo et à l'aviron, sans trop se faire suer quand même, bref pour eux le troisième âge était une sorte de New Age qu'ils dévoraient à belles dents. Ils pourraient figurer dans ces pubs télé qui encadrent « Des chiffres et des lettres » ou « Questions pour un champion », où les personnes âgées n'ont pas du tout l'air de vieux trognons, pubs qui recommandent pourtant la colle à râtelier Machin, la minicouche anti-fuites Truc et la convention obsèques Décès Serein à signer d'urgence si vous ne voulez pas que vos héritiers ingrats se débarrassent de votre dépouille mortelle dans le carré des indigents d'un cimetière perdu au beau milieu d'une friche industrielle.

Indigents, papy et mamie Garrec ne l'étaient pas. Papy avait fait carrière comme ingénieur à l'arsenal de Lorient, où mamie était comptable. Quand ils avaient pris leur retraite, ils avaient investi l'essentiel de leurs économies dans un énorme camping-car, un vrai palace roulant avec tout le confort, deux chambres, kitchenette, salle de bains et toilettes. Depuis ils sillonnaient l'Europe, en solitaires ou en caravane – autrement dit, dans ce second cas, processionnaient à la vitesse de dromadaires en compagnie de membres d'une association de camping-caristes à laquelle ils avaient adhéré.

Maman prétendait, sur le ton de la plaisanterie affectueuse, qu'ils avaient le bonheur un brin égoïste. Il est vrai qu'ils ne se sentaient sûrement pas très grands-parents. C'eût été incongru de les appeler pépé et mémé. On les fréquentait épisodiquement. On allait les voir ou bien ils venaient nous voir entre deux expéditions. Ils nous rapportaient des cadeaux. Le plaisir de les recevoir était un peu gâché par la projection obligatoire de leur dernier film vidéo, mais bon, on faisait tous semblant d'apprécier la séance, on n'aurait pas voulu les chagriner.

Pour les chagriner, le coup de téléphone de l'assistante sociale avait dû les chagriner... Ils étaient libres, aisés, en bonne santé, ils avaient devant eux dix, quinze ou vingt ans de bonheur parfait et patatras ! un coup de fil, votre fille et votre gendre en prison, accusés de pédophilie, et tout s'écroule autour de vous.

Tout s'écroulait autour de nous tous.

Je quittai le collège au côté de l'assistante sociale, la tête vide, indifférente aux silhouettes collées aux carreaux des salles de classe.

— Ma voiture est garée à l'extérieur... Tes grands-parents, ça va leur prendre deux ou trois jours de remonter du Portugal.

— C'est pour ça que vous m'avez dit que mon frère et moi on irait chez eux plus tard ?

— Plus tard, c'est vraiment *beaucoup* plus tard... En fait, le juge a préféré... a estimé que... que...

La dernière flèche empoisonnée restait coincée dans le carquois.

— Eh bien, le juge d'instruction a estimé que... euh...

dans l'intérêt de l'enquête, les témoins ne devaient pas communiquer entre eux.

— Je ne comprends pas.

— Ton frère et toi vous n'allez pas vous voir pendant un moment. Et le juge a interdit que vous rendiez visite à vos parents ainsi qu'à vos grands-parents. Voilà pourquoi, à la DDASS, nous sommes chargés de nous occuper de vous, le temps que ça se tasse.

Je ne protestai pas, je ne criai pas, je ne m'enfuis pas, je montai dans la voiture de l'assistante sociale, et, à l'intérieur de moi-même, j'appuyai sur le bouton de condamnation des portes et me transformai en zombi.

Nous nous rendîmes à la maison prendre quelques affaires, vêtements, cahiers et livres de classe. Petit Louis était déjà passé en compagnie d'une autre assistante sociale. J'aurais voulu tout emporter, y compris Colonel, qui, après m'avoir fait des joies, retourna dormir dans son panier.

— Une dame de la SPA viendra dans la soirée. Ne t'inquiète pas, il sera bien traité.

— A la SPA ? Mais vous m'avez dit...

— Ne complique pas les choses... C'est une question de jours.

Autant le dire tout de suite, Colonel n'alla pas chez papy et mamie Garrec. Il fut jeté en prison, lui aussi. Aurait-il pu aller chez notre grand-mère paternelle ?

Papa n'avait plus que sa mère, qu'on appelait mémé. Mémé Mérour habitait dans un hameau du centre Bretagne, au bord du canal de Nantes à Brest. Elle était cardiaque. Lui apprendre la terrible nouvelle aurait pu la tuer. Pensez donc, pauvre mémé, son fils accusé d'avoir tripoté des petits garçons, elle qui traitait déjà de

« malhonnêtes » les petites filles qui laissaient voir leur culotte en faisant de la balançoire...

J'avais fini de remplir mon sac. L'assistante sociale allait fermer la porte à clé.

— La police gardera les clés de la maison. Aucun risque qu'elle soit cambriolée...

Au fond du couloir, Colonel dormait dans son panier.

— Tu ne veux pas dire au revoir à ton chien ?

Avait-elle besoin d'en rajouter ? Je poussai un véritable rugissement :

— NON ! Non, je ne veux pas dire au revoir à mon chien !

Estomaqué, Colonel souleva une paupière. Le bienheureux, il ne savait pas où il allait échouer, lui. Nous, nous le savions. L'assistante sociale me le dit, tandis qu'on roulait vers le centre-ville.

— Ton frère a été confié à une famille d'accueil, des gens très bien. En ce qui te concerne, on a eu beaucoup de chance. Il y avait une place de libre dans un foyer de jeunes filles. Le meilleur de la région.

— Une annexe du Club Med ?

— Tu sais, les foyers, ça n'a plus rien à voir avec ce qu'on peut lire dans les romans ou voir dans les films. Pas de dortoir, mais une chambre pour deux avec douche et WC privatifs. Et la télé.

— Et tout plein de petites camarades ?

L'assistante sociale me regarda d'un œil perçant comme une sonde avec une minuscule caméra au bout. Ce regard, j'apprendrais bientôt à le reconnaître entre mille : celui des psys, quand ils se posent des questions sur votre santé mentale en passant au tamis, comme des chercheurs d'or, la poudre que vous leur jetez aux yeux, en répondant à côté de la plaque.

Les flics avaient arrêté papa le vendredi et nous étions lundi. Quatre jours avaient suffi pour que je vieillisse de mille ans et que la petite fille BCBG se transforme en chatte galeuse, prête à mordre, à griffer et à se laisser mourir de faim devant les plats cuisinés pour elle par les services sociaux de la bienveillante société.

7

L'assistante sociale n'avait pas menti. Le foyer n'avait rien en commun avec l'image d'Epinal d'un empilement de cachots insalubres, de réfectoires lépreux, de gardes-chiourme femelles armés de cravaches et de pauvres filles en uniforme de drap gris traînant leurs sabots sur le pavé humide de sinistres couloirs. C'était un ancien hôtel particulier de la vieille ville, avec porche et cour intérieure, en pierre de Loire blanche, sculptée de motifs d'inspiration Renaissance au-dessus de la porte et des fenêtres. L'intérieur avait été entièrement démoli pour redistribuer le volume sur quatre étages. Au rez-de-chaussée se trouvaient la cafétéria, le salon télé, une salle d'activités manuelles et une bibliothèque, et au-dessus les chambres des pensionnaires et des tutrices.

Dans ce joli vase ligérien, bleu et blanc comme une faïence de Gien, on avait rassemblé vingt boutons prématurément éclos dans l'eau pourrie de drames familiaux, vingt tiges sous perfusion reliées au bocal de l'Etat providence, vingt chrysanthèmes du deuil de jeunesses saccagées, à sauver du dépérissement total.

Ce bouquet de fleurs fanées, si j'avais voulu le peindre, il m'aurait fallu les brosses et les couleurs crues d'un Van

Gogh ivre mort. Contrastes violents, corolles spiralées, arabesques chaotiques, vertige en abîme : filles battues, violées, prostituées, alcoolisées de force, droguées, malades, dépressives, hystériques, révoltées, mythomanes, nymphomanes, et j'en passe. J'exagère : à l'œil nu on ne voyait rien de tout cela. Le passé des filles n'apparaissait qu'à la radioscopie des confidences, comme les rayons X révèlent les repentirs du peintre sous les épaisseurs de peinture.

Peinture au couteau, en l'occurrence : il y avait des lames verticales dans les yeux félins de ma colocataire quand je posai mon sac sur un des lits jumeaux séparés par une table de nuit commune. Elle s'appelait Mélissa, et c'était normal qu'elle fasse la gueule. A peine sa coloc' (ne devrais-je pas écrire « coloque » ?) s'était-elle envolée, le lendemain de ses dix-huit ans, qu'une emmerdeuse se présentait et troublait une solitude qu'elle espérait voir durer au moins quelques jours. A sa place, j'aurais eu la même réaction, moi qui exigeais que petit Louis frappe avant d'entrer dans ma chambre... Une idée conne : maintenant que nous étions séparés, j'aurais voulu qu'il s'endorme dans mes bras.

Ma perception des autres s'était affûtée pendant ces quatre premiers jours de galère... Je pensai immédiatement que cette Mélissa était une sorte de cousine germaine de Joanna. Elles se ressemblaient. Je veux parler de l'expression générale du visage : vulgaire, annonciatrice de mots crus et de coups en traître. Mais chez Mélissa il s'agissait d'une vulgarité cicatrisée, désamorcée, désactivée, comme si c'était une Joanna cassée, qui avait fini par comprendre qu'elle s'était méprise à juger de travers les univers étrangers aux siens.

Pour le reste, on n'aurait pas pu les confondre. Joanna était plutôt boulotte (l'est-elle toujours ? je m'en contrefiche), alors que Mélissa était grande, gracieuse, déliée, avec des seins haut plantés et des fesses menues et rondes, un physique qu'elle devait, ainsi que sa peau mate et ses yeux noirs, à un grand-père antillais, descendant d'esclaves, comme elle allait me le confier au milieu de notre première nuit ensemble.

— Mélodie, tu parles d'un nom ! T'as pas fini de te faire appeler Mélo. Pourquoi t'es ici ? C'est toi qui as fait des conneries ou c'est tes vieux ?

Je m'assis sur mon lit et chialai.

— Ah les grandes eaux ! Ça commence toujours par l'inondation, Niagara et les chutes du Zambèze !

Elle se planta devant moi et me releva le menton en me tendant un Kleenex.

— Faut pas te laisser aller, sinon t'es foutue d'avance. Allez, lève-toi ! Debout, ma vieille ! On va vider ta valoche et plus tard on videra chacune notre sac, d'accord ?

Elle rangea mes fringues dans mon armoire.

— Rien que de la fripe griffée, t'es de la haute ou quoi ? Ouais, t'es pas de la France d'en bas. Pourquoi qu'ils t'ont collée ici ? Attends, réponds pas tout de suite, tu me raconteras après. N'empêche, t'as l'air bien gentillette pour venir en foyer. Remarque, je suis pas fâchée de changer de coloc'. L'autre, elle commençait à me courir. Six mois au moins qu'elle sautillait sur place, à attendre sa libération. Le mur tous les soirs pour se faire sauter par des marlous... J'avais que des emmerdes avec elle. T'es une lève-tôt ? C'est pour la salle de bains, pour pas qu'on se marche dessus.

Elle était là depuis deux ans, avait deux ans de plus que moi et deux ans de retard au collège. La semaine suivante, on irait passer le brevet ensemble. Une fois mes affaires rangées, elle me montra le mur de mon côté – il était plein de trous de punaises, et, de son côté, il y avait des posters de mannequins filles, presque tous de Naomi Campbell, son idole.

— Ton panneau d'affichage... Tu mets ce que tu veux, sauf un truc, et d'ailleurs peut-être que t'en as pas envie... Si tu pouvais éviter de mettre une photo de ton père, ce serait sympa. Les mecs me débectent et les pères me font gerber. Je t'expliquerai... Maintenant, on descend bouffer. T'as faim ?

— Pas très...

— Normal, quand on arrive. Mais après, un conseil, te prive pas. En plus, la bouffe est correcte. T'avise surtout pas de te payer une anorexie mentale, ils t'enverraient en structure psy et tu peux me croire, on est mieux ici. Je connais, j'ai déjà donné. Allez, viens, on continue la visite...

En Mélissa, la chance m'avait fourni un guide et une future amie. Je n'oserais dire que j'avais oublié mes malheurs, mais je me sentais protégée. Quand on a redouté le pire, le médiocre est d'un grand réconfort. Est-ce un bien ou un mal ? Notre faculté d'adaptation vaut bien celle d'un chien. Dans le garage, mon pauvre Colonel aimait se lover dans un couvercle de poubelle qu'il semblait trouver aussi confortable que le coussin moelleux de son panier en osier.

Organisée en mini-self, la cafétéria était coquette, décorée de photos champêtres. Midi et soir, les repas étaient livrés par une société spécialisée. Derrière les vitrines il y avait des hors-d'œuvre, deux plats chauds au choix et plusieurs desserts, ainsi que Lulu, le responsable de la cafét'. Mélissa me chuchota que ce Lulu, un type entre vingt-cinq et trente ans qui souriait tout le temps, avait été choisi pour ce boulot parce qu'il était homo. Parce que sinon, dit-elle, avec les filles qui trouvaient aussi naturel d'écarter les jambes sous un garçon que de se vernir les ongles, il aurait été dans la situation du coq dans la basse-cour.

Les pensionnaires se répartissaient par cinq plus une tutrice, ou « référente » dans le vocabulaire du foyer, autour de quatre tables rondes. Sans le secours de Mélissa, j'aurais peiné à distinguer les référentes des cas sociaux. A peine plus vieilles que leurs brebis galeuses, c'étaient quatre filles décontractées, chacune dans leur style : la sportive en débardeur et pantalon corsaire ; la sérieuse en jupe et chignon et lunettes assorties ; l'étudiante attardée mal fagotée ; la bobo en robe indienne avec tresses et fin collier d'éclats de nacre. On prit place à la table de cette dernière, prénommée Elise, notre référente à toutes les deux.

Pendant le repas, Elise me questionna en douce. Est-ce que ça allait ? Pas trop déprimée ? Bon. Est-ce que j'étais réglée (encore heureux, à quinze ans) ? Est-ce que je *sortais* avec des garçons ? Est-ce que je prenais la pilule ? Je rougis comme une tomate.

— Je vois, dit Elise en souriant. Eh bien, garde ta pureté, ça nous changera. Et si tu as le moindre problème, tu m'en parles ou tu en parles à Mélissa. C'est la fille la plus sympa du foyer. Tu ne pouvais pas mieux tomber.

Après dîner, on sirota une infusion puis on monta se coucher. On regarda un film à la télé et on éteignit vers onze heures. Mélissa n'usait jamais de son droit de sortie jusqu'à vingt-deux heures, pas plus qu'elle n'allait en boîte le samedi.

Dans le noir, mon angoisse revint. Mélissa m'entendit sangloter. Elle se glissa dans mon lit et me serra très fort contre elle en emmêlant ses jambes aux miennes. Depuis que petit Louis m'avait succédé le dimanche matin dans le lit de maman, c'était la première fois que je me nichais dans les bras de quelqu'un. Mélissa sentait la vanille, du moins dans ma tête, à cause sans doute de son ancêtre esclave dans les plantations de canne à sucre, de sa peau mate et de son corps de gazelle. Elle me parla, parla, parla, pendant une bonne partie de la nuit.

Le foyer hébergeait en majorité des paumées avec un passé psy. Une annexe de maison de fous, en quelque sorte, mais un asile ouvert : en semaine, les grandes (plus de seize ans) avaient la permission de vingt-deux heures, et le samedi les référentes les amenaient en boîte, par groupes de quatre. En manque d'affection, ces filles étaient des proies faciles. Elles tombaient amoureuses à répétition. Aussi le principal souci des référentes consistait-il à distribuer, outre les somnifères, antidépresseurs et anxiolytiques prescrits, des pilules et des préservatifs. Malgré ces soins, le foyer était abonné au service d'IVG de l'hôpital. Régulièrement, une fille fragile se faisait avoir : quand on n'a connu que des mères salopes, des beaux-pères papouilleurs et des tontons violeurs, le moindre câlin de joli garçon vous fait fondre le cœur...

Il arrivait que des filles soient « libérées », surtout lorsque le foyer affichait complet et qu'il fallait accueillir d'urgence une nouvelle pensionnaire. Cet espoir de « libération » était pour beaucoup dans la discipline qui régnait au foyer, en dépit des incartades amoureuses et des grossesses non désirées, contre lesquelles les référentes ne pouvaient rien. La « libération » était la récompense suprême. L'heureuse élue déménageait dans un studio loué par la DDASS. Un studio pour elle toute seule ! Et la liberté totale ! La remise des clés était l'occasion d'une fête, au foyer. Les larmes se mélangeaient au mousseux, dans les verres incassables. Larmes de bonheur de la partante, larmes de déception des autres, larmes des référentes émues d'avoir sauvé une âme.

— J'espère bien être la prochaine sur la liste, me dit Mélissa, c'est pour ça que je me tiens peinarde. Remarque, j'ai pas besoin de me forcer, j'ai aucune envie de déconner...

— Moi, je ne voudrais pas que tu partes...

Elle m'embrassa sur l'oreille.

— Méchante ! Tu partiras sûrement avant moi. T'as pas le look de la maison. A toi de causer, maintenant. Raconte pourquoi t'es là et je te dirai pour combien de temps t'en as...

Je lui racontai les circonstances et le pourquoi de l'arrestation de papa et, autant pour la convaincre que pour me convaincre moi-même, protestai :

— Il est innocent ! Les flics vont le relâcher !

— Hum ! Fais gaffe, des fois que... Moi, je crois plus au père Noël. Les mecs, tu sais... Quand t'en as connu un comme mon beau-père, tu les connais tous. Et t'as plus envie de faire confiance à un seul d'entre eux.

Son beau-père était un violent. Quand il avait bu, il frappait tout ce qui bougeait, femme, enfants, bébé...

— Et puis il a commencé à baver sur moi, à me reluquer comme si j'étais une glace au chocolat... Un jour, je l'ai surpris le nez dans le bac à linge, en train de renifler mes petites culottes. Si tu crois qu'il a été gêné ! Au contraire, il m'a coincée contre le lavabo, il a frotté son truc contre mon ventre et j'ai rien pu faire. Il m'a dépucelée et il y a pris goût, le salaud... Il me disait que si je me laissais pas faire, il dirait à ma mère que c'était moi qui l'avais allumé. « Ta putain de mère », qu'il disait. Il n'avait pas tort. De temps en temps, elle recevait des mecs l'après-midi et ils partaient en laissant un billet de cent balles sur le buffet. Un soir, alors qu'il rentrait complètement blindé, il a croisé un Turc qui sortait de chez nous. Il a filé une trempe à ma mère, elle s'est défendue et ça a dégénéré. Il a balancé le mobilier par la fenêtre, la télé, la chaîne, le micro-ondes... Ma mère a enfermé les petits dans leur chambre, et puis elle a pris un couteau de cuisine, il lui a tordu le bras, a récupéré le couteau et lui a ouvert la joue, de l'œil jusqu'en bas. C'était dégueu, je te dis pas le sang, ça giclait partout. Elle est tombée dans les vapes. Il s'est retourné vers moi et m'a dit à toi maintenant, t'es encore vierge d'un côté, la nature a horreur du vide, faut combler ce trou-là... Je me suis enfermée dans leur chambre et j'ai décroché le fusil de chasse au-dessus de l'armoire. Il a défoncé la porte, je l'ai flingué. Il a crevé en se tenant les tripes. Si c'était à refaire, je le referais.

Elle tremblait des pieds à la tête en le disant.

— Tu n'es pas allée en prison ?

— J'étais mineure et c'était de la légitime défense...

— Et ta mère, pourquoi tu n'es pas restée avec elle ?

— Elle a été déchue de ses droits maternels. Elle s'est tirée. Je sais même pas où elle est. Peut-être bien qu'elle est morte et enterrée. Les autres gosses, mes demi-frères et mes demi-sœurs, ils sont comme ton petit Louis, en famille d'accueil. Sacrée histoire, hein ? Tu vois que dans toutes les familles on pète pas dans la soie !

Oui, je mesurais soudain l'étendue des privilèges dont j'avais bénéficié. Je finis par m'endormir dans les bras de Mélissa. Je rêvai que j'étais au bord d'une rivière et que papa, maman et petit Louis nageaient vers moi, mais au moment où je leur tendais la main un courant les repoussait de la berge.

Le lendemain matin, au petit déjeuner, Mélissa me dit :

— Possible après tout que tes parents soient tombés dans un traquenard... Dans ce cas-là, méfie-toi de ce que tu diras au juge.

— Au juge ? Il va m'interroger ?

— Le juge, les poulets, les psys et compagnie... T'as pas fini de les voir, et ton petit frère non plus. Tourne sept cents fois ta langue dans ta bouche avant de causer. Ces enfoirés ont l'art de t'embrouiller et de te faire dire noir quand tu penses blanc.

— Je n'ai rien à leur dire.

— Alors là, méfie-toi encore plus. Si tu restes bouche cousue, ils vont interpréter. Noter que tu la boucles pour défendre tes parents, parce que tu sais qu'ils sont coupables.

— Mais ce n'est pas possible !

— Si ! Flic, juge, psy, c'est rien que des métiers à la con qu'une bonne partie d'entre eux font connement. Prépare-toi à en baver, Mélodie...

8

Heureusement, Sainte-Brigitte n'était pas centre d'examen. Je n'aurais pas supporté de franchir la porte du collège du bonheur. Elise me conduisit dans un lycée technique où étaient organisées les épreuves du brevet. Menée, guidée, moralement entravée par la référente, fût-elle nattée, vêtue baba cool et formidablement sympathique, mais au service tout de même de cette autorité obscure qu'était pour moi la DDASS, je me sentis immigrée dans ma propre ville natale. Les trottoirs me semblaient plus larges, les immeubles plus hauts, les bus plus longs, les voitures plus nombreuses et les pierres autrefois blanches de la cathédrale plus encrassées par les gaz d'échappement. Je découvrais des enseignes et des publicités jamais vues, des portes cochères vernies et des frontons sculptés de cariatides jamais remarqués jusque-là.

Pourtant, je n'étais pas désorientée. Je savais de quel côté coulait la rivière. Je savais qu'en la traversant il me suffirait d'un quart d'heure de marche pour me rendre à la maison. Je savais qu'en marchant une petite heure dans l'autre sens j'arriverais aux Pyramides. Je savais que l'Institution Sainte-Brigitte se trouvait au-delà de la cathédrale, à cinq cents mètres à peine. Je savais que la ville n'avait pas changé. C'était ma vision du monde qui avait changé, à cause de mon nouveau statut de réfugiée, assignée à résidence dans l'hôtel trois étoiles, tout en verre de sécurité, de l'assistance obligée.

J'avais basculé dans un monde de robots, où les humains délèguent leur libre arbitre au profit d'une monstrueuse idole en papier remâché qui envoie aux androïdes, vos gardiens, des lettres que vous n'avez pas le droit de lire. Elle décide à votre place, vous mène ici ou là selon son bon vouloir et ne répond jamais à vos questions. En vous privant de toute initiative, le Moloch paperassier aspire goulûment votre personnalité. Bientôt vous n'êtes plus qu'une coquille vide, légère comme une minuscule montgolfière remplie tour à tour d'air chaud et d'air froid. Vous vous accoutumez à monter et descendre au gré des vents mauvais des procédures administratives et judiciaires.

Je regarde par la fenêtre. Un bateau, retour de la pêche au bar dans le raz de Sein, roule sur une mer formée, surmonté d'un parasol dansant de mouettes et de goélands.

Je m'aperçois que je tergiverse et recule le moment d'aborder les jours les plus sombres. Le désir me prend de m'accorder quelques lignes de répit, quelques minutes de lenteur, quelques sucreries narratives, quelques carrés découpés dans le chocolat noir, cent pour cent amer, d'une routine inéluctable.

Oui, je dis bien routine : une routine à la fois honteuse et émolliente finit par tisser autour de votre disgrâce le filet de camouflage d'un réseau d'habitudes.

C'est horrible à dire, mais vous prenez l'habitude d'être la fille de pédophiles emprisonnés. Tout votre environnement vous accorde cette identité, alors, insidieusement, vous l'acceptez aussi. Vous savez qu'à la rentrée vous vous habituerez à votre nouveau nom. Pour vous épargner des tourments, on vous inscrira en seconde au lycée public Rabelais sous le nom de jeune fille de votre maman, Garrec. Mélodie Garrec ? Présente !

Recevoir du courrier devient une habitude. Les premières lettres vous font exploser le cœur et les glandes lacrymales, les suivantes sont douces comme des loukoums...

Première lettre de papa : il me jure sur la tête de maman et de petit Louis qu'il est innocent ; m'envoie la copie d'une lettre au président de la République : il y expose ses arguments, se révolte contre l'arbitraire de son arrestation, réclame sa mise en liberté afin de préparer sa défense. Cette lettre, il l'adressera tous les jours à l'Elysée.

Première lettre de maman. Tendre. Maternelle, évidemment. Tout comme papa, elle se révolte. Parle de cauchemar, un mot récurrent, qui pourrait être notre nouveau nom de famille... Plus que papa, elle semble craindre que je me décourage, que je fasse des bêtises, que je me laisse aller, que je ne travaille plus en classe.

Première carte postale de petit Louis représentant la place d'un village de l'Orne. De son écriture de gamin de CE2, et probablement dictés par sa famille d'accueil, ces mots : « Je vais bien. Les gens sont gentils. Gros bisous. »

Première lettre de papy et mamie Garrec, avec dans l'enveloppe, plié à l'intérieur d'une feuille blanche, un billet de deux cents francs. Ils sont revenus d'une traite du Portugal, se sont renseignés, ont été scandalisés, me rassurent : ils ont pris un avocat. Ils font des pieds et des mains pour faire valoir leurs droits : de visiter papa et maman dans leurs prisons respectives, et de nous héberger, petit Louis et moi, chez eux, au moins pendant une partie des grandes vacances. On le leur refusera.

Routine de répondre à ces courriers, en choisissant mes mots, sur le conseil de Mélissa. « Tes lettres à tes parents en taule, tu penses bien que les matons vont les ouvrir et balancer des photocopies aux flics et aux juges. Alors, fais gaffe qu'ils puissent pas y trouver quelque chose à gratter contre eux. » Délire de persécution ou réalité policière ? Je l'ignore. Dans le doute, abstiens-toi... Dans mes lettres à maman et papa, je m'abstiens de tout commentaire, les assure que je déborde de courage et leur promets que nous serons bientôt réunis. L'écrire vous en persuade, fermer l'enveloppe vous en dissuade...

Routine des vacances d'été. Le foyer prend des allures de centre aéré. Les référentes varient les plaisirs en fonction de la météo. Ateliers divers – cuisine, peinture, informatique, photo –, piscine, excursions, ciné, parties de canoë dans un bras mort de la rivière.

A l'abri de la digue, le ligneur de bar ne roule plus. Je ferme ma fenêtre et remets ma ligne à l'eau, mais moi, ce n'est pas pour pêcher de jolis poissons argentés.

Au cours des activités extérieures, nous rencontrions pas mal de garçons. Les référentes, gardiennes fatalistes de vertus depuis longtemps perdues, feignaient de ne rien voir. Les Messaline du foyer revenaient des sous-bois ou des toilettes de la piscine les joues écarlates, les lèvres tuméfiées de baisers et avec dans les yeux comme un air de défi vainqueur.

En présence de garçons, et particulièrement à la piscine, Mélissa ne me quittait pas d'un lacet de maillot de bain. J'avais un bikini dont le bas se laçait sur les côtés, une fanfreluche qui attire les mains baladeuses comme le miel attire les guêpes, et encore heureux qu'une fois mouillés les nœuds se resserrent.

Au cours de l'été, Mélissa m'apprit un secret. Puisque nous aimions nous consoler dans les bras l'une de l'autre, nous avions rapproché nos lits pour n'en faire qu'un. Mélissa aimait s'endormir une jambe en travers des miennes et une main entre ses cuisses. J'avais remarqué, lorsque je tardais à trouver le sommeil, que sa respiration devenait plus courte, que soudain elle frissonnait longuement, poussait un petit cri de gorge et se détendait soudain. Un soir qu'elle sursauta comme on sursaute parfois quand on croit qu'on tombe dans le vide au tout début du sommeil, je lui demandai si c'était à cause d'un cauchemar.

— Un doux rêve, me répondit-elle. Tu veux que je te montre ?

Sa main guida la mienne et très vite je vibrai comme les cordes d'une harpe, et devins toute molle, après.

— Laisse jamais un garçon te faire ça, me dit Mélissa, ils sont trop cons. Ça, c'est le secret des filles. Ils méritent pas de le connaître.

J'entendis de-ci, de-là circuler le mot « gouines », mais je m'en fichais. Nos nuits chassaient les nuages des jours passés et nos réveils enlacés peignaient en rose bonbon, délicieusement sucré et salé, l'ennui du jour à vivre.

C'était tellement bon, et tellement pur, comparé aux saloperies que j'allais subir !

Au souvenir de cet été de métamorphose, je me revois gamine, autrement dit dans notre vie antérieure, là-bas, sur la grève d'Esquibien, en face de ma fenêtre, farfouillant du haveneau sous les goémons, à la pêche aux étrilles.

C'est sans doute pour cela que me vient l'idée de comparer la justice à un hideux croisement de raie torpille et de crabe vert qui progresse de travers dans le marécage de l'erreur judiciaire. Si vous vous laissez pincer, la bête vous envoie une décharge de cent mille volts.

Adieu routine, bonjour les électrochocs.

9

Grâce à l'anonymat que me procura le nom de jeune fille de maman, ma rentrée en classe de seconde eut lieu sans problème. Bien sûr, les professeurs furent mis au courant de ma véritable identité mais ils ne le montrèrent pas, hormis peut-être en m'accordant une attention supplémentaire, mélange de gentillesse et de prudence à l'égard de ma personnalité supposée perturbée.

Situé en centre-ville, récemment bâti sur un espace libéré par la démolition de vieilles halles, le lycée Rabelais me changea de l'immeuble vétuste de l'Institution Sainte-Brigitte. C'était un octogone constitué de petits bâtiments bas qui entouraient l'« agora » (un terme en usage dans l'établissement ; on se disait : « A plusse, à l'agora... »), sorte de campus fermé, avec au centre un large espace gazonné où l'on montait les tréteaux d'un théâtre lors du spectacle de fin d'année. Autour, sur les gradins en béton à demi couverts de verrières, les élèves se retrouvaient pendant les interclasses, pour bavarder, grignoter, bouquiner, réviser ou rêvasser, tout bêtement.

A quinze ans, on se figure être seule à éprouver les sentiments inédits de cette mue qui vous pousse à franchir, déconcertée et un peu pantelante, le sas entre l'adolescence et l'âge adulte. Moi, j'avais une raison supplémentaire, et quelle fichue raison, d'avoir laissé ma vieille peau sur le carreau de l'enfance, mais je constatai que ces vacances charnières entre la troisième et la seconde avaient également métamorphosé la majorité des élèves. Cela tenait peut-être en partie au lycée lui-même, assez chic et top niveau puisque l'octogone abritait des prépas de lettres et de maths, qu'il remplissait sans recrutement extérieur. Il n'empêche, en seconde c'en était terminé des oukases de la pub et des uniformes de nymphettes. En même temps que sonne le glas du panurgisme comportemental, en seconde tintent les clarines du baptême des individualités. A la poubelle les rouges à lèvres glossy ! Bye-bye l'uniformité ! Au lieu de s'astreindre à ressembler aux andouilles de la télé, on veut s'en distinguer.

Cela valait aussi pour les garçons. Certains n'hésitaient pas à porter un veston, voire, en hiver, des fringues qu'on aurait trouvées ringardes l'automne précédent, genre duffle-coat ou canadienne, qui leur donnaient un look d'artiste. Excepté une poignée de zozos indécrottables, les garçons avaient perdu leur air niais de bébés capricieux. Je leur trouvais le regard franc, la parole posée et les manières aimables. Quelques mois auparavant, c'étaient des petits machos qui vous marchaient dessus à la sortie des classes, et voilà qu'à présent ces messieurs jouaient les gentlemen, vous tenaient la porte et vous traitaient au minimum d'égale à égal, quand ils n'admettaient pas bien volontiers la supériorité des filles en lettres. Drôle de transmutation, que j'étudierais de plus près en compagnie d'un certain Lionel, propriétaire d'un duffle-coat, justement. Ce serait mon embellie dans la tempête. Gardons-la en réserve pour contrebalancer les heures de misère ; gardons-les pour la bonne bouche, les baisers à bouche que veux-tu des amours aveugles...

La justice, aussi, est aveugle. On la représente avec un bandeau sur les yeux. Symbole paradoxal : est-ce pour signifier qu'elle a une chance sur deux de se tromper ou bien parce qu'elle préfère ne pas croiser le regard de ses victimes ? Tous ces gens que je vis apparaître à la télé du foyer, un soir avant le repas, étaient-ils donc des non-voyants ?

Sur France 3, c'était l'heure des actualités régionales et d'un reportage sur la rentrée judiciaire... Je fus fascinée. Alignées sur une estrade dans la salle des assises, des robes noires et quelques robes rouges : les magistrats ; en bas, dans la fosse, une assemblée de robes noires et de jabots blancs amidonnés : les avocats ; au fond, les invités : officiers de police et de gendarmerie, le maire, le préfet. Salutations, discours, ronds de jambe, et d'imaginaires ou de réelles lippes humides de morgue me soufflant au visage le sentiment diffus d'assister à l'assemblée générale d'une secte tout entière vouée au Droit – et, dois-je dire aujourd'hui, cette idole porte bien mal son nom, qui a la gueule, les jambes, les bras, la rate, le foie et tout le reste de guingois.

Je me précipitai pour augmenter le son. J'eus à peine le temps de saisir quelques mots du bâtonnier de l'ordre des avocats à propos d'une réforme souhaitable, « eu égard aux dysfonctionnements de l'instruction d'une affaire qui défraie la chronique », de la détention provisoire. Une fille sauta sur la télécommande, dit : « Nous font chier, ces guignols », et elle zappa sur les vrais guignols de Canal.

Cette affaire qui défrayait la chronique, c'était à n'en point douter celle des Pyramides. Qu'avait dit de plus le bâtonnier de l'ordre ? Il fallait que je le sache. Je fis moi aussi ma rentrée judiciaire... Je me rendis régulièrement à la bibliothèque municipale consulter les journaux et les magazines afin de lire tout ce qui pouvait s'écrire sur papa et maman et les autres inculpés. Je me fis une opinion. Je finis par être hantée par les méthodes expéditives du juge d'instruction dans l'affaire de la Grande Pyramide.

Imaginez, disons... comme je me refuse à écrire « votre père », imaginez votre copain sortir tranquillement de la maison pour aller acheter les croissants du dimanche matin. Il croise une piquée. Elle le montre du doigt et crie : « C'est lui, je le reconnais, il m'a violée ! » Des badauds appellent les flics, votre copain est arrêté, travaillé au corps et au cœur pendant quarante-huit heures, et, malgré l'absence de la moindre particule de preuve, malgré ses protestations d'innocence, il est transféré en maison d'arrêt pour une durée indéterminée. Qui signe cette lettre de cachet ? Un seul personnage, homme ou femme, le Grand Maître des Destins Foutus, alias le juge d'instruction, et en l'occurrence le sinistre Sibérius.

Tiens, ça m'est venu sur le clavier tout seul, comme ça, par association d'idées. Sibérie/Sibérius, froid polaire, glaçon, froid comme le marbre. Je suis contente de ma trouvaille : Sibérius, ça rime avec Titus et Brutus, ça évoque l'empereur romain gras et cruel, le Caligula des prétoires qui joue aux boules avec les têtes coupées. Ave, Sibérius, ceux qui te haïssent te saluent ! Après ce jet de venin, rentrons dans le rang de la cohorte... Pourquoi ledit Sibérius avait-il tenu à être doublement peinard ?

D'abord, mettre les gens à l'ombre vous prémunit contre le risque d'erreur de diagnostic. En la circonstance – une sordide affaire de pédophilie –, l'opinion publique pèse de tout son poids d'émotions brutes et de vindicte sous-jacente. Si par la suite des preuves étaient apportées de l'existence d'un véritable réseau d'obsédés sexuels, et que par malheur monsieur le juge eût laissé en liberté des individus soupçonnés d'y appartenir, eh bien notre ami Sibérius serait mal, très mal. Alors, il incarcère et peut dormir sur ses deux oreilles.

Ensuite, l'affaire éclata à la veille d'une période dont j'ignorais l'existence avant d'entendre parler de rentrée judiciaire : les vacances judiciaires. La justice remet son glaive au fourreau, range sa balance sur l'étagère à confitures, achète une provision de crème anti-UV et s'en va bronzer cependant que les personnes embastillées blanchissent comme des endives dans leurs cellules surpeuplées. Pour peu que vous ayez la froideur du sieur Sibérius, vous vous souhaitez une bonne canicule, de façon que vos victimes transpirent à grosses gouttes et brûlent de passer aux aveux.

Dans ses lettres, papa ne se confiait pas sur les conditions de sa détention. Déjà d'une nature pudique, il était trop soucieux de notre équilibre mental pour ajouter à notre peine le chagrin supplémentaire de le savoir persécuté. Mais je lus dans les journaux qu'au mois d'août, au plus fort des chaleurs de l'été, une révolte avait embrasé la prison de Rennes.

Pendant que monsieur Sibérius se baignait aux Seychelles (ou bien : barrait son voilier au large de Belle-Ile ; faisait du kite-surf à Biarritz ; s'initiait au vol à voile dans les Alpes ; pêchait le saumon en Ecosse ou le marlin à Cuba ; ou mieux encore : se baladait à dos de chameau en Egypte, histoire de comparer Kheops et Gizeh aux pyramides de Ville Maudite), à Rennes les prisonniers vivaient à cinq dans des cellules prévues pour deux, faisaient leurs petits et leurs gros besoins devant leurs codétenus, prenaient une douche une fois par semaine, dormaient sur des matelas posés par terre, ne supportaient plus leur propre odeur de crasse et celle de la macération de cinq transpirations rancies. Mais ce que papa avait le moins bien supporté, j'en suis sûre, c'étaient justement ces fameuses vacances judiciaires et le silence du juge Sibérius.

Or donc, la rentrée judiciaire eut lieu. La justice astiqua son glaive, ôta ses lunettes de soleil, remit son bandeau, s'agenouilla au bord du fleuve de boue et empoigna sa brosse et son battoir à salir le linge propre.

Le 1er octobre de cet an I de nos malheurs, papa expédia sa cent deuxième lettre au président de la République.

Le 4 octobre, Elise m'annonça que je sécherais les cours. Petit Louis et moi étions convoqués au palais de justice, mais séparément. La consigne du juge était formelle : nous ne devions ni nous parler, ni même nous faire la bise, des fois qu'on eût un code pour communiquer sans paroles.

Ce ne serait que début décembre, c'est-à-dire presque *six mois* après leur arrestation, que monsieur Sibérius consentirait à *entendre* (ce qui ne signifie pas *écouter*) papa, maman et toutes les autres personnes dénoncées par les Ruttard.

Monsieur le juge descendrait enfin de sa tour d'ivoire.

Monsieur commencerait à avoir les jetons.

Il faut dire que deux morts, ça fêle le miroir des certitudes les plus affirmées.

Un suicide, plus une mort par ricochet, ça sent au pire le meurtre par inconscience et au minimum la non-assistance à personne en détresse.

10

J'étais persuadée que j'allais être reçue par le juge d'instruction. Il n'en fut rien. En revanche, les enfants Ruttard furent entendus, et ô combien écoutés, eux, à plusieurs reprises. C'était à croire que Sibérius se pourléchait les neurones justiciers de les entendre répéter et confirmer les accusations de leurs géniteurs.

Leur audition fut d'une désinvolture que les avocats de la défense se dépêchèrent de rapporter à la presse. Le juge étala devant eux les photos d'identité judiciaire des mis en examen (mine patibulaire, yeux cernés, visage fermé), pointa l'index sur celle de papa et leur demanda :
— Celui-ci, il venait chez vous ?
— Oui.
Photo de maman :
— Et celle-là ?
— Oui.
Photo du boulanger :
— Celui-là aussi ?
— Oui, aussi.

Et ainsi de suite pour les seize coïnculpés. Outré par tant de légèreté, papa ajouta un paragraphe à sa lettre quotidienne au président de la République. Cette lettre, il la recopiait chaque jour, au stylo. Ce travail l'occupait, avec l'avantage de tuer l'ennui et l'inconvénient de retourner le couteau-plume dans une plaie qui n'était pas près de se refermer. Quand il modifiait ou enrichissait son texte, il m'adressait, ainsi qu'à maman et à leurs avocats respectifs, une nouvelle copie, ce qui l'occupait cette fois-là presque toute la journée.

Dans ce nouveau paragraphe, il disait avec élégance : « Si cette façon expéditive de procéder ne constitue pas un vice de procédure stricto sensu, elle est, vous en conviendrez, contraire aux règles élémentaires de l'impartialité qui sied à la recherche de la vérité. »

Pour illustrer sa phrase, je pose cette question : qui n'a jamais vu au cinéma une séance d'identification ? On noie le suspect dans un tas de gens – dans toute la mesure possible de même allure, de même corpulence, et vêtus à peu près de la même façon –, et les témoins du crime, cachés derrière un miroir sans tain, désignent la personne qu'ils croient reconnaître.

Le juge aurait dû étaler sur son bureau deux ou trois cents photos d'inconnus mélangées à celles des inculpés et prier les gosses Ruttard de désigner les prétendus coupables. Mais non, il n'instruisait qu'à charge, tout entier attaché à ses proies.

Puisque j'ai abordé le chapitre des aberrations de l'enquête, autant le clore pour n'avoir plus à y revenir, à l'instar du juge, qui, aussitôt après les auditions, bouclerait son dossier pour ne plus le rouvrir avant le procès, vingt-six mois plus tard. *Vingt-six mois* supplémentaires de torture physique et morale sans pouvoir ajouter quoi que ce soit pour sa défense ! Sinon, concernant papa, jeter au total quelque onze cents bouteilles à la mer, mille cent quatorze lettres au président de la République, si j'ai bien compté. Pauvre papa, pauvre maman, pauvre petit Louis, pauvres de nous !

Amen.

Ainsi soit-il ? Ainsi fut-il !

Ainsi futile fut le juge...

Synonymes de futilité : frivolité, légèreté, puérilité, inanité, insignifiance...

Dans ses lettres au président de la République aussi bien que par l'intermédiaire de son avocat, papa réclamait en vain une confrontation avec ses accusateurs. Il aurait voulu qu'ils lui disent dans le blanc des yeux, en présence du juge et de son greffier : oui monsieur, vous avez fait des saletés à nos gosses.

La confrontation est le b.a.-ba d'une instruction, le passage obligé vers la recherche de la vérité, un accélérateur de tensions, un détecteur de mensonges. On confronte victime et inculpé ; on confronte des complices ; on confronte de vrais criminels et les faux témoins qui leur servent d'alibi. Bref, on met les gens face à face et on observe leurs réactions.

Dans une affaire aussi crapuleuse que celle de la Grande Pyramide, susceptible de détruire autant d'existences, une confrontation générale aurait été de mise : les Ruttard opposés à leurs prétendus seize clients pédophiles. Quoi de plus simple ? Quoi de plus évident ? Pas pour monsieur le juge Sibérius. Je l'imagine (et, ce faisant, je crache vers lui un autre jet de venin), gros bébé joufflu, trépignant comme un gamin capricieux dans sa chaise haute, balançant purée, hachis et verre de lait sur le tablier de sa nounou, et criant : « Nan ! Nan ! J'veux pas ! Pas confrontation ! Pas confrontation ! » Cette scène est un peu celle d'une pub géniale pour une marque de yaourt : à travers la lentille de la caméra subjective barbouillée du yaourt qu'il n'aime pas (autrement dit le visage de sa maman ou de son papa bien tartiné), l'enfant-tyran, l'œil noir, avec une mèche et une petite moustache à la Hitler, exige les bras croisés qu'on lui serve sa marque préférée.

De la pub télévisée au cinéma, voilà une transition idéale. « Faire son cinéma », simuler, inventer des histoires incroyables, monter un bateau pour embarquer les gogos. Et « faire du cinéma », réaliser des films, en l'occurrence des vidéos amateur.

Lors de la énième audition dont ils bénéficièrent, les Ruttard déclarèrent au juge qu'ils filmaient leurs saloperies. La chose était crédible, qui allait de pair avec leur perversité. De plus, l'aveu était irréfutable, puisque les flics avaient bel et bien saisi des cassettes. Mais les vidéastes rajoutèrent des kilomètres de séquences purement virtuelles à leur scénario de film porno. Virtuelles parce que introuvables. A les croire, ils filmaient leurs clients (papa, maman et les quatorze autres personnes qu'ils avaient dénoncées !) en pleine action, reproduisaient les cassettes et les écoulaient au sein d'un réseau de revendeurs, une petite partie en ville et le gros du stock en Allemagne, en Hollande et en Belgique.

La plaque tournante de leur réseau commercial dans la Ville Maudite était, d'après eux, la boulangerie de la galerie marchande des Pyramides. Les pédophiles venaient y acheter leur baguette et demandaient à voix basse : « Un bâtard belge bien frais, s'il vous plaît. » Le boulanger opinait de la toque et tirait de dessous son comptoir une cassette porno dissimulée dans un sachet à viennoiseries. Ce sont les détails qui rendent le faux vraisemblable.

Esprits fertiles, les Ruttard ajoutèrent qu'ils disposaient d'une équipe d'« exportateurs » des films : des contrôleurs de la SNCF du TGV Rennes-Paris et du Thalys Paris-Bruxelles-Amsterdam. Le juge Sibérius, étoile montante de la communication, convoqua la presse et la télé régionale pour les leur fournir, ces détails croustillants de cassettes vendues à la place de croissants. La notion de réseau prenait de la consistance. Les médias opérèrent en douceur – phrases en italiques et force guillemets – un virage à cent quatre-vingts degrés. Les chroniqueurs, qui jusque-là avaient entonné en chœur, sur l'air du droit pénal, le couplet de l'étonnement policé face à la rigueur des incarcérations, se montrèrent plus circonspects. Peut-être le juge n'était-il pas cet être psychorigide refusant confrontations et demandes de remise en liberté, mais bel et bien un magistrat d'une intégrité absolue. D'autant que les enfants Ruttard, auditionnés de nouveau, confirmèrent une fois de plus.

« Vos parents vous filmaient pendant que... ?
— Oui.
— Ils filmaient aussi les autres personnes ?
— Oui.
— Ils vendaient les cassettes ?
— Oui.
— Le boulanger et la boulangère en vendaient ?
— Oui. »

Calomniez, calomniez... L'opinion publique fut retournée. L'opinion publique est versatile. L'opinion publique est une hyène friande de rebondissements feuilletonesques. L'opinion publique adore se faire peur : « Dire que j'envoyais ma fille de onze ans acheter les croissants dans cette boulangerie... Vous vous rendez

compte ? Elle aurait pu revenir avec une cassette porno ! »
La fable devint réalité.

Pourtant, les policiers et les gendarmes ne restèrent pas les bras ballants. Dans leurs rôles respectifs, ils essayèrent d'étayer la thèse du réseau commercial, tandis que les avocats de la défense s'efforçaient de démontrer l'antithèse. Policiers, gendarmes et avocats aboutirent aux mêmes conclusions objectives, matérielles, indubitables.

Chez les Ruttard, il n'y avait point de matériel de duplication.

Sur la demi-douzaine de cassettes saisies, il n'y avait point d'autres acteurs que les parents et leurs pauvres gosses.

Sur le compte bancaire, dans le rouge, des Ruttard, il n'y avait point de traces d'espèces provenant de ce juteux commerce, qui aurait dû rapporter gros.

Dans la comptabilité du boulanger, il n'y avait rien de suspect.

Dans les rangs des contrôleurs de la SNCF, impossible de débusquer un seul passeur de cassettes.

Qu'en conclure ? Que les cassettes de partouzes n'étaient que pure fiction.

Mais le juge Sibérius y tenait tant, à son réseau de pédophiles, qu'il chaussa des œillères et répondit par des silences hautains aux arguments des policiers et des avocats. Les bras leur en tombèrent.

Cependant, le mal était fait. Les Ruttard et le juge avaient engendré in vitro. De ce trio infernal un enfant était né : une nouvelle rumeur, une baudruche remplie d'un air vicié qui rend fou.

Les coïnculpés se cognèrent la tête contre les murs de leurs cellules. Le boulanger alla plus loin. Il agressa un gardien de façon qu'on l'isole au mitard, libre de passer à l'acte. Il s'ouvrit les veines avec la lame d'un rasoir jetable qu'il avait dissimulée, pense-t-on, sous sa langue. Le boulanger fut le premier mort à inscrire au passif de l'entêtement du juge. Quant au second décès, ce fut une sorte de meurtre collectif perpétré par ledit juge, les médias et ma bonne vieille copine Joanna.

Après coup, je me dis que le malaise que je ressentis au cours de mon interrogatoire au palais de justice était une forme d'intuition de ces drames latents.

Comme je l'ai écrit plus haut, je pensais naïvement que j'allais être reçue par le juge. La vérité ne sort-elle pas de la bouche des enfants ? De *tous* les enfants ? Non, la progéniture des seize supposés comparses n'intéressait pas ce monsieur. La DDASS leur fournissait le gîte et le couvert, aussi instruisait-il l'esprit tranquille, persuadé que tous les gosses mentaient, sauf ceux de la Grande Pyramide.

Mon audition, ou mon interrogatoire, ou mon examen, je ne sais pas exactement comment dire, eut lieu dans une annexe du palais qui abritait auparavant les archives départementales. Haute de plafond, la pièce était froide, austère et cernée sur tout son périmètre d'étagères vides. Sur les montants verticaux de ces étagères subsistaient des lambeaux d'étiquettes où l'on lisait, malgré l'encre pâlie, des références calligraphiées à la plume, au siècle dernier, peut-être, par des huissiers au teint parcheminé. Ce dépouillement préfigurait celui de notre maison, bientôt vidée, et celui des tiroirs de ma commode, déblayés d'un tas de souvenirs dont on ne pourrait plus s'encombrer.

On me pria de m'asseoir au bout d'une longue table qui devait servir autrefois aux archivistes pour rouvrir, compléter, relier et clore définitivement les minutes des procès. C'était en quelque sorte une desserte où l'on se débarrassait des reliefs des destins mijotés, goûtés et nettoyés jusqu'à l'os dans les cuisines du palais voisin. De là à penser qu'on allait me « cuisiner »...

« On », c'étaient, en face de moi, deux femmes dans la quarantaine, l'une officier de police et l'autre psychologue. La femme flic avait le sourire soyeux et le regard doux d'une peluche qui ferme les yeux quand on la couche. La psychologue était de la famille Barbie, fringuée chicos, grande, mince et hyper maquillée. Quel membre de la famille Barbie ? Je dirais la jeune grand-mère, mais liftée et ratée, à cause de son sourire figé, comme si le chirurgien lui avait cousu des pinces à l'intérieur des joues, au point qu'on se demandait comment elle pouvait se nourrir autrement qu'en suçant du potage avec une paille. Son regard, aussi, semblait vissé à demeure. Elle devait porter des lentilles mal adaptées. Ça lui faisait des yeux écarquillés et un regard halluciné sur les bords.

Un magnétophone trônait sur la table, comme une menace. La femme flic y brancha un micro qu'elle posa sur un petit trépied entre nous et mit l'appareil en marche. La psychologue ouvrit un cahier et décapuchonna un gros stylo, noir avec une étoile blanche. Je suppose que dans son esprit cette plume de prix donnait du caractère à ses notes et une valeur incontestable à sa signature d'experte agréée auprès du ministère de la Justice.

— Alors, Mélodie, comment vas-tu ? Mélodie, c'est un bien joli prénom... C'est ta maman ou ton papa qui l'a choisi ?

La femme flic modulait ses intonations comme on agite d'une main délicate l'eau tiède d'un lavabo où trempe avec Mir laine un super pull en cachemire.

La psychologue écrivait dans son cahier sans pratiquement me quitter des lentilles. N'était-elle pas aveugle ? Ses expertises prouveraient qu'elle avait au moins la vue basse.

La femme flic paraissait improviser, mais elle suivait un plan établi qui allait crescendo vers l'intime et le piquant.

Est-ce que j'étais bien traitée au foyer ? Est-ce que j'y avais des copines ? Est-ce que j'arrivais à surmonter l'épreuve, car c'en était une, n'est-ce pas, d'avoir ses parents en prison ? Ceci dit, que je n'oublie pas une chose : tant qu'on n'est pas condamné, on est innocent.

— Pour l'instant, ton papa et ta maman ne sont pas coupables.

Ben tiens, tu parles ! Pour ça qu'on m'interrogeait, parce qu'on les considérait comme innocents ! Bon, eh bien, est-ce que j'étais contente de mon nouveau lycée ? Est-ce que j'avais un copain ? J'ai dit oui, sans réfléchir, alors qu'avec Lionel − je parlerai de lui sans tarder − j'en étais à l'apprentissage du baiser profond. Ha ? Ha ? Un copain ! Est-ce que... est-ce que j'avais perdu ma virginité ? Ben non. Ah ! Important, très important, ça ! Accepterais-je de me faire examiner par un gynécologue pour...

— Ça va pas la tête ?

— Je comprends que tu sois choquée, mais si ça devait aider ton papa, tu accepterais, n'est-ce pas ?

Aider papa, que je sois toujours vierge ? Qu'est-ce que ça voulait dire ? Je n'y comprenais rien. Les questions suivantes m'éclaboussèrent.

Contrairement à ce qu'elle affirmait, la fliquesse, madame Mir laine, partait du postulat que maman et papa étaient des pédophiles avérés. Ce postulat reposait d'une part sur la dénonciation des Ruttard et d'autre part sur les « éléments signifiants » saisis à notre domicile.

Par exemple, les photos que papa avait faites de petit Louis et de moi tout nus, quand on était petits : n'avait-il pas pris des photos un peu plus...

— Euh... intimes ? Tu me comprends, n'est-ce pas, Mélodie ?

Dingue !

Par exemple (bis), l'antique cassette X, la cassette porno aux trois quarts décolorée, peut-être que papa la laissait traîner, pour qu'on la regarde, ou nous la passait, carrément, entre *Astérix* et *Blanche-Neige*...

Dingue !

Par exemple (ter), les autres photos, est-ce que je les avais vues ? Quelles autres photos ? Les photos *artistiques* trouvées dans l'armoire de la chambre de nos parents. Papa et maman se photographiaient quand ils faisaient l'amour, paraît-il. J'avoue que ça m'a fichu un coup, à quinze ans, que la femme flic me l'apprenne. A dix-huit ans, majeure dans quelques semaines et vaccinée depuis belle lurette, ça me paraît bien naturel. S'ils se photographiaient, c'est qu'ils s'aimaient. C'était une vraie tarte à la crème, ces photos. Un tas de gens font ce genre de choses, y compris probablement monsieur et madame Mir laine et monsieur et madame Psychologue. Que dire de ce qui se passe maintenant avec les portables ? Les garçons vous envoient la photo de leur quéquette ! Il y a des filles qui envoient celle de leur minou à leur copain !

Dingue, dingue, dingue !

La psychologue prit le relais de la femme flic. Elle descendit, ou monta, de plusieurs degrés sur l'échelle des turpitudes attribuées à papa et maman. Toujours en dessous de la ceinture, mais au niveau du subtil. La toilette, par exemple. Quand j'étais petite, est-ce que papa me faisait prendre mon bain ? Quand il me séchait, est-ce que...

Dingue !

Quand maman faisait la toilette de petit Louis, est-ce qu'elle ne lui tripotait pas le zizi ? Ben, elle le lavait. Moi aussi je lui donnais son bain, d'ailleurs, quand il était bébé, normal, non ? La psychologue gardait son sourire craquant – son sourire à faire craquer son lifting – et remplissait des pages et des pages de son cahier en usant de son gros stylo pénien. Tiens, aujourd'hui je lui ferais observer : « Symbole sexuel, chère madame, seriez-vous en manque de phallus ? »

La femme flic appuya sur la touche « stop » du magnétophone. L'entretien était terminé. Peu satisfaisant, à en juger par leur mine déconfite. La psy dardait sur moi son regard à essayer de voir dans le noir. Elle avait l'air de dire : « Attends un peu, ma petite, tu ne perds rien pour attendre, je sais que tu nous caches beaucoup de choses. »

— Vous allez poser toutes ces questions à mon frère ?

Petit Louis, si fragile, si sensible, comment allait-il réagir ?

— Nous lui avons déjà posé ces questions, dit la femme flic.

— Et alors, qu'est-ce qu'il a répondu ?

— Je te trouve bien agressive, Mélodie. Mais bon... Oh, je peux bien te le dire... Ton frère nous a avoué qu'il les avait vues, les photos intimes de vos parents.

— S'il les a vues, c'est qu'il a fouillé dans leur armoire !

— Ou que ta maman les lui a montrées.

Tous les « dingue » que j'avais criés à l'intérieur de moi-même sont sortis en bloc. J'ai hurlé :

— C'EST DINGUE ! C'EST COMPLÈTEMENT DINGUE ! VOUS ÊTES FOLLES, TOUTES LES DEUX !

La psychologue nota une dernière chose dans son cahier. Et tira un trait.

Un double trait, qui doubla mes appréhensions.

Qu'avait-elle écrit sur petit Louis ?

Qu'allait-elle écrire sur mon compte ?

Après que je fus sortie du palais de justice, Elise me paya une glace dans un salon de thé.

Après le salon du thé, je retournai au lycée.

Et après après, la vie continua, cahin-caha, jusqu'à la parution la semaine suivante d'un magazine de merde.

Qui, au palais ou au commissariat, violait le secret de l'instruction en renseignant les journalistes ? Dans quel but ? Pour se faire mousser ? Pour de l'argent ?

Partout devant les Maisons de la presse de France et de Navarre, et donc de la Ville Maudite, des panneaux de teasing reproduisaient la couverture du magazine pourri.

« RÉSEAU PÉDOPHILE : L'EXPERTE PSYCHOLOGUE : "FAMILLE MÉROUR : ATTOUCHEMENTS SEXUELS PLAUSIBLES". »

Une photo illustrait cette ineptie. Une photo à trois personnages juchés sur un rocher. Une photo de ses enfants que papa avait prise il y avait deux ans, à côté de chez papy, sur le port d'Audierne. Une photo que nous avions donnée au troisième personnage que j'avais invité à passer une semaine avec nous.

Petit Louis, en maillot de bain, brandissant son haveneau à crevettes comme un garde suisse sa hallebarde.

Moi, en monokini, dévoilant les deux boutons de rose

que j'avais à treize ans. Et ma chère Joanna, flottant un peu dans le maillot une pièce de sa grande sœur.

Pour respecter la loi, les yeux de petit Louis et les miens étaient barrés d'un mince trait noir hypocrite et le visage de Joanna la traîtresse entièrement masqué par un rond noir. Il n'y avait pas à en douter : un journaliste du tabloïd avait fouiné du côté de nos relations et convaincu mon ex-meilleure copine – ou sa mère, mais c'était pareil – de lui refiler cette photo, moyennant finance, j'imagine.

Cet article et cette photo de nous jetés en pâture au voyeurisme du public auraient pu provoquer une hécatombe. On aurait tous pu se suicider. Ç'aurait pu être papa, ç'aurait pu être maman, ç'aurait pu être moi si nous n'avions pas eu la révolte chevillée à l'âme. Ç'aurait pu être petit Louis, beaucoup plus tendre et vulnérable. D'ailleurs, je l'apprendrais après Noël, il avait fugué, un soir, en laissant un mot à sa famille : « Je veux mourir. » Les gendarmes l'avaient retrouvé vers minuit, assis au bord du canal. Il avait traversé l'autoroute. Un miracle qu'il n'ait pas été écrasé...

Non, la mort survient là où on ne l'attend pas.

Le chagrin est l'arme des crimes parfaits : on ne la retrouve jamais...

11

Mamie Garrec ne s'est pas suicidée : elle est morte d'une overdose. Encore que le mot « overdose » soit ici exagéré. Elle a pris quatre somnifères au lieu d'un. Quelqu'un d'autre aurait dormi jusqu'au lendemain soir, mamie, elle, est morte de ne s'être pas réveillée. Je plaisante ? Si l'on veut. Pour rire. Le rire est une bonne arme contre le chagrin, arme du crime. La peine peut provoquer des fous rires. Ne dit-on pas qu'on meurt de rire ?

Que de là-haut mamie me pardonne de dire d'elle qu'elle avait un trop bon coup de fourchette et une bonne vingtaine de kilos en trop. Si bien qu'elle s'endormait difficilement, sur le dos, et souffrait d'apnées nocturnes, comme beaucoup de gens du troisième âge. Le sujet arrête de respirer et, bien sûr, quand l'organisme réclame son bol d'air, la personne se réveille, aspire un grand coup et se rendort. Ayant avalé trop de somnifères, mamie ne se réveilla pas. Le lendemain matin, elle était froide quand le réveil sonna.

On parlera de fatalité, on dira que ç'aurait pu arriver n'importe quand, n'empêche, c'est bien à cause du juge, de Joanna et de l'article assassin qu'elle est morte, plusieurs jours après avoir lu ce magazine qui se nourrit du fumier de l'humanité. Elle n'en dormait plus. Alors, à l'insu de papy, elle prit deux cachets au lieu d'un, puis trois, et puis quatre, ce soir-là.

Papy fut obligé de se débrouiller tout seul pour organiser les obsèques. Comme beaucoup de Bretons de leur génération, des gens qui n'ont pas peur de la mort, ils avaient déjà acheté une concession dans le cimetière du village natal de mamie, Briec-de-l'Odet, un gros bourg de Cornouaille, et fait installer la pierre tombale et graver leur nom dessus – il ne restait plus que les dates à mettre.

D'Audierne à Briec, papy suivit le corbillard dans son camping-car. Elise nous conduisit à l'enterrement, petit Louis et moi, dans une voiture de la DDASS. Comme nous avions été interrogés, la consigne du silence entre nous avait été levée. Néanmoins, on ne se parla presque pas. D'abord, on avait du chagrin ; ensuite, petit Louis, qui venait de faire sa fugue, semblait avoir perdu sa langue. Seul sur la banquette arrière, il regardait fixement le bouquet de roses que lui avait donné sa famille d'accueil pour qu'il le dépose sur la tombe de mamie.

C'était le premier enterrement auquel j'assistais. Tous les enterrements sont tristes, mais je ne crois pas qu'il puisse y en avoir de plus triste que celui de mamie. Papa et maman arrivèrent séparément dans deux voitures de gendarmerie et entrèrent dans l'église juste au début de la cérémonie, encadrés par des gendarmes. Nos parents, nos jeunes parents, nos magnifiques parents n'étaient plus que l'ombre d'eux-mêmes. Papa était d'une pâleur maladive et courbait les épaules, lui le sportif, lui le bûcheron, lui l'insoumis. Maman se tenait bien droite mais comment n'aurais-je pas remarqué ses cheveux gris ? Sa dernière couleur datait du mois de juin et nous étions en novembre.

Le prêtre parlementa avec les gendarmes. Chacun devina l'objet du conciliabule : les menottes que maman et papa étaient bien en peine de dissimuler sous un manteau puisqu'ils frissonnaient dans leurs vêtements d'été. Le curé obtint gain de cause. On leur ôta les menottes et ils s'étreignirent. Papy, petit Louis et moi nous contournâmes le cercueil pour aller les embrasser, puis les gendarmes nous dirent de regagner notre place. Petit Louis s'accrocha à la jambe de maman. Les gendarmes renoncèrent à le séparer d'elle, par humanité sans doute, mais peut-être aussi à cause des murmures de réprobation qui s'élevèrent dans l'église, de derrière les mouchoirs que de nombreuses dames avaient sortis. Même des hommes pleuraient. Voir un homme pleurer, c'est pire que tout. Ça veut dire qu'on touche le fond. Voir son père pleurer, lui dont le rôle a toujours été de vous consoler, ça vous met le cœur à l'envers. J'eus l'impression de marcher au plafond, la tête en bas. Un éblouissement fugace me fit chanceler, ce que personne ne remarqua, sinon Elise, qui passa son bras sous le mien et m'arrima fermement à elle. Elise aura été, avec ses rastas et ses robes indiennes, mon bouquet de fleurs des champs pendant cette période de misère. Je lui décernerais volontiers la médaille du mérite des référents, si décorations il y avait à la DDASS.

En Cornouaille, on ne cache pas les morts comme en ville : on les célèbre avec vigueur. Une foule de gens du coin avaient tenu à accompagner mamie dans sa dernière demeure, en son pays. L'église était remplie de monde. Il ne restait pas une chaise de libre. Des hommes debout étaient massés de chaque côté de la nef. On aurait cru que des chœurs immenses avaient pris place dans la mezzanine, près de l'orgue, tellement la multitude reprenait d'un seul élan des cantiques funèbres chantés en breton. La langue de mes aïeux rendait les chants encore plus poignants. Comparée à ces cantiques, la messe funèbre de Mozart, que papa aimait écouter, est presque aussi gaie qu'une opérette... Tandis que le curé égrenait la liste des services et messes, les gendarmes remmenèrent leurs criminels, menottes aux poignets.

Nous suivîmes à pied le corbillard jusqu'au cimetière proche. Au bord de la tombe, le curé prononça des mots d'adieu et d'espoir, les gens défilèrent pour bénir le cercueil posé sur des tréteaux, mamie fut mise en terre, petit Louis jeta son bouquet de roses dans la fosse, les fossoyeurs empoignèrent leurs pelles, c'était fini. Fini ? Je me suis demandé quand ce fleuve d'affliction cesserait de couler et sa crue de charrier ces branches mortes que nous étions devenus.

Papy avait tenu à respecter une coutume du pays : le goûter d'obsèques. Nous nous retrouvâmes dans l'arrière-salle d'un café avec la plupart des gens qui avaient accompagné mamie au cimetière. Sur de longues tables étaient disposés des bols et des verres, des sucriers, des briques de lait, du gâteau breton et des gâteaux de pâtisserie. Des serveuses remplissaient les bols de café ou de thé, et, pour les messieurs qui en voulaient, les verres de vin blanc ou de vin rouge. Petit Louis et moi étions assis de chaque côté de papy. Des cousins et cousines et parents éloignés de mamie vinrent nous serrer la main. Les dames nous embrassaient.

— Ah, mes pauvres mignons ! Vous en faites pas, votre papa et votre maman reviendront... Tout ça c'est que des inventions...

Elles appelaient papy par son prénom.

— Et toi, Raymond ? Tu fais face ?
— Il faut bien...
— Enfin, elle n'a pas su qu'elle partait. Une belle mort, quoi.
— C'est ce qu'on dit, admettait papy, mais soixante et onze ans, c'était jeune encore pour partir.
— Ah, la mort ne prévient pas, il faut faire avec.
— On essaiera, soupirait papy.
— Enfin, tu ne méritais pas ça.
— Si je l'avais mérité, je ne sais pas ce que j'aurais fait pour...
Personne ne mérite de tels malheurs. Comme je l'ai déjà dit, ils avaient devant eux une constellation d'années de bonheur et puis voilà, les tordus de la Grande Pyramide, le juge, cette salope de Joanna, le magazine pourri avaient tout démoli. Les yeux dans le vague, papy nous dit :
— Je vais vendre le camping-car et donner les sous à vos parents. Ils en auront bien besoin quand ils sortiront de prison.
Nous reprîmes la route à la nuit tombée. A la sortie de Rennes, Elise fit un crochet vers Mayenne pour ramener petit Louis dans sa famille d'accueil. C'étaient des gens qui avaient roulé leur bosse et galéré dans différents métiers manuels, avant de s'installer comme agriculteurs laitiers dans ce coin de campagne reculé. Ils accueillaient un seul enfant de la DDASS à la fois, pour arrondir un peu leurs fins de mois et se donner de la compagnie. Ils nous invitèrent à dîner à la bonne franquette – pain complet, charcuterie, fromage et pommes de leur verger. Petit Louis monta tout de suite se coucher.
— Il est comme ça depuis longtemps ? demanda Elise.
— Muet ? dit la dame. Eh bien...

— Depuis qu'il a été interrogé, dit le monsieur.
— Il ne faudrait pas laisser un état dépressif s'installer, dit Elise. J'en parlerai au psy.
— A la bonne femme du palais de justice ?
— Non, Mélodie. A une jeune pédopsychiatre qui a son cabinet pas loin du foyer. Une fille super.

Il était une heure du matin quand nous franchîmes la porte du foyer. Je me couchai dans le lit de Mélissa et mêlai mes jambes aux siennes, ce qui ne m'était pas arrivé depuis plusieurs semaines. Je ne voulais plus que Mélissa me touche parce que j'aimais Lionel et que je croyais que Lionel m'aimait.

Bien que ce ne soit qu'une menue anecdote dans l'immensité de cette débâcle judiciaire et morale, le tableau ne serait pas complet si je ne racontais pas mes éphémères amours avec Lionel, défuntes à peine écloses.

Lionel et moi on s'était plu dès la rentrée. Je l'avais remarqué tout de suite, à cause de son duffle-coat et de son look mi-artiste, mi-rocker des sixties – cheveux en bataille, mèche sur le front, pattes jusqu'au maxillaire. Moi, j'avais pour lui l'attrait de la nouveauté. A Rabelais, la plupart des filles et des garçons se connaissaient depuis la sixième, aussi avaient-ils eu tout le temps de s'amouracher et de se désamourer, pendant ces années de formation sentimentale.

Lionel incarnait le gendre idéal, autrement dit le garçon que maman aurait volontiers accueilli à la maison, voire avec qui elle m'aurait laissée seule dans ma chambre et très vite fiancée : bien élevé, fin et cultivé, et de bonne famille. Son père était architecte et sa mère tenait une boutique de décoration. Ils voyageaient beaucoup. A seize ans, Lionel avait déjà visité une bonne douzaine de pays. Artiste, il l'était vraiment. Il jouait de la clarinette dans un orchestre de jazz amateur, mais s'intéressait surtout au dessin. Hérédité oblige, il visait arts déco. Maman aurait objecté que ça ne menait pas à des métiers sûrs. Mais notre parenté culturelle l'aurait rassérénée : chez Lionel, on lisait aussi *Le Monde* et *Télérama*, on écoutait France Inter et on regardait Arte. Ça créait des liens.

Ce fut sur le terreau de la Culture avec un grand C que nos amours germèrent. Lionel me prêta un roman américain qu'il venait de terminer, *Dalva* de Jim Harrison, je le trouvai super, on s'enthousiasma de concert, et de fil en aiguille, au cours de discussions à propos de soirées « Thema » sur Arte ou « Cinéma de minuit » sur F3, nos relations culturelles prospérèrent avant de devenir un peu plus charnelles. Lionel ne paraissait pas pressé de me draguer. Il me fallut prendre un soupçon d'initiative et me bâtir à son intention une biographie romanesque.

Je prétendis que mon père commandait une plateforme pétrolière en Arabie saoudite et que ma mère, allergique aux poussières de la rue, ne sortait jamais de la maison, où elle passait son temps à corriger des copies de français pour un organisme d'enseignement à distance. C'était pratique pour justifier mes week-ends de calfeutrement au foyer.

« Qu'est-ce que tu fais le week-end prochain ?

— Rien, faut que je tienne compagnie à ma mère... »

Comme le foyer n'était pas abonné à *Télérama*, je fus obligée de l'acheter et de l'apprendre par cœur pour soutenir mes conversations avec Lionel. Sinon il m'aurait fallu lui dire que mes parents s'étaient désabonnés, ce qui l'aurait peiné, je pense.

Lui mentir sur mon adresse était une autre paire de manches. Je ne me voyais pas partir du lycée dans le sens opposé au foyer et faire le tour de la ville pour le décourager quand il voudrait me raccompagner. Le foyer étant situé dans les beaux quartiers, son adresse collait bien avec ma prétendue identité de fille choyée et comblée... mais étroitement surveillée. Le fait de venir de l'Institution Sainte-Brigitte, réputée à tort « boîte à bonnes sœurs », me servit à lui faire croire que ma chère maman me collerait en pension si elle me voyait embrasser un garçon. Aussi avais-je fixé une limite à ses brins de conduite : le passage à niveau du TER qui traversait la Ville Maudite à la hauteur du jardin des plantes. Là, je m'adossais à une vieille baraque de cantonnier, Lionel m'enlaçait, glissait une jambe entre les miennes, et je la serrais, et on s'embrassait, et il embrassait vachement bien. Parfois le train passait et on tremblait ensemble. Ça me troublait de penser que tous les gens du train nous voyaient.

Hélas, mon statut de locataire de la DDASS me privait de bien d'autres plaisirs. Lionel insistait-il pour que je l'accompagne le soir à un concert de jazz, que j'objectais : « Impossible, maman ne voudra jamais. » Lionel me disait-il que je serais la bienvenue le week-end prochain dans leur résidence secondaire du bord de Loire (programme varié : ascension en montgolfière, canotage et pêche au brochet), que je me désolais (pauvre petite fille cloîtrée) : « C'est sympa de la part de tes parents de m'inviter, mais tu sais bien que maman a besoin de moi les samedis et dimanches. » Il boudait.

J'atténuais ses frustrations par des privautés charnelles que je lui permettais tout autant que je me les accordais. Je le laissais caresser mon haut, je défendais de plus en plus paresseusement la forteresse du bas. Qu'on ne s'étonne pas que j'ironise. Si j'use d'un ton léger, c'est que ma perception de cet épisode est faussée par son dénouement. J'ai beau faire, je n'arrive pas à enfiler les perles de la douce élégie qui sied à la narration d'un premier amour. Pourtant, j'étais folle amoureuse de Lionel. J'adorais quand on se parlait, je fondais quand il me touchait et je savais que je finirais par me donner à lui, comme on dit, pour la vie. D'ailleurs, j'avais décidé de lui faire don de ma virginité. Ce serait mon cadeau de Noël – le sien et le mien.

Un mercredi après-midi, jour de congé de leur femme de ménage, il m'emmena chez lui. Notre maison n'était pas si mal que ça, comparée à la moyenne, mais la villa de ses parents, c'était Hollywood : plus de salons que de chambres, et des tableaux et des sculptures modernes en veux-tu, en voilà. Sa chambre de jeune homme était dans le style paquebot de l'âge d'or des transatlantiques, décorée de maquettes, d'objets de marine et de posters sépia des anciens et superbes voiliers de l'America Cup. Montre-moi ta chambre et je te dirai qui tu es... Dans cette impeccable cabine régnait l'ordre que ses parents avaient inculqué à son locataire. L'ordre, mais quid de la volupté ?

On s'allongea sur la couchette, on s'enlaça, se bisouta, se caressa. Comme mon amoureux paraissait un peu paralysé, je fis semblant d'avoir froid – alors que j'avais le feu aux joues –, ôtai mon jean, gardai ma culotte et me glissai sous les draps. Il ôta son jean et garda son joli caleçon bleu marine. La chaleur du lit le dégourdit. Je le laissai me faire ce que me faisait Mélissa. Le charme de l'indécis ajouta du piment à la chose. Ça dura beaucoup plus longtemps. Il ignorait le secret, s'écartait du trésor, y revenait, se perdait de nouveau. Je pressais mon bassin contre sa main quand il brûlait, je lui mordais la langue quand il s'égarait, et ce fut par hasard qu'il trouva la clé et le bijou à l'intérieur de l'écrin. Lorsque je frissonnai de partout, le souffle coupé, il s'écarta de moi, inquiet. Je le serrai dans mes bras à l'étouffer et il tressaillit. Le devant de son caleçon était mouillé. Pourtant, je l'avais à peine effleuré. Moi aussi, j'avais des trucs à apprendre, mais ce n'était pas avec ce cher Lionel que je les apprendrais...

Les dieux hissèrent la voile noire, et dans ma version du mythe Tristan tua Iseut. La fatale photo parut en couverture du magazine et les funestes affichettes fleurirent aux devantures des Maisons de la presse. Pour un étranger, je n'étais pas vraiment reconnaissable, à treize ans, les cheveux coupés à la garçonne et ma petite bouille ronde toute mangée de taches de rousseur. D'ailleurs, à Rabelais, aucune fille ni aucun garçon ne me regarda de travers. Sauf à être comme moi plongée dedans jusqu'au cou, les faits divers ne font déjà ni chaud ni froid aux ados, quand par extraordinaire ils lisent les journaux. Alors, à Rabelais, où les élèves connaissaient mieux les côtes méditerranéennes que les banlieues de la Ville Maudite...

Mais je n'étais pas une étrangère aux yeux de mon cher Lionel. Il me côtoyait de près, de très près. Le soir de la parution du magazine, sur le chemin du passage à niveau, il ne me prit pas par la main, ni par la taille, ni par le cou. Engoncé dans son duffle-coat, l'air soucieux, il se planta devant une boutique de journaux et la fameuse affichette.

— C'est bizarre... Cette fille, on dirait que c'est toi...

Il aurait été facile de lui répondre sur un ton piquant :

— Merci, c'est sympa...

Ou d'avouer à demi :

— Tu parles, c'est ma cousine... Ses parents, mon oncle et ma tante, c'est la honte de la famille... Sujet tabou, à la maison... Maman a tiré une croix sur eux...

Mais je n'en pouvais plus de mentir. De mentir en général et de mentir à Lionel. Pauvre sotte, qui en se dévoilant écrivit dans sa tête un dialogue subséquent ô combien romantique :

« Voilà, tu sais qui je suis. Maintenant, je ne t'en voudrais pas de ne plus m'aimer.

— Tu es folle ? Je t'aime, Mélodie, je t'aime plus que tout et plus que jamais.

— Mes parents sont innocents...

— Comme si j'en doutais ! Je n'en doute pas une seconde ! Je t'aiderai à les défendre ! Mon amour, quels tourments as-tu donc traversés ? C'est affreux ! Ne t'inquiète plus, je suis là, près de toi... »

Un long baiser clôturait ce merveilleux dialogue, tandis que le TER passait et qu'aux fenêtres des wagons des visages souriaient à ce tableau idyllique de l'amour juré pour l'éternité.

The end...

Au lieu de cela, mon bel amour prononça ces paroles malheureuses :

— Dire que je t'ai emmenée chez moi...

— Tu regrettes ?

— Quand je pense que tu aurais pu venir en week-end avec nous.

— Ça va, j'ai compris.

— Ecoute, Mélodie...

Dire que je t'ai emmenée chez moi... Rétrospectivement, il en dégoulinait de sueurs froides. Il avait amené chez papa Architecte et maman Design une fille de la DDASS, un sous-produit de pédophiles, un crapaud séropositif, pour tout dire. L'énormité de la transgression l'écrasait et, en même temps, je le sentais soulagé que je ne sois pas partie en week-end avec eux. Ouf, ses parents ignoreraient ad vitam æternam de quoi j'avais l'air.

— Ecoute, Mélodie, répéta-t-il.

— Ça va, j'ai compris, je te dis ! Pas la peine d'en rajouter !

Le TER arrivait. Je franchis la barrière et traversai la voie, juste devant la locomotive. Le souffle du train faillit me happer. Je me retournai. Personne ne souriait aux fenêtres. Les voyageurs tiraient tous des mines de banlieusards cyanosés. Une fois le dernier wagon passé, mon cœur brisé lança quelques étincelles d'espérance : mon Roméo accourait et moi je retraversais, et les amants à jamais réunis s'embrassaient au milieu du passage à niveau, tout un symbole.

Tristan remontait le boulevard, la tête sous sa capuche. Les cheveux d'Iseut étaient trempés.

Lionel avait les qualités des défauts de son éducation. C'était vraiment un garçon très bien élevé. Il ne me trahit pas. Nous restâmes assez bons copains. Pour les élèves de la classe, nous avions rompu. Nonobstant, comme écrivent les gendarmes, en protégeant mon anonymat il protégeait aussi son amour-propre et ménageait son avenir auprès des autres filles. Pensez, être sorti pendant un mois avec une fille de pédophiles, ça l'aurait marqué du sceau de l'infamie.

Peut-être ai-je eu tort de penser cela, sous l'effet du dépit. Peut-être pas, et peut-être qu'à cause de Lionel j'allais finir lesbienne. Je retombai dans les bras de Mélissa et nous fêtâmes le retour de l'enfant prodigue par de fiévreuses étreintes.

— Je te l'avais bien dit, me chuchota-t-elle sur l'oreiller, les mecs, c'est que des fumiers.

Toute à mon histoire d'amour, j'avais presque fini par croire à mes mensonges : un papa en Arabie saoudite, une maman asthmatique et agoraphobe... J'en avais presque oublié que papa et maman étaient en prison. En tout cas, si je ne l'avais pas oublié, mon esprit l'avait admis comme un fait établi et rangé au placard.

Heureusement, en un sens, Sibérius me rappela à la réalité. Après le suicide du boulanger et la mort de mamie, monsieur le juge fut agacé par les mouches de la défense qui lui bourdonnaient autour. Drapé dans sa toge impériale, il se leva de son lit de certitudes et condescendit enfin à *entendre* les inculpés, et, semble-t-il, à en *écouter* certains.

Toujours est-il que pour l'entendre, il l'a entendue, ma chère maman. Entre elle et lui, ça a drôlement bardé. J'en souris rien que d'y penser : il n'y avait que maman pour oser gratifier un juge d'instruction d'un strip-tease quasi intégral...

12

Censés avoir été perpétrés sur une longue période, les crimes de pédophilie privaient les personnes désignées par les Ruttard de tout alibi. On peut essayer d'en produire un pour une date et une heure précises, mais comment justifier son emploi du temps pour tels jours et telles heures pendant plusieurs années ? Pas plus que les accusés n'avaient d'alibi, le juge ne possédait de preuve matérielle de leur culpabilité. Ce grand homme s'en battait l'œil, puisqu'il considérait comme parole d'Evangile les témoignages des Ruttard, confirmés par leurs enfants dans les conditions que l'on sait (la séance d'« identification » d'après photos).

C'était là l'aspect le plus scandaleux de cette instruction : la parole de criminels prévalait sur celle de braves gens qui n'avaient que leur bonne foi à opposer à leurs accusations. Cependant, deux personnes au moins avaient quelque chose de tangible à montrer : le chauffeur de bus de la ligne Les Pyramides-Mairie Centre, et maman. Lors de leur audition, papa et les treize autres ne purent qu'exiger, sur divers tons – un ton très las en ce qui concernait mon père –, qu'on démontre leur culpabilité. Ce à quoi le juge répondit, sur un ton d'attendus – de jugement déjà rendu dans sa tête de bois –, qu'ils avaient tous été reconnus par les gosses et qu'ils feraient mieux d'avouer.

Depuis le début de son incarcération, le chauffeur de bus piaffait d'impatience à l'idée d'assener au juge un argument massue. Cet argument, son avocat l'avait versé au dossier, mais comme le juge ne le rouvrit qu'après le suicide du boulanger, lorsqu'il décida enfin d'auditionner les inculpés, cinq mois s'étaient écoulés et ce n'était plus d'impatience que bouillonnait le chauffeur de bus mais de rage rentrée. Il attaqua le juge bille en tête.

— Selon vous et les autres zèbres, quand les faits se sont-ils passés, monsieur le juge ?

— Ne me faites pas perdre mon temps, vous le savez très bien.

— Non, vous, dites-le-moi ! Dites-moi quels mois, de quelle année ! Tout de même, ça, vous pouvez bien me le dire, l'époque où j'ai commis les crimes dont vous m'accusez...

— A votre aise...

Le juge donna une fourchette. Entre tel et tel mois, deux ans auparavant.

— Je n'étais pas chauffeur de bus, à cette époque, monsieur le juge.

— Non, vous étiez chômeur indemnisé.

— Bon ! Les gosses Ruttard, ils m'ont bien reconnu d'après les photos de l'identité judiciaire ?

— Formellement !

— Hé ben, rigola le chauffeur de bus, ils sont drôlement physionomistes.

— Pardon ?

— Sacrément physionomistes, je vous dis ! Regardez donc ma bobine dans votre dossier...

Les photos d'identité judiciaire montraient de face et de profil un type dans la trentaine, glabre et le crâne rasé.

— Eh bien ? Ce sont des photos de vous !

— Ouais, prises cette année. Mais j'en ai d'autres, qui datent un peu. Qui datent de l'époque où je grimpais en haut de la Grande Pyramide, soi-disant...

Le chauffeur de bus tira de sa poche des clichés réunis par son avocat et attestés par son entourage. Des portraits d'un autre homme, chevelu, moustachu et barbu comme un Viking.

— Voilà comment j'étais, monsieur le juge... Même ma mère a eu du mal à me reconnaître quand je me suis refait une beauté...

En tant que chômeur, il avait bénéficié d'une formation pour adultes : permis poids lourd et transports collectifs. A l'issue de sa formation, on lui avait vivement conseillé de changer de look s'il voulait trouver du travail. Il l'avait fait, et c'était un gars très clean qui avait été embauché par la régie des transports urbains.

— Alors, qu'est-ce que vous en dites, monsieur le juge ? Je vous préviens, mon avocat a l'intention de remettre ces photos à la presse...

— C'est du chantage ?

— Non, la preuve que vos clients charrient, monsieur le juge.

Sibérius n'était pas homme à se laisser convaincre par des instantanés d'un système pileux depuis lors rasé. Sibérius eût été mortifié de céder sur-le-champ. Sibérius ordonna un complément d'enquête : il pria la police de s'assurer que ces clichés n'étaient pas bidonnés, que le catogan de Viking n'était pas une perruque, ni la barbe une fausse barbe.

Maman fut entendue la dernière, presque par raccroc. Elle avait exigé d'être confrontée à la mère Ruttard. Dans un premier temps, Sibérius refusa, et puis, comme maman en faisait une condition nécessaire à son interrogatoire, il accepta, de mauvaise grâce, en se disant peut-être que ça lui ferait UNE confrontation à opposer aux attaques du Syndicat de la magistrature – des juges de gauche, que les juges de droite qualifient d'empêcheurs de condamner en rond.

Quand, au procès, je ferais, de visu, la connaissance de monsieur Sibérius, je comprendrais mieux pourquoi et comment maman put ce jour-là le repousser dans les cordes.

Le juge, voilà deux mots qui en imposent à votre imaginaire. L'article défini « le » vous persuade qu'il est *unique* et *infaillible*. Quant au signifiant « juge » précédé de son article, il dresse devant vous la statue d'un Commandeur de deux mètres de haut, à la mâchoire et aux épaules carrées, aux yeux bleu arctique et à la voix tonnante et frémissante de résonances sépulcrales – chaque syllabe prononcée résonne comme des pas dans la crypte des condamnés...

Le juge Sibérius était un petit mec riquiqui, un jeune homme boudeur frais émoulu des grandes écoles, l'air à peine plus vieux que les puceaux des prépas de Rabelais, une bête à concours, sourde et aveugle au monde des menus plaisirs, un sadomaso de l'ambition. Enfermé dans son bureau et planqué derrière ses dossiers, il se faisait fort de tisser ses toiles d'araignée et de se vanter qu'elles fussent indémaillables. Mais au contact, c'était un boxeur paralysé des deux bras – d'où son allergie aux confrontations tant réclamées par la défense. Face à une femme comme maman, ce coq nain ne faisait pas le

poids. Maman le mit K-O. Comment ? Elle me le raconterait, quelques jours plus tard. Un récit jubilatoire... Qu'on en juge, si je puis dire... Dans le couloir du palais d'injustice, devant le bureau du juge, les gendarmes lui ôtent les menottes. Elle entre en se massant les poignets de façon ostensible. Elle bout, elle enrage de se savoir en position d'infériorité, coiffée comme l'as de pique, mal maquillée, habillée de vêtements défraîchis. Déjà présente, dame Ruttard se tient debout devant Sibérius, les mains dans le dos. Maman est priée de faire de même. Remontée à bloc, elle toise Sibérius, du moins sa moitié supérieure d'homme-tronc, et lui lance :
— Pardon ? On est où, ici ? A l'école primaire ? Tant que vous y êtes, expédiez-moi au piquet avec un bonnet d'âne...
Elle croise les bras et se tourne vers dame Ruttard, les yeux ronds.
— Alors, c'est vous, la bombe sexuelle ?
Maman n'en revient pas. Elle s'attendait à une vénéneuse beauté achélémite, brune de peau et sombre de regard, balancée comme une danseuse de flamenco et suintant la luxure par tous les pores. Or, en se gardant bien d'un iota de subjectivité, elle me décrira la Cléopâtre des Pyramides comme une belle mocheté. Cheveux filasse, petits yeux de truie, joues flasques, bourrelets, gros cul, courtes pattes, et le tout parfumé de Sueur banale, eau de toilette sui generis agrémentée de patchouli de supérette.
Au procès, j'apprécierais sur le tas la justesse de cette description à l'emporte-pièce signée maman. Dans son box, elle serait exactement comme en présence de maman dans le bureau du juge, le regard fixe, l'air

hébété. Pas besoin d'avoir fait psycho pour situer son QI : entre le chimpanzé et le débile léger.

— Vous m'en direz tant, poursuit maman. On se demande vraiment dans quels replis va se nicher le sex-appeal...

La Cléopâtre d'achélème continue de regarder droit devant elle. Elle bat des cils par séries rapides, en même temps que sa lippe s'alourdit, comme une petite fille sur le point de pleurer à l'idée de la punition qu'elle mérite pour avoir commis une très grosse bêtise. Sibérius tance maman.

— Madame Mérour, je vous prie de noter que c'est moi qui mène la confrontation.

— Eh bien, menez donc !

Chancelant déjà, le juge se réfugie dans le docte énoncé des accusations, lecture que maman ponctue de : « Et allons donc ! »

— Madame Ruttard, maintenez-vous vos accusations à l'encontre de madame Mérour ?

— Voui, susurre la dame du bout des lèvres.

— Il n'y a rien à enlever, rien à ajouter ?

— N-non, monsieur le juge.

— Parfait ! s'exclame maman. A moi, maintenant !

— Madame Mérour, vous parlerez quand je vous interrogerai ! Taisez-vous !

— Comment, me taire ? *Me taire ?* Mon mari et moi, ça fait cinq mois qu'on croupit en prison ! Cinq mois qu'on s'interroge ! Cinq mois que vous nous faites lanterner ! Si vous voulez que je me taise, il faudra me bâillonner, mon cher monsieur !

Le juge se tasse dans son fauteuil et menace :

— Si vous ne vous calmez pas, j'appelle un gardien.

— Appelez la garde républicaine si vous voulez ! La

garde suisse, les gardes-côtes, les gardes-barrières, les gardes champêtres, tous les gardes que vous voulez, y compris les garde-fous : cette bonne femme est folle à lier.

— Dites donc, je vous permets pas ! se rebiffe dame Ruttard.

Maman l'attrape par la manche.

— Alors, comme ça, j'ai fait des trucs à vos gosses et on a partouzé ensemble ? Regardez-moi quand je vous parle, espèce de grosse vache ! Et répondez : dans une partouze, tout le monde se met à poil, hein ? Par conséquent, vous m'avez vue à poil ?

— Ben oui, dit la dondon.

— Très bien. Dans ce cas, vous allez pouvoir dire au juge que j'ai une particularité. Laquelle ?

— Ben...

— Vous m'avez vue dans le plus simple appareil, vous avez filmé nos ébats, et vous ne vous rappelez pas ? Cherchez bien, là, du côté de la poitrine. Bon, je vais vous rafraîchir la mémoire. J'ai été opérée d'une tumeur et je n'ai plus qu'un sein. Ça vous était sorti de l'esprit ?

— Madame Ruttard ? marmotte le juge.

— C'est vrai, elle en a plus qu'un, admet l'idiote, j'avais oublié.

— Vous n'oubliez rien d'autre ? Du genre grains de beauté, cicatrice de césarienne ?

— Euh, ben non...

— Alors, voyons voir !

En un tournemain, maman arrache son pull, s'extrait de sa jupe et s'expose en petite culotte et soutien-gorge au regard virginal et pudibond de Sibérius.

— Madame Mérour, je vous en prie ! s'étrangle-t-il.

Maman dégrafe son soutif et apparaissent sous le nez du juge deux superbes jumeaux, taille 95B.

— Perdu, dit-elle à dame Ruttard, il y en a deux. Touchez voir s'ils ne sont pas siliconés. Non ? Sans façon ? Et vous, monsieur le juge, vous ne voulez pas tâter ?

— Madame ! Rhabillez-vous, je vous en prie !

— Minute ! Et le reste ! Ne me dites pas que vous ne la voyez pas ?

Obnubilé par les mamelons de maman, ou à cause de la lumière un peu faiblarde, il fallait croire que le juge ne l'avait pas aperçue, la deuxième preuve... Maman se tourne de côté. Sur son flanc gauche, du sein au pli de la taille, s'étale une magnifique tache de naissance, jolie comme tout, couleur café au lait avec beaucoup de lait, un ton à peine plus foncé que sa peau. Quand on était petits, pour mon frère et moi, le jeu consistait à dire ce qu'on voyait dans cette tache, comme on dit en forme de quoi sont les nuages. Un fantôme, disait petit Louis. Moi, je trouvais qu'elle avait la forme d'un hippocampe.

— Bizarre que ça vous soit sorti de la tête, dit maman en se rhabillant. Des partouzes, il y en a eu, à vous croire. Et les films ? Vous les regardiez après, non ? Deux nichons au lieu d'un, plus une tache comme ça, ça se remarque, il me semble...

Sibérius fronce le nez.

— Qu'avez-vous à dire, madame Ruttard ?

— Je vous ai pas menti, monsieur le juge, pleurniche Cléopâtre. C'est elle qui fait exprès de m'induire en erreur.

Nul ne saura jamais si le strip-tease de maman joua un rôle déterminant dans sa libération. Mais il est à peu près certain que c'est l'addition de deux autres éléments et le total des trois qui finit par faire pencher la balance du juge du côté de la raison, ou de la prudence, ou de la communication tactique.

Premier élément : depuis mon entretien avec la fliquesse Mir laine et Madame Psy liftée, je n'avais plus eu mes règles, et malgré ça j'avais des douleurs terribles au moment où elles devaient arriver. Je fus bien obligée de le dire à Elise. Elle verdit.

— Tu es sûre que tu n'es pas enceinte ? Tu as eu des relations avec ton copain ? Tu aurais dû me demander des préservatifs.

Elle se voyait déjà rajouter une énième croix sur la liste des IVG du foyer... Je la rassurai. Elle m'envoya chez le médecin. Tout était en ordre.

— L'aménorrhée de cette petite, c'est le choc, l'angoisse, le foyer, l'absence de ses parents... Je vais lui faire un certificat médical à l'attention du juge d'instruction.

Deuxième élément : petit Louis était allé chez la psy, la copine d'Elise. Son état dépressif était inquiétant. Elle aussi fit un certificat médical. Ce furent donc deux certificats médicaux qui atterrirent sur le bureau du juge. Ils disaient la même chose : la présence de la mère auprès de ses enfants était souhaitable.

Tout comme dans le cas du chauffeur de bus, notre ami Sibérius prit son temps. Le président de la République accorde des grâces le 14 juillet, lui c'est Noël qu'il attendit pour accorder à maman une grâce tout à fait partielle. Il aurait pu rendre un arrêt de non-lieu, c'est-à-dire abandonner les poursuites. Ne rêvons pas ! Il les maintint et motiva la mise en liberté provisoire de maman par, justement, les certificats médicaux. Le strip-tease, malgré la force – et la beauté ! – de l'évidence assenée, à lui seul n'aurait pas suffi. On ne change pas un âne bâté en commissaire Maigret du jour au lendemain.

Le 21 décembre, premier jour de l'hiver et des vacances de Noël, ô divine surprise, maman débarqua en taxi au foyer vers dix-huit heures. On se sauta au cou en pleurant comme des Madeleine. Deux minutes plus tard, une voiture de la DDASS déposait un petit Louis complètement ahuri. Il me bisa la joue, posa sa tête contre le ventre de maman et ne bougea plus. Le taxi attendait. Je courus fourrer mes affaires dans mon sac. Mélissa cachait sa tête sous son oreiller pour ne pas voir ça. Je me penchai et l'embrassai. Elle chercha ma bouche. La sienne était salée de larmes. Elle me mordit les lèvres.

— Tu ne m'oublieras pas, ma Mélodie ? gémit-elle.
— Jamais, ma Mélissa !

Je fis mes adieux aux autres pensionnaires. Elles n'étaient pas bien gaies de me voir partir en compagnie de ma mère et de mon petit frère, elles qui n'avaient aucune chance que ça leur arrive jamais. Les contes de fées sont tristes pour les gosses de sorcières. Je terminai mes adieux par Elise.

— Tu vas me manquer, Mélodie.
— Toi aussi.
— Vous avez une fille formidable, madame Mérour.
— Et un garçon tout aussi formidable, répondit maman en frottant la tête de petit Louis.

On monta à l'arrière du taxi. Les portières claquèrent. Le carrosse nous emporta vers notre villa transformée ce soir-là, d'un coup de baguette magique, en palais de la liberté retrouvée.

On balança nos sacs dans le vestibule et on repartit à la pizzeria du bout de la rue. La dame nous accueillit à bras ouverts.

— Ah ! Madame Mérour ! Ils ont fini par reconnaître leurs torts !

— Oui, enfin.

— Et pour monsieur Mérour ?

— Ça ne saurait tarder.

— Je vous le souhaite : c'est une honte, traîner des gens comme vous dans la boue. Allez, ce soir vous êtes nos invités.

— Merci, vous êtes gentille.

Nous commandâmes des escalopes à la crème avec des frites. Maman but une demi-bouteille de vin italien. Malgré le vin, elle resta plutôt songeuse sur le chemin du retour. Sans doute redoutait-elle que notre bonheur ne soit de courte durée.

Il le fut.

13

La maison était morte et froide et sentait le moisi. Sitôt revenus de la pizzeria, nous entreprîmes de la ressusciter. Le plus beau symbole de cette résurrection pour les yeux et le cœur fut d'allumer le feu dans la cheminée. Pendant que la chaudière grondait au sous-sol et que l'eau glougloutait en tiédissant les radiateurs, nous nous assîmes par terre devant le feu, graves et silencieux, comme si un gros chat s'était lové dans nos têtes et léchait ses blessures. Petit Louis s'endormit dans le giron de maman. De temps en temps je me levais et j'allais dehors chercher des bûches. Les flammes hypnotisaient maman.

— En tout cas, grâce à votre père, on ne risque pas de manquer de bois, murmura-t-elle.

Pour le bois, papa jouait les écureuils : nous avions en permanence deux années de provision d'avance. Dès les premières fraîcheurs de septembre, son plaisir était de commander à des bûcherons trois cordes de chêne ou de hêtre. Elles étaient livrées à l'état d'énormes bûches que papa prenait plaisir à débiter à la tronçonneuse, puis à fendre au merlin et à ranger au cordeau sous le bûcher au pignon de la maison. En raison des circonstances, il n'avait pas fait rentrer de bois en septembre, mais comme nous avions quitté la maison fin juin, et par conséquent n'avions pas brûlé de bois de tout l'automne, la provision constituée l'année d'avant était intacte. Mais ce bois ne suffirait pas à réchauffer maman. Malgré le chauffage central et la cheminée allumée vingt-quatre heures sur vingt-quatre pendant les vacances de Noël et de février, et tous les soirs, et du matin au soir tous les samedis et dimanches en dehors des vacances, elle n'arrêterait pas de se plaindre du froid.

Maman porta petit Louis dans sa chambre et le coucha tout habillé. Vers minuit, il y eut assez d'eau chaude pour remplir la baignoire. Je pris un bain sans m'attarder et laissai l'eau pour maman. Je redescendis devant l'âtre, où mes pensées dérivèrent du côté du foyer et de Mélissa, et vers Lionel et le lycée Rabelais. Un quart d'heure après, j'entendis maman rajouter de l'eau chaude et une demi-heure plus tard, comme je n'entendais plus aucun bruit, je montai voir. Maman s'était endormie dans la baignoire. Elle avait beaucoup maigri. Sa poitrine paraissait plus grosse, à cause de ses côtes saillantes. Le lendemain, elle me raconterait son strip-tease dans le bureau de monsieur le juge...

Je dormis jusqu'à onze heures. Au salon, où du bois brûlait toujours dans la cheminée, petit Louis regardait la cassette de je ne sais quel épisode de *La Guerre des étoiles*. Maman avait eu le temps de faire des courses et de nous préparer un petit déjeuner de fête (bien qu'on fût un samedi, notre brunch des dimanches d'autrefois) : jus de fruit, segments de pamplemousse au sirop, muesli, œufs au bacon, muffins grillés, thé noir de Chine. La vie normale recommençait-elle ? Non, ce n'était qu'un pâle reflet de notre vie antérieure, la répétition devant une salle vide d'une pièce de théâtre qu'on se force à jouer.

Levée de bonne heure, maman s'était aussi rendue chez la dame qui faisait le ménage à la maison avant la catastrophe. De la prison de Rennes, elle lui avait écrit pour lui demander de vider le frigo et le congélateur, de prendre le linge sale, d'épousseter de temps en temps, de relever le courrier et de le garder chez elle. La dame avait accepté, tout en sachant bien que maman ne pourrait la payer qu'à la saint-glinglin.

Le courrier gonflait quatre sacs d'hypermarché. Je voulus l'ouvrir. Maman me dit :

— Non, on triera cette foutue montagne de courrier plus tard. Tant pis s'il y a des cartes postales de tes copines qui datent de l'été dernier. Pas la peine de se gâcher la Noël avec le reste. D'accord, ma Mélodie ? D'ailleurs, j'ai l'impression que ces enveloppes vont me péter à la figure. Planque-les donc quelque part où on ne les verra pas.

Je fourrai le courrier piégé de menaces diverses dans le placard à balais sous l'escalier, et nous ne pensâmes plus qu'à organiser un succédané de Noël comme on se construit un igloo de fortune en plein blizzard sur la banquise.

Le samedi après-midi, on acheta le sapin. J'oublie de dire qu'il fallut appeler un garagiste : ni le break Mondeo ni la Twingo ne voulaient démarrer. Maman dit au dépanneur de s'occuper uniquement du break.

— Une voiture nous suffit, tant que...

Ben oui, tant que...

Le dimanche matin, on installa et décora le sapin, puis on accrocha les guirlandes autour du salon et on mit les bougies dorées dans leurs bougeoirs. Le dimanche après-midi, nous allâmes à la campagne, non loin de la ferme où papa commandait son bois, cueillir du gui et du houx à boules. Le lundi fut le jour des emplettes.

— Ce seront nos dernières folies, nous prévint maman. Après, il faudra se serrer la ceinture...

Chacun choisit un cadeau pas trop cher – une broche en toc pour maman, un jeu vidéo pour petit Louis, une eau de toilette pour moi, un atlas pour papy, et pour papa un gros bouquin réunissant l'essentiel des œuvres de Pierre Loti, plus de mille pages.

— Avec ça votre père pourra s'évader, plaisanta maman, mais le cœur n'y était pas.

Au bout d'une heure de queue chez le traiteur, nous jetâmes le reste de notre budget par la fenêtre de la déprime. Nous achetâmes de quoi réveillonner gentiment : quelques lamelles de foie gras, de minces médaillons de langouste et une bûche glacée à l'orange. Cinq parts en tout. La quatrième était pour papy, qui arriverait dans la soirée. La cinquième était celle de papa. Maman avait déposé une demande de visite pour le 25 décembre. Compte tenu que beaucoup de familles avaient fait de même depuis belle lurette, on la lui avait accordée pour le 26. Papa réveillonnerait avec un jour de retard.

Papy arriva au volant d'une 106 d'occasion. En raison de sa corpulence, on aurait dit qu'il pilotait une voiturette. Il déposa ses paquets cadeaux au pied du sapin. On savait ce qu'il y avait dedans : une console de jeu pour petit Louis, des CD pour moi (il avait pris la précaution de se renseigner sur mes goûts) et, dans une enveloppe, un chèque pour maman. Papy avait vendu son camping-car.

— Mal vendu, l'entendis-je dire à maman. Il avait beaucoup de kilomètres, et puis les gens recherchent des modèles plus récents.
— Tu n'aurais pas dû t'en séparer.
— Qu'est-ce que j'en aurais fait, de cet engin ?

Le soir on reprit place sur la scène du théâtre et on joua, sans grand talent je le crains, la scène du joyeux réveillon de Noël. Maman et moi on se fit belles – robe, escarpins, bijoux fantaisie et parfum du samedi soir. Rasé de frais et cravaté, papy ouvrit une bouteille de sauternes et une de sancerre rouge, maman servit des toasts et les festivités commencèrent, au son d'un CD de chants de Noël bretons.

Nous avions tout pour tenir notre rôle, mais il manquait le metteur en scène, papa, et ses sempiternelles gentilles disputes avec l'actrice principale, maman, à propos de l'ambiance sonore, par exemple. Papa voulait toujours écouter en boucle *Adeste fideles* chanté par Bing Crosby, et maman le lui interdisait pour, à la fin de la soirée, lui dire : « Allez, tu as été bien sage, on te l'accorde, ton air préféré... » Elle mettait elle-même le CD dans le lecteur et l'écoutait religieusement en serrant la main de papa dans la sienne. Ce soir-là, Bing Crosby resta muet.

Pour la première fois de ma vie je bus du vin, un verre de sauternes et un verre de sancerre. Ça me tourna la tête, pas seulement le vin mais surtout le fait que ce fut un peu comme un baptême, la reconnaissance par papy et maman que j'avais grandi, qu'il ne me restait plus que quelques pas à faire vers l'âge adulte. C'était gai et triste à la fois, un peu comme la fin des vacances ou la mise au rebut d'un vêtement que vous aimiez bien mais qui vous serre aux entournures.

A la fin du repas, papy devint morose. Il se mit à parler de mamie, et quel plaisir elle aurait eu à être avec nous, et comme sa mort était injuste, et combien son absence l'oppressait.

Alors, au lieu d'attendre le lendemain, on ouvrit les cadeaux. A minuit, petit Louis et moi étions couchés. Maman et papy s'attardèrent au coin du feu.

Le jour de Noël, on ne fit rien de particulier sinon marcher dans la campagne, dîner devant l'âtre sur la table basse et regarder la télé.

Le lendemain, on embarqua tous les quatre dans le break Mondeo, direction Rennes. Je croyais que rendre visite à quelqu'un en prison était une chose simple. On sonne, la porte s'ouvre, on dit coucou c'est nous, et puis voilà. Pas du tout. Il faut attendre dehors l'heure précise, à la minute près, et avoir une montre bien réglée, sinon, ladite heure dépassée, le bon de visite est caduc.

La Croix-Rouge avait dressé une baraque dehors et y servait des boissons chaudes et des sandwichs aux familles dont le train était arrivé tôt le matin et qui n'avaient pas les moyens de se payer le restaurant, ni même un petit déjeuner dans un bar.

Nous faisions partie de la fournée de quinze heures trente, en grande majorité des habitués que les gardiens appelaient par leur nom ou leur prénom.

— Alors, Béa, toujours fidèle à ton homme ?

— Comme une carmélite, mon gros loup !

Nous suivîmes le mouvement, franchîmes le seuil, montrâmes nos papiers et le contenu du colis de papa, marchâmes jusqu'au parloir. Papy n'arrêtait pas de bougonner :

— Si on m'avait dit qu'un jour je connaîtrais ça... Dire qu'on n'a même pas eu le droit d'aller te voir, toi...

Puis il s'aperçut que ça faisait de la peine à maman. D'une volte-face et d'un clin d'œil, il lui rendit le sourire :

— Toutes les expériences sont bonnes à prendre, même si on se serait bien passés de celle-là, hein !

J'imagine qu'il y avait quelque part dans cette prison un parloir comme on en voit dans les films, où le détenu et le visiteur se parlent à travers une grille. Le parloir où nous fûmes priés de nous asseoir était une grande salle avec une longue table et des bancs. On s'aligna sur un banc d'un côté de la table et les détenus entrèrent. Plusieurs femmes sautèrent par-dessus la table pour embrasser leur homme, le serrer dans leurs bras à l'étouffer, comme si elles voulaient s'incruster en lui – faire l'amour debout, puis-je écrire aujourd'hui, mais il y a deux ans et demi une telle idée ne me serait pas venue à l'esprit. Les gardiens remirent de l'ordre avec une certaine bonhomie et le brouhaha des conversations remplaça bientôt les cris de joie et de détresse.

Papa et maman s'étreignirent chastement, comme à l'église le jour des obsèques de mamie. Papa nous embrassa, on l'embrassa, on retint nos larmes, il prit ses cadeaux et son repas de Noël, et on s'assit, papa d'un côté de la table et nous quatre en face de lui, comme un jury de sages lors d'un conseil de famille.

Le lieu, la promiscuité, la cacophonie des voix haut perchées pour se faire entendre n'incitent guère à la conversation. Que se dire ? Des paroles convenues... Tu vas bien ?... Tu tiens le coup ?... Il faut tenir, on va finir par en voir le bout... Et vous les enfants, vous travaillez bien à l'école ?... Il faut travailler, c'est important... Il faut aider votre maman...

— Je vais chercher le bois dans le cellier, dit petit Louis.
— C'est bien, mon garçon, répond papa.
Puis, à maman :
— Tu as fait ramoner la cheminée ?
— Je compte le faire après le premier de l'An.

La libération de maman avait requinqué papa. Il en tirait la conclusion logique que la sienne ne saurait tarder. Il espérait beaucoup d'un argument qu'il croyait aussi probant que le strip-tease de maman : son carnet de rendez-vous, que son avocat avait remis au juge. Rempli jusqu'à huit, neuf heures du soir, il démontrait que papa ne pouvait pas être à la fois en train de masser des gens dans son cabinet et au dernier étage de la Grande Pyramide en train de... Autant préciser tout de suite que Sibérius opposerait à l'avocat un contre-argument digne de son esprit tordu : ces rendez-vous, papa pouvait très bien les avoir inscrits pour la forme, et la police avait autre chose à faire que du porte-à-porte chez tous les patients pour les vérifier.

La sonnerie de fin de visite retentit. A ma grande honte, je ressentis une sorte de soulagement, comme quand vous allez voir une copine malade à l'hôpital et que vous êtes sacrément contente de vous retrouver dehors, sans pouvoir vous défendre de cet odieux sentiment de bien-être à la pensée qu'il vaut mieux que la maladie ait frappé la copine plutôt que vous.

Nouvelles embrassades, nouveaux pleurs, nouveaux déchirements, la file des prisonniers qui sort par une porte et notre fournée de visiteurs qui s'étire par la porte opposée, mouchoirs agités, baisers soufflés au bout des doigts, retour au confinement pour les uns, bouffée d'air pur pour les autres...

Petit Louis paraissant bien tristounet, je suggérai à maman qu'on fasse comme j'avais fait avec Elise après l'enterrement de mamie : un crochet dans l'Orne, pour souhaiter un joyeux Noël à l'ex-famille d'accueil de petit Louis.

— Bonne idée, comme ça on pensera tous à autre chose.

C'était ce qu'on appelle une fausse bonne idée. Oh, l'accueil fut chaleureux, les gens nous invitèrent à goûter, papy, né à la campagne, sympathisa avec le monsieur, mais le problème ce furent les piques que ne cessèrent pas de se lancer la dame et maman. Une rivalité de femmes à propos d'un enfant dont elles s'étaient partagé l'affection. Maman ne supporta pas que la dame parlât de petit Louis comme s'il avait été son fils pendant six mois, et qu'elle s'inquiète de savoir s'il était suivi par un psychologue. L'agressivité de maman devint franchement déplaisante pour tout le monde.

Le plus dur à encaisser, pour petit Louis, ce fut qu'il avait déjà été remplacé par un garçon d'une dizaine d'années, à qui il battit froid. Il n'avait pas l'âge de comprendre qu'une famille d'accueil, si gentille soit-elle, est comparable à ces amis de vacances auxquels on jure qu'on écrira, qu'on ira les voir, qu'on les invitera, et qu'on oublie au bout d'un mois. Une page était tournée, il fallait oublier la ferme dans l'Orne, comme j'oublierais sans doute Mélissa et le foyer.

Le 27 décembre papy repartit à Audierne, bien que maman lui eût proposé de s'installer chez nous.

— Non, je vous embêterais. Plus tard, quand je serai vieux... ou plus vieux que je ne le suis. Il vaut mieux que je tienne l'appartement en ordre. Vous aurez un point de

chute pour les vacances et les week-ends prolongés, sans que ça vous coûte. On sera un peu à l'étroit, mais bon...
— Pourquoi à l'étroit ? s'étonna maman.
— J'ai oublié de te dire, j'ai divisé l'appartement en deux et pris un locataire, un étudiant. Mais je me tâte pour une petite maison... Allez, au revoir les enfants, et soyez sages. Au revoir ma fille, et n'hésite pas à m'appeler si tu as besoin de moi. N'importe comment, ne te crois pas débarrassée de moi. Je viendrai quand ça me prendra.
— Ta chambre sera toujours prête. Au revoir, papa. Porte-toi bien. Attention à la circulation. Téléphone dès que tu es arrivé...

Séparation à la prison, sentiments équivoques en quittant la famille d'accueil, départ de papy : tous ces arrachements faisaient de drôles d'encoches dans notre moral en dents de scie. Pour émousser cette scie, maman eut elle aussi une fausse bonne idée, mais pire que la mienne.

Elle téléphona à la SPA et leur raconta des craques : au cours d'un voyage à l'étranger elle avait eu un accident, était restée plusieurs mois à l'hôpital, si bien que ses voisins avaient provisoirement recueilli son chien, mais qu'à son retour lesdits voisins avaient déménagé sans laisser d'adresse, bref, au refuge de la SPA, n'y aurait-il pas par hasard un teckel à poil dur répondant au nom de Colonel ? Ça n'a pas raté, on lui dit que son chien avait été adopté, et bien qu'une adoption soit définitive, compte tenu des circonstances malheureuses, l'accident à l'étranger et tout, on lui donna les coordonnées des nouveaux « parents » de notre Colonel. Guillerette, elle nous annonça :
— J'ai trouvé l'endroit où est Colonel ! On va aller lui dire bonjour !

— Ouais ! exulta petit Louis.

L'espoir de maman, et le nôtre, était, on s'en doute, que Colonel nous fasse tellement de joies que ses nouveaux maîtres se sentiraient obligés de nous le rendre. Maman était prête à leur verser un peu d'argent, au besoin, si on avait affaire à des gens cupides.

En fait de « parents » Colonel n'avait qu'un papa adoptif, un vieux garçon. Il habitait dans un no man's land pris en tenaille entre une zone industrielle et la campagne. Autour de sa masure s'élevaient des cabanes, clapiers et poulaillers. Quand on gara la Mondeo dans la cour, Colonel aboya de derrière la maison. Petit Louis et moi on voulut se précipiter.

— Pas si vite ! dit maman. Soyons polis, tout de même.

Il fallut tailler une bavette avec le bonhomme. En bottes crottées et pantalon rapiécé, il ramassait les œufs de ses poules. Il venait juste de revenir de la chasse.

— Alors il était à vous, avant, le Colonel ? Ah, m'est avis que j'ai eu un sacré coup de pot le jour où chuis allé à la SPA. Un chasseur-né, l'animal ! Avec lui, pas besoin de furet ! Il entre dans les terriers et faut voir comment ça déboule de partout ! Des fois, il sort du trou avec un lapin dans la gueule ! Et pour le faire lâcher, tintin ! Faut allumer un briquet et lui brûler les moustaches ! Oh, plus d'une fois on a essayé de me l'acheter ! Un chien comme lui, ça n'a pas de prix ! Je le vendrais pas pour un million !

— Un million ? répéta maman.

— Même pas pour un million d'euros !

— On peut le voir ? demanda petit Louis.

— Bien sûr que tu peux le voir, mon p'tit gars.

Colonel était attaché au bout d'une chaîne fixée à une barrique remplie de foin. Par terre, il y avait une vieille casserole pleine d'eau et une gamelle entartrée de déchets divers. A notre vue, Colonel se mit à tirer sur sa chaîne comme un forcené en grognant et en montrant les crocs.

Petit Louis s'agenouilla dans la gadoue.

— Colonel ! C'est nous !

Les grognements redoublèrent.

— Colonel, c'est moi, petit Louis ! Tu me reconnais pas ?

Il leva la main pour lui caresser la tête. Heureusement qu'il eut le réflexe de la retirer, sinon Colonel la lui dévorait.

— Holà ! lança le bonhomme, un colonel ça ferme sa gueule devant un général ! Garde à vous !

Colonel se coucha, mais sans cesser de gronder, comme s'il voulait nous bouffer tous les trois. J'essayai de m'approcher, il rentra dans sa barrique et se remit à aboyer.

— Ah, c'est qu'il est gorgé, le lascar !

— Gorgé ?

— Il a de la voix, ma mignonne, on l'entendrait mener son lapin de l'autre bout de la commune.

— Il sait plus qui on est, pleurnicha petit Louis.

— Non, convint maman.

— Il va pas revenir avec nous ?

— Tu vois bien qu'il ne le veut pas. La chasse devait lui manquer, chez nous. Il est plus heureux ici. Il a retrouvé son élément.

Moi, je pensai qu'il était retourné à l'état sauvage.

La route du retour, je n'en parle pas. Sinistre.

Pendant que j'écris, j'en oublie de regarder par ma fenêtre. Au cours d'une vie humaine, combien de milliards de visages différents prend le ciel ? Comment est-il, aujourd'hui ? Agité. Déluré. Dissipé.

Cela m'aiderait-il à écrire s'il n'était que gris ?

La grisaille restera la couleur dominante de ce Noël sans papa.

Le 2 janvier, la guirlande du sapin s'éteignit et, sous l'escalier, la porte du débarras s'ouvrit.

Maman et moi on s'arma chacune d'un coupe-papier. Les sacs de courrier nous narguaient. De ces boîtes de Pandore n'allaient pas sortir des volutes de ciel bleu.

La grisaille allait s'opacifier et les bougies de nos petits bonheurs de Noël drôlement charbonner.

14

De la montagne de courrier, on fit trois tas. Deux gros, lettres anonymes et factures, et le troisième, bien mince, celui des mots d'encouragement écrits par des confrères et patients de papa, et des amies d'enfance de maman. On brûla les lettres anonymes, on lut et relut les mots de sympathie avant de les expédier à papa, et puis, calculette en main, on dressa l'inventaire des paiements à effectuer d'urgence.

En me livrant avec maman à cet exercice d'arithmétique ménager, il me vint à l'esprit une idée qui tournait autour de ceci : il y a mille et une façons d'exécuter des gens. En matière de peine capitale : fusiller, griller, pendre, guillotiner, décapiter à la hache, injecter du poison... Mais on peut aussi tuer au sens figuré, d'au moins deux façons : noyer arbitrairement dans l'opprobre – nous vivions cette noyade –, et ruiner des familles entières pendant que s'éternise une instruction désinvolte, peine que nous allions purger. De cela, les journaux ne parleraient presque pas. Pourtant, c'est une sacrée peine accessoire que de perdre tous ses biens après qu'on vous a dépouillé de votre honneur.

Pour nous, ce furent de drôles d'étrennes, en ce début janvier. Une nuée de créanciers réclamaient les leurs, souvent augmentées de pénalités astronomiques : EDF, GDF, compagnie des eaux, téléphone, taxe d'habitation, impôt foncier, impôt sur le revenu, cotisations sociales de maman, caisse de retraite de papa, etc.

— Le chèque de papy va y passer, dit maman.
— Et après, comment on fera ?
— On se coupera un bras, peut-être les deux... On va d'abord vendre le cabinet de ton père. De toute façon, il est hors de question qu'il recommence à travailler dans ce quartier pourri.
— On déménagera ?
— Sûrement.
— Où ça ?
— Dans une région où les gens ne tirent pas la gueule en permanence. Déjà, avant, j'en avais marre de les voir se traîner sous leur sournoiserie, à moitié escargots, à moitié scorpions. Alors, maintenant... J'ai envie de soleil, pas toi ? Je nous verrais bien dans le Sud-Ouest. Les trois quarts de l'année on vivrait dehors...

Maman avait dans les yeux des images de vieilles tuiles, de terrasse sous la treille, de vin frais, de troupeaux d'oies endormies, la tête sous l'aile, à l'ombre d'un chêne rouvre au milieu d'un coteau descendant en pente douce vers un torrent à truites sauvages.

— Ce serait chouette...

On dit que les naufragés capables de rêver peuvent survivre à des semaines et des semaines de dérive sur un esquif de fortune. Ce rêve de Sud nous aiderait à tenir quelques mois sur notre bateau retourné. Il serait notre eau de pluie recueillie dans le creux de nos mains, le plancton tamisé dans nos mouchoirs, le poisson volant échoué sur le pont et dévoré tout cru, le mirage récurrent d'une île paradisiaque gorgée de fruits exotiques et de sources cristallines.

J'ose à peine l'écrire : alors que papa se morfondait en prison et récrivait chaque jour sa lettre au président de la République, pour nous le premier semestre fila à la vitesse de l'éclair. Maman fut accaparée par le règlement des factures en retard et des contentieux en cours. Petit Louis ne se porta pas trop mal, si l'on oublie ses longs silences qui nous donnaient l'impression qu'il vivait à côté de nous plus qu'avec nous.

De ma propre biographie pendant ce semestre-là, il n'y a pas grand-chose à retenir, sinon que je m'étais dédoublée. A l'extérieur de la maison, j'étais la lycéenne sérieuse et sympa, copine avec tout le monde y compris avec cher Lionel, la fille qui commence à se libérer, fréquente les terrasses des bistrots, fume sa première cigarette, attend sans impatience qu'un nouvel amour fasse son lit sur le linceul du premier, auréolé de la poussière d'or de lectures romantiques – *Le Diable au corps*, *La Chartreuse de Parme*, *Rebecca*, *Les Hauts de Hurlevent*...

A l'intérieur de la maison, j'occupais la fonction de cogérante des ennuis pécuniaires. A qui d'autre maman se serait-elle confiée ? Avec qui d'autre aurait-elle partagé ses ennuis ? Au cours de ses visites à la prison de Rennes ou dans ses lettres à papa, elle n'évoquait que le côté positif des choses, pour ne pas le désespérer. J'assumais cette charge d'intendante adjointe non par plaisir mais avec, allant crescendo, une espèce de sentiment de supériorité sur mes petits camarades du lycée qui croyaient encore que l'argent de poche tombe du ciel ou d'une planche à billets que leurs parents actionnent à volonté.

A mesure que nous descendions marche après marche l'escalier du dénuement, mon vocabulaire s'enrichissait : « mise en demeure », « saisie-arrêt », « mainlevée »... Je passais des coups de fil d'une voix de plus en plus assurée. Maman n'avait même plus besoin de me dire : « Mélodie, tu veux bien répondre ? Ça doit encore être l'huissier. Si je décroche, je pète un plomb... », je me précipitais sur le téléphone quand je la voyais se crisper, et vieillir de dix ans, à la première sonnerie.

Bref, une fois l'argent du camping-car épuisé et les dettes apurées, on mit le cabinet de papa en vente, avec son accord, et dans la perspective de sa libération et de la réalisation du rêve méridional. Via son syndicat professionnel, le matériel fut acheté par des confrères, à un prix symbolique. Le local nous causa plus de soucis. D'une part, les Pyramides n'attiraient pas vraiment l'investisseur et, d'autre part, les acquéreurs éventuels, informés de notre situation par les agences, laissaient mûrir le fruit. Finalement, au mois de février, une chaîne de supérettes nous fit une offre que maman refusa d'abord – « Il nous prennent pour des cons ! » –, puis accepta début mars. C'était la seule offre ferme que nous avions eue et maman ne supportait plus de devoir aller faire visiter le local « dans ce quartier pourri » où elle croisait des « tordus » au bas de la Grande Pyramide.

Le prix de la vente, diminué du solde d'un prêt bancaire et de taxes diverses auxquelles maman ne comprit rien, sinon qu'il fallait les payer, nous fournit une bouffée d'oxygène. Maman récupéra un brin de joie de vivre. Si papa était libéré avant l'été (son avocat, sitôt une demande de mise en liberté provisoire rejetée, en déposait une nouvelle), on pouvait envisager de tenir le coup au régime nouilles-margarine afin de repartir du bon pied. On vendrait la maison pour acheter un cabinet à papa dans le Sud et on vivrait en location (poursuite du rêve : un joli mas, avec terrasse et barbecue en pierre) le temps de se faire une clientèle. Hélas, il fallut se couper le deuxième bras, à cause d'une tuile qui ne venait pas d'Occitanie, celle-là. Les dictons et proverbes ne mentent pas. En matière de tuiles, il y en a de nombreux. Un malheur ne vient jamais seul... Le pire est toujours devant soi... La croix que tu portes est plus légère que celle qui t'attend... On peut parler aussi de loi des séries, de familles marquées par la fatalité. Me revient en mémoire une copine, à l'école primaire : son frère se tue à Mobylette, le lendemain de l'enterrement le père est foudroyé par une attaque cérébrale et moins d'un an plus tard c'est la petite sœur qui meurt d'une leucémie. Nous n'en étions pas là. Plaie d'argent n'est pas mortelle, dit un autre dicton. Certes, mais la plaie peut vous ronger jusqu'au squelette.

Un soir vers la mi-mars, le téléphone sonna, les traits de maman s'affaissèrent, je courus décrocher. Au bout du fil, c'était le médecin de mémé Mérour. La pauvre, elle était sortie de notre tête aussi bien que nous étions sortis de la sienne. Cette fois, la sienne, elle l'avait perdue pour de bon.

Des gamins pêchaient le gardon au bord du canal de Nantes à Brest, près d'une écluse. Vers cinq heures, un étrange brouillard crépusculaire enveloppa les peupliers et s'étala sur l'eau. Les gamins furent saisis d'une frayeur prémonitoire. Etait-ce l'heure de la « dame blanche », une légende du coin et sans doute d'ailleurs ? La dame blanche sort à la tombée de la nuit. Elle peut prendre les traits d'une vieille femme ou d'une superbe jeune fille.

Elle hante les bords des rivières. On la rencontre sur les ponts, où elle fait du stop. Si vous la prenez, le volant vous échappera des mains, la voiture enfoncera le parapet et votre noyade sera classée parmi les accidents inexplicables.

Soudain les cheveux des gamins se dressèrent sur leur tête. La dame blanche traversait le canal sur le nez de marche de la chute, entre l'écluse et la berge opposée. C'était mémé Mérour, en chemise de nuit... Elle allait, dit-elle aux pompiers, traire sa vache restée de l'autre côté. Petit Louis en attrapa le fou rire, et on aurait bien aimé qu'il ne s'arrêtât jamais, tellement ça nous changeait de ses silences.

Chance inouïe, continua le médecin, une chambre venait de se libérer dans le secteur « Alzheimer » de la maison de retraite du bourg voisin. Les pompiers y avaient fait admettre mémé Mérour et le médecin nous appelait pour régler les formalités, à moins que nous ne voulions prendre mémé chez nous, mais, prévenait-il, « ce serait très difficile à gérer ». Maman ne pouvait qu'être d'accord. Le samedi suivant, nous étions en Argoat, au cœur de la Bretagne.

Le secteur de mémé Mérour était protégé par une serrure à Digicode. On entra sur les pas d'une aide-soignante. C'était l'heure du déjeuner. Il y avait un seul monsieur parmi une dizaine de dames. L'une d'elles nous invita à sa table, comme si elle se trouvait chez elle. Elle nous pria de prendre les patins.

— Je viens de cirer mon parquet. J'ai déjà assez de mal avec nos journaliers pour leur faire enlever leurs bottes. Avec toute la boue et le fumier qu'il y a dans la cour, ma cuisine serait une vraie crèche...

Elle nous demanda ce qu'on désirait comme apéritif, porto ou muscat, on dit porto et elle nous servit un verre d'eau. Maman écourta la conversation en disant qu'on allait rater la messe.

Mémé Mérour rêvassait dans son coin, en chipotant son hachis parmentier. Elle ne s'interrogeait plus sur la question du bonheur : elle avait vingt ans, maman était sa mère, et petit Louis et moi son petit frère et sa petite sœur.

Une infirmière nous libéra et nous conduisit au bureau des admissions.

— Je dois vous donner un conseil, dit-elle. Il vous paraîtra sans doute inhumain, quoiqu'il arrange bien certaines familles, entre nous soit dit... Ne venez pas trop souvent. Ça perturbe votre parent, ainsi que tous les malades du secteur fermé. Mais soyez tranquilles, ici c'est vraiment un très bon établissement.

Quand on en a les moyens, aurait-elle dû ajouter. Outre la paperasserie coutumière, les formalités consistaient surtout à nous présenter la facture, pour le présent et les années à venir. Aide sociale déduite, il restait plus de mille euros par mois à notre charge, nous qui n'avions plus aucun revenu. Deuxième mauvaise surprise : maman était persuadée que mémé Mérour était propriétaire de sa maison d'éclusier, or ce n'était pas le cas. La jolie maison au bord du canal appartenait à l'État. Mémé n'avait donc aucun bien à vendre, et pas d'économies non plus, pour nous aider à payer sa pension. Maman rédigea un premier chèque.

Le lundi suivant, elle téléphona à l'avocat de papa. S'il n'était pas remis en liberté provisoire, dans combien de temps aurait lieu le procès ? (Autrement dit, quand serait-il acquitté, ce dont maman ne doutait pas ?) Un an au mieux, deux ans au pire. Nous ne tiendrions ni un an ni deux ans sans revenus. Il fallait se couper le deuxième bras.

Vendre la villa fut aussi difficile que de se débarrasser d'un château hanté. Il fallait dénicher quelqu'un qui ne soit pas au courant de l'existence des fantômes – en l'occurrence, l'accusation de pédophilie et son corollaire, à savoir que ce lieu apparemment idyllique avait pu abriter des orgies dignes du Divin Marquis. La plupart des gens sont superstitieux. Pour les habitants de la Ville Maudite et de ses alentours, notre villa portait malheur. On peut désinfecter un lieu infesté de puces ou de termites, aucun argument ne peut venir à bout des a priori.

Le risque de contamination n'empêcha pas les curieux de se présenter en grand nombre. On les reconnaissait à leur museau de fouine et à leur mine faussement bonasse, presque compatissante. Ils s'inquiétaient à peine du prix et se contentaient de visiter le lupanar. Nous eûmes aussi notre lot de requins à l'affût d'une bonne affaire. Certains étaient directs : « Je vous propose tant, je sais que c'est très bas, mais je vous conseille d'accepter. Avec ce qui vous arrive, vous ne vendrez jamais au prix du marché. » D'autres étaient plus sournois, cherchaient la petite bête : « Cette gouttière, elle doit fuir, non ? Le toit sera à refaire dans moins de cinq ans. Depuis combien de temps n'avez-vous pas ravalé ? La tomette de la cuisine n'est plus de première fraîcheur. De la moquette partout dans les chambres ? Les acariens doivent pulluler… » Maman envoyait tout ce joli monde balader.

En désespoir de cause, elle élargit son périmètre d'annonces à la presse nationale. Les premiers contacts se passaient par téléphone, à la suite de quoi on expédiait un descriptif et des photos, afin d'éviter des visites inutiles. Nous en avions assez de ranger nos chambres tous les matins. Enfin, le week-end du 1ᵉʳ Mai, un couple de retraités parisiens vint visiter. Ils revinrent la semaine suivante. Ils avaient bien réfléchi : à mi-chemin de Paris et de la Bretagne, la maison leur convenait. L'acte fut signé fin mai. D'après maman, ils tiquèrent quand le clerc de notaire signa par procuration, pour papa « empêché ». Sûr qu'ils allaient se renseigner sur la nature de cet empêchement, mais c'était trop tard pour reculer. Ils avaient acheté la maison hantée.

Le chèque que reçut maman fut amputé de frais de mainlevée d'hypothèques et du remboursement d'un prêt par anticipation. Nous avions de l'argent devant nous, mais pas forcément de quoi tenir deux ans, si mémé Mérour restait en vie. Et nous ne souhaitions pas sa mort.

Vider une maison, c'est comme arracher les pétales d'une fleur en disant, au lieu de « je t'aime, un peu, beaucoup, passionnément, à la folie, pas du tout », « je m'en vais, au revoir, adieu, pour toujours. » Petit Louis ne voulait rien jeter et moi presque rien. Maman déploya des trésors d'énergie pour nous convaincre de donner à Emmaüs les objets dont ne nous pouvions pas nous encombrer. On ne jeta rien des affaires de papa, pas la moindre revue, pas la moindre vieille pipe – alors qu'il avait arrêté de fumer. C'était une façon de le garder auprès de nous. Au fur et à mesure que nous confectionnions les paquets, tandis que le garage et la remise se remplissaient, nos voix se mirent à résonner dans des pièces vides de l'écho du bonheur enfui.

Au courant du mois de juin, maman s'absenta beaucoup et cessa de se confier à moi. Début juillet, elle nous expédia passer les vacances chez papy. Voulait-elle nous épargner les affres du déménagement et l'amertume du départ ? Je crois surtout qu'elle voulut éviter toute discussion de notre part sur les décisions déchirantes qu'elle avait prises.

L'appartement de papy était situé non loin du port d'Audierne, sur la promenade qui mène à Saint-Evette et l'embarcadère de l'île de Sein. Effectivement, il nous avait prévenus, la création d'un studio avait réduit son espace vital. Toutefois, son locataire étudiant partit en vacances et ne vit aucun inconvénient à ce que nous occupions le studio. Petit Louis et moi devions partager la même chambre, mais bon, c'était l'été, et nous étions bien avec notre papy.

Notre grand-père couvait le souvenir de mamie comme on couve sa fièvre, avec autour du cœur l'écharpe du chagrin. Plus que jamais il avait l'air d'un gros nounours, mais d'un nounours qui a perdu le goût du miel et préfère bourdonner avec les abeilles plutôt que les dénicher. Pourtant, il fit tout pour nous rendre heureux. Dans ma mémoire, ces deux mois ont la couleur sépia des vieilles photos de vacances. Petit Louis et moi retombâmes en enfance, insouciants, naïfs, actifs, le jour ivres d'air iodé et la nuit plongés dans un sommeil lourd et odorant comme du pain de seigle.

Le calendrier des marées dictait notre emploi du temps. Certains jours le jusant nous tirait du lit à l'aube. Nous arpentions la grève, armés de haveneaux, et traquions la crevette sous les goémons et le crabe-cerise sous les rochers. Pour nous distraire, papy acheta un canot breton qu'il baptisa *Canari d'Armor*, à cause de sa couleur jaune vif. Il s'équipa d'un casier et de lignes de traîne. A marée haute, nous partions pêcher le maquereau autour d'une balise et au retour nous relevions le casier. Une fois nous y trouvâmes un homard que papy fit griller au barbecue et arrosa de beurre fondu. Au bout de quinze jours nous étions bronzés comme des bonshommes de pain d'épices. Cela ne me disait rien de fréquenter qui que ce soit, et surtout pas la bande qui squattait le filet de volley de la plage, garçons gueulards comme des goélands et filles aux gros seins nus tremblotant comme des blocs de *jelly*. Je vivais dans la bulle de papy comme la Vierge Marie sous son globe qui s'enneige quand on le retourne. Sainte Vierge ou sainte-nitouche ? J'avais débusqué dans la bibliothèque de mamie un roman de Colette, *Le Blé en herbe*, dont des phrases sublimes, apprises par cœur, guidaient ma main vers ce que j'appelais le jardin de Mélissa. « La possession est un miracle laborieux... Il entendit la courte plainte révoltée, perçut la ruade involontaire, mais le corps qu'il offensait ne se déroba pas, et refusa toute clémence. » Vinca, la jolie déflorée, avait quinze ans, le même âge que moi. Qui serait mon Phil ?

Après le 15 août, le temps changea à cause des grandes marées. Les fougères jaunissaient, les cerisiers et les bouleaux étaient à bout d'été, les sumacs se tachaient d'éclats pourpres, la mer se couvrait de moutons : tout cela sentait l'automne et ces premiers jours de fraîcheur qu'autrefois papa réclamait de tous ses vœux pour avoir enfin le plaisir d'allumer le feu dans la cheminée.

Maman vint nous chercher. Papy tira son canot au sec. On se fit la bise. Il nous glissa un billet dans la poche et répéta son antienne :

— Soyez sages, les enfants. Votre maman a besoin de vous. Revenez aux vacances de la Toussaint. Des fois, on peut tenter une sortie en mer.

La gaieté forcée est une cousine germaine de l'anxiété. Au départ, maman se montra exagérément enjouée.

Je compris pourquoi à la fin du trajet : elle était morte d'angoisse à l'idée des réflexions que nous allions faire en découvrant notre nouveau logis. Plus nous approchions de notre destination, plus elle soliloquait des phrases criblées de points de suspension, qu'il nous fallait relier entre elles.

— Pas moyen de se payer mieux. L'endroit n'est pas terrible mais... Trouvé un boulot de merde, c'est le cas (*rire*) de le dire. Calculé tout au centime près... Faut que votre père ait de quoi cantiner. Si ça doit durer encore deux ans... Vaut mieux qu'on soit à côté de la prison, on fera des économies d'essence.

Le Pays basque n'était pas pour demain. Pourtant, on quitta la voie express sous un panneau qui indiquait le Sud. Seulement voilà, avec un nom de ville devant. Ce n'était ni le Pérou, ni l'Eldorado, ni la Gascogne, ni le Béarn, c'était une cité-dortoir que j'appelai Raison-Sud, puisqu'il fallait se faire une raison... Sûrement ni pire ni mieux que n'importe quelle banlieue de capitale régionale, mais comparé au rêve méridional, ce n'était qu'une nécropole où enterrer nos illusions.

Des échangeurs, des zones industrielles, des barres d'immeubles et, essaimés au milieu et autour, des lotissements de maisons blanches serrées en ordre de bataille comme des légions romaines : des HLM horizontales faisant le siège des HLM verticales.

Sollicités par maman, les services sociaux nous avaient accordé la jouissance de l'un de ces cubes blancs qui ne se distinguaient les uns des autres que par leur numéro. Maman se gara devant le garage, trop court pour abriter le break.

— Désolée, dit-elle, mais dites-vous bien que c'est Byzance par rapport à un appartement au quinzième étage d'une tour.

Elle avait parfaitement raison.

Je sais bien que des gens vivant à six dans une chambre d'hôtel crasseuse auraient considéré cette HLM comme un palais. Je sais bien que mes préventions étaient celles d'une petite fille gâtée. Je sais bien qu'en ayant l'air de mépriser cette banlieue, je vais passer pour une snobinarde.

Je sais bien qu'avant l'affaire nous étions des privilégiés : une villa avec un grand jardin, deux voitures, des vacances à la mer et à la montagne, de chouettes fringues, pas de problème de fin de mois... D'accord, mille fois d'accord, beaucoup de gens aimeraient en avoir autant. Mais ce que je voudrais bien faire comprendre, c'est que papa et maman n'avaient volé personne. Ce qu'ils possédaient, c'était grâce à leur travail. Alors, qu'on le leur enlève, qu'on nous en prive tous, sous prétexte qu'une bonne femme dégueulasse nous avait montrés du doigt, non, mille fois non, pas d'accord ! Nous ne méritions pas cette punition.

Le petit cube blanc sentait l'eau de Javel et le détergent. Les cartons et les meubles étaient entassés au milieu du living. Les trois chambres étaient à l'étage. Petit Louis grimpa l'escalier quatre à quatre. Moi, je n'en eus pas le courage. Petit Louis redescendit aussi sec.

— C'est vide, dit-il.

Je m'assis sur un carton, les mains croisées entre les genoux, et regardai les traces laissées sur le lino par les meubles des anciens locataires. On aurait dit des hiéroglyphes, impossibles à déchiffrer, et il valait mieux qu'ils soient indéchiffrables, s'ils avaient un rapport avec mon horoscope.

J'avais devant moi une année de déglingue.

II

La zone

15

Jolis ciels de la baie d'Audierne, inspirez-moi ! S'il vous plaît, prenez le deuil et déteignez sur mes mots afin que ma prose soit crêpée de noir, pour le service funèbre de ma candeur inhumée à Raison-Sud.

Le ciel à ma fenêtre ne veut rien entendre. Il persiste dans la joliesse d'un Courbet, alors que mon esprit réclame les noires nuées d'un Greco.

Tant pis, monsieur le ciel, je me débrouillerai toute seule. Sur ma palette, j'en ai plus qu'il ne m'en faut, de bleu de Prusse et de noir de goudron.

L'attente est la peine préalable que partagent les innocents et les coupables. A l'heure où j'aborde ce chapitre, la date du procès a été fixée au 10 mai de l'année de mes dix-huit ans. Depuis les arrestations, il se sera donc écoulé trente-cinq mois pleins et le millésime des années aura augmenté de trois unités. Un bail, une paie, un sacré laps de temps, une éternité quand rien n'est venu infirmer les conclusions d'un dossier bouclé presque trois ans auparavant et que, par conséquent, la condamnation de vos parents à dix ou quinze ans de prison semble inéluctable.

En raison de l'épaisseur du dossier, il est prévu que le procès dure au moins six semaines. Il se tiendra à

Rennes. A part maman et le chauffeur de bus qui comparaîtront libres, tous les inculpés et inculpées sont emprisonnés à proximité. Les transferts au tribunal en seront simplifiés. Cela arrange bien la machine judiciaire. Moi, c'est la date qui me convient : je serai majeure le 25 mai, personne ne pourra m'interdire d'assister à une bonne partie des débats et à l'acquittement de papa et maman, j'espère. Rien ne me permet de nourrir cet espoir, mais il faut bien que je l'entretienne, sinon je n'aurai plus qu'à sauter par ma fenêtre, courir dans la lande et me jeter à la mer du haut de la falaise.

J'ai hâte et je n'ai pas hâte d'ouvrir ma chronique du procès. Je passe du chaud au froid, de la certitude absolue que papa et maman seront acquittés à l'angoisse sourde que les jurés condamneront tout le monde. Papa restera en prison et maman y retournera. Néanmoins, en moi c'est la hâte qui domine. Je suis de celles qui, prises d'une rage de dent, préfèrent courir chez le dentiste, souffrir un bon coup, et qu'on n'en parle plus, plutôt que de tergiverser. Je crois que je pourrais sauter à l'élastique, ou en parachute : on n'aurait pas besoin de me pousser.

Malgré mon désir de sauter dans le vide – expression paradoxale pour une salle de cour d'assises où l'on refusera certainement du monde –, il faut que je réfrène mon empressement à résumer ces quelque vingt-deux mois qui nous séparaient alors du procès, lorsque nous déménageâmes à Raison-Sud. Je pourrais les résumer en deux phrases coups de fouet : en classe de première j'ai déconné, en terminale je me suis calmée... Il manquerait des éléments au passif du juge Sibérius. Comme je suis persuadée que ce monsieur me lira, il ne faut rien lui épargner, ne pas alléger le poids de sa culpabilité.

Naïveté indécrottable, sans doute. Sûrement se fout-il de mes sentiments comme de sa première couche jetable... La douche écossaise fut rude, en ce jour de fin août où nous emménageâmes dans la zone. En début d'après-midi nous quittions l'appartement de papy – luxe de l'air humide d'embruns, du vent vivifiant, de la couleur dorée des goémons fraîchement découverts au jusant, des cris des courlis se posant sur les étendues de salicornes, de nos édredons en plumes sentant les moissons –, en fin d'après-midi nous n'étions plus qu'un numéro de cube blanc perdu au milieu de centaines de petits cubes blancs cernés sur trois côtés par les hauts remparts des achélèmes verticales.

Nous pelletâmes chacun notre trou comme trois soldats creusent leur trou individuel sous le feu de l'ennemi. Je consolidai et décorai ma tranchée – ma chambre, de la fenêtre de laquelle je ne voyais que le pignon de la maison d'à côté. Je couvris les murs de deux strates témoignant de deux nouvelles époques de ma vie.

Une strate de l'ère primaire à caractère morbide : posters de groupes de hard rock et de techno, têtes de mort, armes blanches, cuirs, ceintures cloutées, coulées d'hémoglobine, sex-symbols, allégories sadomaso.

Par-dessus ce délire de déficience-fiction, la strate de mon ère secondaire à Raison-Sud, celle de l'élévation intellectuelle : posters du Che, de Karl Marx, de James Joyce, de Joan Baez... *We shall overcome, some day*... Un jour prochain nous vaincrons/nous aurons raison... Je me la repasse en boucle, cette chanson.

Mon ère tertiaire, je suis en train de la vivre, en écrivant ce récit devant ma fenêtre avec vue sur la baie d'Audierne. Ciel de l'instant présent, peux-tu me dire de quoi mon ère quaternaire sera faite ? De brillantes études supérieures, un beau mariage, de jolies petites filles en jupe plissée, corsage à col Claudine et escarpins vernis ? Ou bien une autre chambre, dans un hôpital psy ? Disons *wait and see*, pour la rime... Revenons à l'ère primaire, qui mérite bien son nom : retour aux actes bruts d'avant la création du verbe. J'en frémis encore : j'aurais pu basculer dans le marécage originel et m'y noyer, étouffée, la gorge pleine de sanies. O combien me rassurera le prof de philo, en terminale, quand il dira qu'un être humain est constitué d'une accumulation de personnalités successives souvent antinomiques ! Pour l'illustrer, il utilisera la métaphore du mur.

Pour construire un solide mur en pierre aussi agréable à regarder du côté rue que du côté jardin, le maçon élève deux murs parallèles de moellons qu'il choisit, taille, assemble. Entre les deux, pour ne pas gâcher de beaux cailloux, il comble le vide de ciment, de déchets de taille, de graviers, de gravats, un mélange hétéroclite auquel s'adossent les deux parois du mur. Sans ce mortier grossier, le mur ne tiendrait pas.

Cette moelle épinière, c'est l'amalgame de tous nos décombres : porcelaine brisée de nos amours de jeunesse, éclats de faïence de nos illusions fêlées. Les belles pierres de taille : nos personnalités successives. Et le mur terminé : l'individu achevé, si tant est qu'il le soit un jour, puisqu'un mur se couvre de mousse et de fleurs de rocaille tout comme un être humain de repentirs et de sagesse, au fil du temps. Quoi qu'il en soit, peu importe la nature du mortier : qu'il contienne de la porcelaine anglaise et de la faïence de Gien ou de méchants gravats et des tessons de bouteilles, personne ne le saura, sauf celui qui s'est construit de chaque côté, soutenu par le magma.

Notre nouveau quartier, baptisé, ô ironie, du joli nom de la Poulinière, n'appartenait pas tout à fait à la cité. C'était une presqu'île reliée à la civilisation (cinémas, théâtres, brasseries, rues commerçantes) par l'isthme des transports urbains. Ce couloir, les propriétaires de voitures l'empruntaient également. Ils n'étaient pas les plus nombreux. Pour la majorité des habitants, lorsque les bus restaient au garage, c'est-à-dire de vingt heures à six heures du matin en semaine et tout le dimanche, la Poulinière devenait vraiment une île, sauf à parcourir à pied les vingt kilomètres aller-retour du corridor, le long de la rampe métallique de la quatre voies.

D'autres îlots parsemaient notre Sud de substitution : la zone commerciale avec ses hypers et ses enseignes nationales spécialisées dans l'alimentaire de base, le meuble en kit, la chaussure, le jouet, le multimédia, le troc et le bricolage ; des entrepôts de toutes sortes regroupés à l'intérieur d'une enceinte gardée la nuit par des maîtres-chiens et leurs molosses ; enfin, la cité scolaire, qui n'avait rien à voir avec la Ville radieuse de monsieur Le Corbusier ni avec l'école péripatéticienne d'Aristote.

Il aurait fallu avoir le cerveau dérangé pour avoir envie de s'y promener en philosophant. On parlait de raser cet ensemble miteux de bâtiments construits à la va-vite bien avant ma naissance, dans les années soixante-dix : un collège-lycée d'enseignement général, si général pour beaucoup d'élèves qu'il en devenait aussi vague que le terrain qui lui servait de cour ; un lycée d'enseignement professionnel où l'on formait garçons et filles à des métiers porteurs d'avenir, telles l'horlogerie traditionnelle et la réparation de radios à lampes ; enfin, un centre d'apprentissage qui recueillait l'écume des deux premiers établissements rejetée sur la grève par les déferlantes des renvois et redoublements refusés, au mois de juin de chaque année.

Au-delà de cet archipel d'îlots de la désolation s'étendait le bocage, comme pour rappeler qu'il existe une nature en ce bas monde. Elle cachait son jeu, cependant : derrière ses rideaux d'arbres se dissimulaient des fabriques de composants électroniques, des laiteries et des abattoirs. Les rares paysans qui cohabitaient avec ces industries labouraient leurs champs et trayaient leurs vaches fusil à la bretelle : venus de la Poulinière, disait-on, certaines nuits sans lune se faufilaient le long des talus des voleurs de poules et des égorgeurs de moutons. Le mot d'esprit, la devise du coin tatouée sur le front des îlotiers tenant la tête de pont de la police, une baraque préfabriquée au pied des tours, c'était : « A la Poulinière, y a que des mauvais bourrins. » Riez.

Finalement, notre nouveau paysage ressemblait trait pour trait, mais à une échelle bien supérieure, à celui où notre cher Colonel était retourné à l'état sauvage. Maman, elle, avait une vision plus noire, ou simplement plus réaliste, de notre environnement :

— Suffirait de rajouter deux ou trois de ces foutues tours en forme de pyramide pour se croire ramenés à la case départ.

Elle culpabilisait, se rongeait les ongles.

— Si j'avais su, j'aurais cherché ailleurs... Il ne reste plus qu'à s'adapter.

Oui, nous étions comme des poissons balancés vivants sur le carreau de la criée. Allions-nous crever en battant des nageoires ? Non pas, car l'environnement crée l'organe. Nous allions passer en vitesse du stade d'amphibiens nés dans le bonheur à celui d'aérobies en situation de survie. Nous allions apprendre à respirer l'air vicié de la zone, avec le secours d'un poumon artificiel : la bonbonne de la solidarité familiale qui distribuait à l'intérieur du petit cube blanc l'oxygène pur de l'espoir.

L'espoir était à la fois une combinaison invisible dans laquelle on se glissait dès que l'asphyxie nous guettait et une épée de Damoclès suspendue au-dessus de nos moments d'optimisme. Espoir-protection contre la déprime : papa et maman sont mis hors de cause, on part dans le Sud en laissant sur place la flaque de pipi du cauchemar, et on se dore au soleil de l'oubli et du renouveau. Espoir-menace : le procès a lieu, fin de l'intolérable attente, mais... L'esprit ne pouvait se résoudre à faire suivre ces points de suspension du mot répugnant de « condamnation ». Pourtant, c'était bien cela, la menace : que la grossesse de la justice aille à terme et que la cour d'assises accouche d'un monstre comme Rosemary d'un démon, dans le film de Roman Polanski. A vrai dire, le plus triste c'est que même cet espoir bicéphale allait s'évanouir, dissout dans la réalité de la Poulinière comme un cadavre dans la chaux vive.

Quant à ce moïse tressé d'amour maternel et filial, la solidarité familiale, il se mettrait à tournoyer sur l'eau croupie du quotidien, et foncerait vers les rapides et le saut de l'ange dans le bouillon. A moins qu'au dernier moment, comme dans les BD ou les films d'aventures, les héros se raccrochent à un arbrisseau qui dépasse du bord de la cataracte ? Nous verrons.

Ai-je fini de poser le décor pouliniéresque ? Pas tout à fait. Mais je le compléterai en l'animant. Les figurants ont pris place. Silence, on tourne. Action !

Nous sommes en septembre. Le jour vient de se lever sur le bocage. Des écharpes de brume rampent sur les prairies. Des coqs s'égosillent en vain à contrer le lancinant grondement de la voie express. Il s'en faudra de plusieurs heures avant que le soleil ne fasse une brève apparition au sommet des tours, pour amorcer aussitôt sa descente vers l'ouest.

Dans l'ombre bleutée des immeubles, trois cars de transports scolaires ronronnent au ralenti : le car du collège-lycée Allende, le car du LEP, le car du centre d'apprentissage. Un chauffeur lit *Ouest-République* à la lumière du plafonnier, un autre est appuyé, coudes écartés, sur son volant et écoute la radio, le troisième est descendu se rouler une cigarette. Pour eux, ces deux allers-retours quotidiens entre la Poulinière et la cité scolaire représentent une corvée dont ils se passeraient volontiers. A la compagnie des transports, ils se la répartissent à tour de rôle. Ils disent, fatalistes : « Cette semaine, je suis de corvée de chiottes », une façon lapidaire d'exprimer leur écœurement d'avoir à nettoyer leurs véhicules en soirée, une fois retournés au dépôt. Ces deux fois vingt minutes de trajet suffisent pour que le plancher et les sièges soient constellés de chewing-gums, jonchés de papiers de bonbon, de miettes de BN, de bouts de tartines au Nutella que des petits emportent en sortant de chez eux et finissent de grignoter dans le car.

La Poulinière, où un tas de parents sont au chômage, est un étrange cocktail de fixité et de précipitation. Fixité des gosses scotchés devant leur télé, tétanie des types plantés mains dans les poches autour d'un feu de cageots, hébétude des mères de famille devant le frigo vide et le relevé d'un compte-chèques postal ratiboisé. Et, tout d'un coup, à la dernière seconde, course vers le dispensaire, le bureau d'aide sociale, le dépôt de fringues du Secours populaire, avant leur fermeture.

Dans un instant, ce sera la ruée vers les cars de transport scolaire. L'abribus devant lequel ils s'arrêtent est situé sur le trottoir, à la limite du parking du supermarché Cargo. Figure emblématique de la Poulinière, ce magasin a été ouvert en même temps qu'on inaugurait les immeubles et une première nichée de petits cubes blancs. Leurs propriétaires sont d'anciens charcutiers du centre-ville leurrés par les sirènes de la grande distribution. Ils ont cru faire fortune dans l'Eldorado des banlieues, ils sont à présent les armateurs d'un vieux tas de ferraille qu'ils doivent défendre contre les pilleurs d'épaves. Les cales du Cargo sont à moitié vides. Elles ne contiennent plus que des produits de base. A la Poulinière, on n'a pas les moyens de se payer des nouilles aux œufs frais, de la confiture artisanale, du thé oolong ou du café solidaire : on marche à l'ordinaire, sauf les chiens et les chats qui consomment de la pâtée au caviar, parce qu'ils ont vu les pubs à la télé et qu'ils miaulent et aboient après.

L'objectif des capitaines de ce bateau poubelle, c'est de tenir jusqu'à la retraite et, après, d'essayer de le vendre à la casse. A la commune, peut-être, dont le maire a en tête de créer une Maison des Jeunes sur l'échouage du Cargo. Dans l'intervalle, ils entretiennent a minima.

En fin de journée, les allées sont carrément crades, et les blouses vert pomme des caissières virent au gris souris. Sous les néons mesquins qui clignotent, ces caissières ont le teint cireux et des poches sous les yeux. On dirait des momies mécaniques. Certaines ont un bac

STT ou un BTS action commerciale, mais elles n'ont rien trouvé de mieux que ce boulot d'esclave. Des caméras vidéo les surveillent. Hé ! C'est qu'elles aussi sont de purs produits des haras de la Poulinière, alors les patrons du Cargo craignent qu'elles ne fassent des cadeaux à la famille, en baissant pudiquement devant les codes barres les paupières de leurs lecteurs optiques. La musique sirupeuse les endort, l'envie de faire pipi les maintient éveillées. La relève pour aller aux toilettes est minutée. A force de se retenir, et de se priver de boire, elles attrapent des cystites.

Vu de l'extérieur, le Cargo évoque une prison. Ça tombe sous le sens, pour moi qui ai les mots « prison » et « papa » entrelacés dans la cervelle. Malgré nos subterfuges pour ne pas le prononcer, le premier ne s'efface jamais, ni ne se détache jamais du second. Aussi avons-nous inventé un synonyme au mot « prison » : « là-bas ». Le dimanche après-midi, au bout d'un quart d'heure de voiture, petit Louis demandera : « C'est encore loin, *là-bas ?* » Et par exemple maman me dira : « J'ai acheté une chemise en solde pour papa. Tu me feras penser de ne pas l'oublier la prochaine fois qu'on ira le voir *là-bas.* »

Maintes fois cambriolé, le Cargo s'est barricadé sur ses ruines. Un sas a été rajouté à l'entrée, qu'arpente comme un ours en cage un vigile bardé de bombes lacrymogènes. L'entrée proprement dite, et par conséquent la sortie, a été rétrécie à la largeur d'un Caddie. La grille est toujours aux trois quarts tiré, si bien que les clients ne peuvent quitter l'épave qu'à la file indienne, sous l'œil du vigile. Le soir, un rideau métallique double cette grille et des volets obturent les fenêtres.

Côté tribord avant se situe un lieu de grande convivialité : un large auvent autrefois divisé en deux parties, une espèce de quai légèrement surélevé où charger ses provisions à l'abri par mauvais temps, bonne idée, et un garage à vélos, idée surprenante. A une époque antédiluvienne, y avait-il donc des gens pour circuler à bicyclette dans la zone ? O image onirique de jeunes et belles mamans pédalant genoux serrés en jupe légère, cheveux au vent, avec un panier en osier sur le porte-bagages et tout plein de petits poussins à la queue leu leu derrière, qui sur un grand vélo, qui sur un vélo d'enfant, qui sur un tricycle...

Aujourd'hui, un vélo ne resterait pas cinq minutes sous cet auvent, même rivé aux fourches métalliques fixées dans le bitume. Les vététistes et les cyclotouristes montent leurs deux-roues dans leur appartement. Les propriétaires de mobs, de motos et de scooters entortillent leurs engins de chaînes énormes et de cadenas gros comme des dictionnaires, quand ils ne démontent pas, en plus, une ou plusieurs pièces du moteur – bougie, bobine, pot d'échappement. Ou bien ils s'en battent l'œil : si on le leur pique, ils en piqueront un autre. Les neuf dixièmes des engins qui pétaradent à la Poulinière sont des engins volés. Seuls les parents crédules gobent que si leur fiston repeint le scooter que lui a prêté un copain c'est parce que le copain n'en aime plus la couleur.

L'auvent du Cargo est une ébauche de cette fameuse Maison des Jeunes dont rêve le maire de la commune. Un endroit où cloper, fumer un joint, boire de la bière à dix degrés, s'échanger des CD et des DVD piratés, monter des coups, flirter et baiser debout derrière les containers de tri sélectif judicieusement posés là par la municipalité, afin que les mégots et les préservatifs se noient dans les déchets divers amoncelés au pied des poubelles.

Surprenante constatation : pourtant de dimensions comparables, la Poulinière réduisait les Pyramides de la Ville Maudite à une miniature architecturale. Pourquoi cet effet de loupe ? Parce que, cette fois, j'étais à l'intérieur de la bulle sociale. Ça vous fait voir les choses en grand. En revanche, ma vision des filles de la Poulinière n'avait aucun défaut d'échelle par rapport à ma Joanna de la Grande Pyramide : c'étaient presque toutes des Joanna à la puissance *n*.

Chassée des jardins d'Eden par les piques empoisonnées des Ruttard et les hallebardes juridiques du sieur Sibérius, je me préparais à vivre ma deuxième métamorphose en deux ans : d'élève sage et naïve de l'Institution Sainte-Brigitte à celle de pensionnaire d'un foyer de la DDASS, puis d'amoureuse transie de Lionel l'intellectuel à celle de sauvageonne des banlieues. Sur ce jeu de l'oie concocté par le fatum, j'allais tomber dans le puits.

Mais revenons à la case départ : le supermarché Cargo, l'auvent, l'abribus, les trois cars scolaires dont les gaz d'échappement graissent le bitume…

Le chauffeur qui lisait *Ouest-République* referme son journal, celui qui sommeillait se redresse, celui qui fumait écrase son mégot et s'installe au volant.

Je m'assieds dans le car du collège-lycée Allende, mon cartable sur les genoux, à l'avant, parmi des petits sixièmes et cinquièmes. Derrière, des quatrièmes et des troisièmes. Je m'étonne de cette espèce de classement par tranche d'âge. Je m'étonne qu'il n'y ait personne au fond du car, sur la banquette.

Coup de klaxon. De sous l'auvent du Cargo jaillit une horde de filles et de garçons qui n'ont rien de lycéens modèles. Ils s'engouffrent dans le car sous l'œil blasé du chauffeur. Ça braille, ça se pelote, ça rigole et ça va s'installer dans le fond. Au passage, un grand con repère mon cartable – à part les petits du collège, je suis la seule à en avoir un, les autres ont des sacs à dos ou des besaces informes couverts d'inscriptions et de dessins au feutre.

— Ho, les mecs ! hurle le grand con. Z'avez vu la nouvelle meuf ?

Il m'arrache mon cartable des mains.

— Où tu vas toi, comme ça ? En maternelle ?

A côté de moi, les gosses font le gros dos.

— Arrête tes conneries, Freddy, dit le chauffeur. Rends-lui son cartable.

— Ben quoi, je vais pas le bouffer !

Le reste de la troupe pousse le dénommé Freddy dans le dos. Il prend le temps d'ouvrir mon cartable et de le vider sur mes genoux. Avec ma trousse et mon cahier de texte, trois Tampax roulent par terre. Il shoote dedans et gueule :

— Elle a ses ourses !

— Dégage le couloir, connard, dit le chauffeur.

— Nique ta mère !

— Ma mère est morte, je te l'ai déjà dit.

— Mort aux Juifs !

— Explique-moi ça.

— Ben, la mer Morte, c'est juif, non ?

— Pauvre mec !

Le chauffeur secoue la tête et appuie sur le bouton de la fermeture de la portière. Je n'ose pas regarder derrière moi.

Le car démarre. J'ai l'impression qu'on descend une rue à pic, alors que la Poulinière n'est qu'une vaste plaine où je vais perdre plusieurs batailles.

Je vais cesser d'étudier mais je vais beaucoup apprendre.

16

C'est après qu'on eut rendu visite à mémé Mérour que maman eut l'idée d'adresser son CV à des maisons de retraite. Pendant que petit Louis et moi passions l'essentiel des grandes vacances chez papy à Audierne et qu'elle attendait de signer l'acte de vente de la villa, maman traça sur la carte un cercle d'une trentaine de kilomètres de diamètre autour de Rennes, consulta le Minitel, écrivit et téléphona. Elle reçut plusieurs réponses positives, parmi lesquelles le choix d'un établissement proche de la Poulinière s'imposa : pavillon HLM disponible dans la zone, cité scolaire avec service de cars, école primaire à proximité pour petit Louis, liaison routière facile et rapide aussi bien avec la prison de Rennes, par la quatre voies, que par une petite route départementale avec la maison de retraite où un poste d'aide-soignante se libérait début septembre.

Liaison routière facile et rapide : à condition d'avoir une voiture en état de marche... Trop long de dix centimètres, le break Ford couchait dehors. Bel objet de convoitise pour les désosseurs de la Poulinière. Au deuxième matin de notre installation, la voiture reposait sur des briques, privée de ses quatre roues. Petit Louis pleura. Je lui dis que ce n'étaient que des roues de voiture.

Il bégaya :

— Mais... mais...

Le reste ne sortait pas. Que voulait-il dire ? Des choses qui lui faisaient peur. Je crois que c'est ce matin-là que le monde extérieur lui apparut comme définitivement hostile.

— C'est pas possible, on est maudits, souffla maman. On aurait mieux fait de garder la Twingo... Cette merde ne finira donc jamais ? A peine sort-on la tête hors de l'eau qu'on nous la remet dedans.

— Tu vas porter plainte ?

— Aller voir les flics ? Ça me ferait mal aux seins ! Ils seraient capables de me remettre en taule...

En bordure de la quatre voies, à la sortie de l'échangeur vers la zone, on n'avait pas manqué d'apercevoir le vaste parking d'un marchand de voitures d'occasion et, à côté, l'amoncellement d'épaves d'une casse automobile. Maman téléphona au garage. Ils vinrent illico, avec quatre roues d'occasion.

— Marrant, dit maman, on dirait les nôtres...

En deux temps trois mouvements, maman négocia le troc du break Mondeo contre une Nissan Micra, après l'avoir mesurée afin de s'assurer qu'elle entrerait dans le garage et qu'on pourrait fermer la porte.

— Je me suis fait arnaquer, mais bon, c'était ça ou se retrouver avec un squelette de break dans huit jours. Ils auraient repiqué les roues, et puis les portières, et les sièges et le reste. Comment j'aurais fait pour aller au boulot ? Encore heureux que cette semaine je sois du soir, sinon j'étais bonne pour prendre un taxi...

Les maisons de retraite sont presque toutes baptisées de charmants noms de fleurs : les Magnolias, les Lilas, les Hortensias, les Dahlias, les Fuchsias, les Et cetera, mais jamais les Chrysanthèmes. Assez fréquents sont aussi les noms de saints et de saintes de la région, auteurs de miracles variés, sauf celui dont tout un chacun souhaiterait bénéficier, celui de la résurrection. Ou bien encore, au bord de la mer, on puise les noms dans l'univers maritime, les Pins, les Beaux Rivages, les Sables d'Or, mais là non plus jamais il n'y a de qualificatifs pouvant prêter à confusion, genre la Grève et les Ecueils, ou pire les Crabes (cancers variés) ou les Boussoles (perdues).

L'établissement où maman fut embauchée s'appelait les Glaïeuls. Il était situé près d'un bourg, au cœur d'une campagne où les pendules semblaient avoir cessé de tourner vers 1960. En comparaison, la Poulinière était une ville de science-fiction. L'exode rural avait emporté la jeunesse du bourg vers Paris et les cités, laissant sur place les parents qui avaient continué d'exploiter leurs petites fermes, et puis ils avaient vieilli. Une fois leurs terres vendues à des groupements agricoles et réunies en exploitations gigantesques, ils s'étaient retirés dans leurs fermettes et, venus sur la fin de leur vie, regardaient de leur seuil, ou d'un banc dans leur cour, d'énormes engins défoncer les champs qu'ils avaient labourés avec leurs chevaux. Dans la force de l'âge ils avaient nourri l'espoir que, tout comme leurs parents avant eux, ils mourraient à la ferme, entourés de leurs petits-enfants et arrière-petits-enfants. Mais il n'y avait plus ni fils ni bru ni neveu ni nièce pour s'occuper d'eux. La seule issue, au moment de la décrépitude, c'était la maison de retraite.

Les Glaïeuls était une MAPAD, c'est-à-dire une maison d'accueil pour personnes âgées dépendantes, et à ce titre pas vraiment l'idéal pour un personnel soignant au moral brinquebalant – je veux parler de maman. A l'intérieur d'une MAPAD, la plupart des pensionnaires sont grabataires ou Alzheimer, ou les deux. Aux Glaïeuls, on pratiquait les trois huit. Une semaine maman était du matin, de sept à quinze heures ; la semaine suivante, elle était de la deuxième équipe, de quinze à vingt-trois heures ; et la troisième semaine elle était de garde de nuit, de onze heures du soir à sept heures du matin.

La semaine où maman était du matin, son travail consistait à lever les personnes, leur faire leur toilette, les habiller, leur donner leur petit déjeuner en fauteuil, les recoucher ou, pour ceux qui tenaient encore plus ou moins assis, à les sangler dans un fauteuil roulant et à les aligner dans la salle commune, près de l'entrée, dirigés vers la télé, médusés, catatoniques.

Tout être doté d'une conscience, en présence de ce spectacle, ne peut s'empêcher de voir sa propre fin, dans les mêmes circonstances dégradantes. Maman eut beaucoup de mal à s'habituer à cet alignement de fauteuils roulants dans la salle, bien plus qu'aux soins proprement dits, dans les chambres, où elle réussissait parfois à échanger quelques bribes de dialogue sensé avec de vieilles paysannes sur l'ancien temps, ou bien à propos de leurs enfants et petits-enfants dont les visites étaient trop rares, ou d'un arrière-petit-fils qui venait de naître à l'autre bout de la France et qu'elles ne verraient jamais, sinon en photo. Dans la majorité des cas la conversation était décousue, qui tournait presque toujours autour des travaux de la ferme, sous forme de questions que les dames posaient à maman, qu'elles prenaient pour la bonne. « Tu as fini de traire les vaches ? Tu as mis le linge à sécher ? Tu as mis le vieux pain de côté pour la soupe au lait ? Et les lapins, ils ont eu leur manger ? »

La semaine où elle était du soir, le travail n'était guère différent. Il consistait à ramener dans leur chambre ceux qui avaient goûté dans la salle, à donner à boire aux grabataires, à prendre leur température, à changer les couches et à mettre tout le monde au lit. Sauf au cœur de l'hiver où le ciel s'assombrit dès quatre heures, entre le déjeuner et le goûter les filles de service fermaient les persiennes de manière à ce que les vieux croient que la nuit était tombée.

Au début, maman ne détestait pas les semaines où elle était de nuit. Elle faisait une longue sieste dans l'après-midi, à la suite de quoi elle prenait une douche froide pour se fouetter les sangs et préparait ce qu'elle appelait son « petit bagage » : Thermos de thé, biscuits, une pomme ou deux et de quoi bouquiner entre ses rondes. Elle en faisait trois. Equipée d'une torche électrique, elle entrait en catimini dans chaque chambre, éclairait le visage de la personne, écoutait sa respiration, remontait un drap, arrangeait une couverture, refermait. Les nuits étaient imprévisibles. Sa mine du lendemain nous indiquait si la nuit avait été « correcte », « sportive » ou « mortelle ».

Correcte : une nuit où la sonnerie d'appel n'avait pas retenti entre ses rondes. La passation de consignes avait lieu dans la bonne humeur.

« Alors, comment ça a été, la nuit ?

— RAS », répondait maman en servant un café aux aides-soignantes du matin.

Sportive : une nuit où un vent de tourment soufflait à l'intérieur de la maison de retraite. Orage magnétique ? Eruptions volcaniques à la surface du soleil ? Démons

pervers grattouillant les âmes sous la plante des pieds ? Les lumières au tableau des sonneries s'allument par séries comme des volées de spots au plafond d'une boîte de nuit. Cris, appels, charivari : c'est la MAPAD en folie. Maman court d'une chambre à l'autre. Ici on est de travers, coincé sous le garde-corps. Là, on a vomi. Ici on a voulu boire et on a renversé le pichet d'eau sur soi. Là, on a la respiration saccadée : il faut réveiller l'infirmière ; le cœur s'emballe, il faut appeler le médecin. Ici, c'est un monsieur Alzheimer qui a retrouvé un éclair de lucidité. Il s'est levé, a enfilé son pantalon, il secoue la porte. Maman ouvre, il s'accroche à elle, hurle, supplie :
— Sors-moi de là ! Délivre-moi ! Sors-moi de là, nom de Dieu !
Plus aguerrie que maman, l'infirmière lui répond :
— D'accord, Jean-Louis, on va se tirer les pattes d'ici. Mais avant, faut qu'on boive un coup pour la route. Allez, à la tienne !
Et l'agité avale cul sec sa dose de sédatif.
Pour s'expliquer ces nuits d'agitation générale, des aides-soignantes évoquaient sans rire des phénomènes extrasensoriels. Quelques-unes, originaire du bocage où les exorcistes, malgré l'exode rural, ne connaissaient pas le chômage, chuchotaient très sérieusement qu'on leur lançait des sorts. Pourquoi pas ? Ondes maléfiques transportant sur leur invisible portée l'écho d'un glas inaudible au commun des mortels, mais qu'entendraient les cerveaux sur le point de s'éteindre ? Les chiens hurlent bien à la mort sans raison apparente. De là à dire que les vieux ne sont plus des êtres humains ? Maman, au lendemain d'une nuit « mortelle », se prenait la tête dans les mains :
« Encore un qui a crevé comme un chien... »

Nuit mortelle égalait souvent nuit de mort. Ronde de minuit : tout va bien. Ronde de deux heures, rien à signaler. Ronde de quatre heures, horreur... La mascotte des Glaïeuls, le charmant petit vieux que les filles chouchoutaient comme leur grand-père, tonton Alphonse, l'ancien maréchal-ferrant, ne respire plus. Il avait quatre-vingt-douze ans. Il avait perdu l'usage de ses jambes mais pas de ses bras, et il avait gardé toute sa tête. Une fois installé sur son fauteuil roulant, il était parfaitement autonome. Il se rendait au réfectoire, à l'infirmerie, à la messe du vendredi dans la salle commune, bref il se promenait partout, y compris dans les allées en pente du jardin, maître de son véhicule, poussant et freinant de ses grosses mains, sûr de la force de ses pognes serrées sur les roues comme autrefois sur le manche de ses outils.

C'était d'un œil rieur qu'il accueillait les nouveaux, en lesquels il reconnaissait souvent un ancien compère. « Alors, plaisantait-il, toi aussi on t'a posé là en attendant la grande bascule ? » Selon que l'autre semblait avoir gardé un brin d'humour ou paraissait abattu, il ajoutait : « Toute ma vie je me suis fourré dans l'œil mes dix doigts de maréchal-ferrant. Jamais j'ai jeté un fer à cheval. Je les collectionnais, puisqu'on dit que ça porte bonheur. T'as qu'à croire ! Ils m'ont porté la poisse ! Dès qu'ils ont pu, mes fils m'ont collé dans ce trou à rats, pour être tranquilles. Ah mon pauvre vieux, t'es pas plus veinard que moi. » Ou bien il disait, par charité chrétienne : « T'en fais donc pas. Tu vois les étoiles sur ma casquette ? Combien que t'en comptes ? Cinq. Ici c'est pas un hôtel ni trois ni quatre étoiles mais *cinq* étoiles ! »

Sa casquette avait appartenu à son frère, un cheminot mort d'une cirrhose à soixante-quatre ans. Tonton Alphonse, en mémoire du défunt, s'était coiffé de son couvre-chef de contrôleur principal, pour ne plus s'en séparer. Les filles de service et les aides-soignantes veillaient sur cette casquette comme sur le trésor de la Couronne. Quand un pensionnaire plus ou moins dérangé la lui piquait, tonton Alphonse devenait invivable. Le soir, la casquette était posée sur la table de nuit, à côté de la carafe.

Tonton Alphonse ne respire plus. Le sang a déjà quitté son visage. Son front, ses joues, son cou sont froids, mais ses flancs, ses épaules, l'arrière de ses jambes sont encore bien tièdes, là où le sang s'est déposé, par gravitation. Maman bipe l'infirmière. Elle survient, échevelée, la blouse ouverte sur sa chemise de nuit. Elle écarquille les yeux.

— C'est toi qui... ? demande-t-elle à maman.
— C'est moi quoi ?
— Tu n'as pas remarqué ?

Tonton Alphonse a les yeux fermés, les mains jointes et la casquette sur la tête.

— C'est dingue, dit l'infirmière, il a dû se sentir partir et...

L'infirmière prend le dentier de tonton Alphonse dans le gobelet où il trempe, le lui remet et noue une serviette autour de sa tête pour lui maintenir la bouche fermée.

Tonton Alphonse a bien choisi son heure : on peut le descendre tout de suite au funérarium sans s'inquiéter que les autres vieux le voient. Adieu, tonton Alphonse. Mort dans son sommeil. Une belle mort.

— Qu'est-ce qu'on en sait ? me dit maman. Il est peut-être mort désespéré. Aucun de ses gosses ne venait le voir alors qu'ils habitent à moins d'une heure de voiture. Remarque, nous non plus on ne va pas voir mémé. N'importe comment, je ne pourrais pas. Il y a des limites. Des vieux en semaine et encore des vieux le week-end, ce serait trop. Enfin, pourvu que...

On priait pour que mémé Mérour ne trépasse pas dans son *cantou*. Comment annoncerait-on à papa la mort de sa maman ? Comment envisager un deuxième enterrement où papa viendrait menottes aux poignets ? Maman revenait à tonton Alphonse, dont le « départ » l'avait vraiment affectée, ainsi que ses collègues, d'ailleurs.

— Sa gaieté, c'était peut-être sa seule défense. Il a mis sa casquette, a croisé les mains et retenu sa respiration jusqu'à ce que le cœur lâche...

Au début de notre installation à la Poulinière, c'est-à-dire jusqu'aux vacances de la Toussaint, maman me raconterait tout ça, ses nuits roses, ses nuits électriques et ses nuits noires. Après la Toussaint et ma métamorphose en petite conne des banlieues, ce serait :

— Qu'est-ce que t'as encore foutu la nuit dernière pendant que je me faisais chier dans ma prison de vieux ? Et ton frère ? Tu t'es occupée de ton frère ? Tu ne pourrais pas faire quelque chose pour lui, ne serait-ce que surveiller ses devoirs et lui faire réciter ses leçons ? Ça te plaît de le voir comme ça, en route pour la débilité ? J'en ai marre, moi, mais marre ! Ah et puis merde, tiens ! Continue tes conneries, qu'on touche le fond et qu'on en finisse ! Qu'on en crève tous les trois. Trois enterrements, trois permissions de sortie pour ton père ! Dis-le-moi tout de suite, que c'est ça que tu veux !

17

Il me fallut trois semaines pour accéder au rang de passagère de la banquette arrière du car de transport scolaire, une variante horizontale de la glissade verticale dans le puits où nous avait balancés l'assassin de destins, monsignore le juge Sibérius. Je ne peux même pas paraphraser maman en écrivant que cette fois j'allais bel et bien toucher le fond ; sur la banquette arrière, j'étais encore bien loin de la terre battue du fond des oubliettes. Ou alors il me faudrait numéroter les fonds, inventer la notion de fond à plusieurs niveaux, comme les parkings souterrains, avec cette différence que dans un parking tous les niveaux se ressemblent alors qu'aux divers étages de la déchéance on patauge dans des boues variées, à la consistance, à la couleur et à l'odeur inédites. Fond moins un, l'accusation inique ; fond moins deux, les incarcérations : en prison, en foyer, en famille d'accueil, à la SPA (n'oublions pas notre Colonel) ; fond moins trois, l'opprobre ; fond moins quatre, la ruine ; font moins cinq, l'exil à la Poulinière ; fond moins six, la cabine de l'ascenseur se décroche et file en chute libre vers des fonds auxquels je n'ose même pas donner de nom, tellement je me dégoûte.

Je me suis rapprochée de la banquette arrière à mesure que les jours raccourcissaient. Bientôt il fit nuit au départ du car. Après le passage à l'heure d'hiver, pendant une courte période il y eut un peu de clarté le matin et plus du tout en fin d'après-midi. Puis il fit nuit à l'aller et au retour.

Cette nuit-là exhalait un tas d'odeurs : de gaz d'échappement, de moteur chaud, de savon, de vernis à ongles, d'eaux de toilette bon marché, de gel capillaire, de tabac, de café au lait, de chocolat dont les lèvres des petits étaient encore barbouillées, de chaussettes sales dans des baskets cradingues, et puis, plus particulière à la banquette arrière, cet effluve semblable au parfum qui embaumait notre jardin de la Ville Maudite, en juillet, quand le grand châtaignier de l'allée était en fleur : une odeur fade, écœurante et grisante d'interdits. L'odeur du sperme.

Au lycée, le jour de la rentrée, je mesurai avec angoisse combien je devais paraître étrangère à la zone, avec mon petit cartable, mon tee-shirt blanc, mon pull bleu marine à col en V, mon pantalon corsaire, mes mocassins en cuir et ma queue-de-cheval. Des élèves affluaient d'horizons à la fois proches et lointains, proches parce qu'ils n'étaient pas plus éloignés de la cité scolaire que la zone de la Poulinière, lointains parce que je n'y mettrais jamais les pieds. A quoi bon aller voir ce qu'on a sous les yeux ? Ces horizons semblables au mien s'appelaient la Cressonnière, la Renardière, la Peupleraie, jolis noms à faire avaler la pilule de la laideur uniforme et de la promiscuité très approximativement socialisée.

Dans la cour, pendant l'appel général, je cherchais des yeux une sœur jumelle ou un frère jumeau qui aurait ressemblé à Lionel. En vain. J'étais un exemplaire unique d'ex-fille du bonheur et de l'insouciance, une sorte d'Icare femelle dont les deux parachutes, l'amour paternel et l'amour maternel, s'étaient mis en torche au-dessus d'un champ de mines. J'étais bel et bien tombée, à cause de la hargne de monsieur le Juge, déité ès qualités, dans un endroit dont mes parents, en me mettant à Sainte-Brigitte, avaient voulu à tort ou à raison m'épargner les dangers et les tentations.

N'eussent été les circonstances de notre échouage à la Poulinière, je n'y aurais sûrement pas cédé, à ces « tentations ». Comment peut-on être tenté par ce qui vous répugne ? Je n'ai pas cédé à la tentation, je me suis résolue à surmonter ma répulsion, pour ne pas devenir folle.

Au lycée Allende, le jour de la rentrée, je sus tout de suite qu'il faudrait me mettre au diapason si je ne voulais pas que cette année scolaire se transforme en enfer. En affirmant ma différence, je n'aurais pas tenu un mois. Je ne me suis pas débattue, je me suis laissée couler, la bouche ouverte et sans me pincer le nez. Le plus pitoyable, c'est que j'ai pris goût à cette eau immonde dans laquelle je me suis noyée. A force d'être sali, on se persuade que sa place est dans la saleté. A force d'être trahi, on est poussé à trahir à son tour. Trahir qui, trahir quoi ? Papa, maman, papy, la mémoire de mamie, mon éducation, les fameuses « valeurs » qu'on m'avait inculquées...

Je ne sais plus quelle société tribale impose à ses membres, en guise de rite initiatique, de plonger le bras jusqu'à l'épaule dans un panier rempli de cobras. Si par extraordinaire les serpents ne mordent pas le profane, ou s'il survit à leurs morsures, l'impétrant rejoint les rangs des grands gourous, qui ne s'étoffent guère, cela va sans

dire. Je m'en fichais de savoir s'il y avait des mambas noirs ou des vipères cornues dans le panier. Je plongeai dedans jusqu'au cou. Je me dis aujourd'hui que je devais être à bout, que j'en avais assez de réfléchir posément et de défendre ma pureté, marre d'être, selon l'angle d'attaque, la gentille fifille d'un pauvre papa accusé de pédophilie ou la méchante fille d'un vilain papa pédophile. Je voulais faire le vide dans ma tête, et le meilleur moyen était de la bourrer de néant. Paradoxe ? Non, le néant possède des consistances disparates...
A la Poulinière et alentour, c'était celle de la mélasse. Seules les mouches ne se laissaient pas prendre au piège. Etalez de la mélasse sur une assiette plate et observez. Les mouches se posent sur le rebord de l'assiette, trottinent prudemment jusqu'à la lisière du goudron sucré, allongent leur trompe et pompent, mais se gardent bien de poser les pattes dessus. Elles sont génétiquement programmées pour se méfier. Moi, on m'avait déprogrammée et reprogrammée pour me rouler dans la glu.

Parmi toutes les classes de STT option truc et machin qui mèneraient ici, bac en poche ou pas, aux abattoirs de volaille et aux salaisonneries industrielles, il n'y avait qu'une première littéraire, *la* première L, bénie des profs de lettres et de langues, et même des profs de maths et de physique, pour le repos qu'elle leur procurait. Les oreilles encore bourdonnantes du chahut de la classe précédente, ils nous considéraient d'un air éperdu, les yeux larmoyants de reconnaissance. S'ils en avaient eu le droit, ils nous auraient accordé le bac illico, par reconnaissance, et des médailles en guise de mention, avec citations du genre : « Sous le tir nourri de la voyoucratie, a affirmé son intelligence et sa soif de culture, et pansé les plaies du corps enseignant estropié par la mitraille. »

Compte tenu de mes acquis, j'aurais dû être la figure de proue de ce navire battant pavillon de la pensée pondérée et du respect des maîtres. Dans l'expression « figure de proue », il ne faut voir de ma part aucun sous-entendu de domination ni de condescendance, pas plus que de vanité. Mais j'aurais pu, *j'aurais dû* partager avec mes camarades de première L les bénéfices d'une enfance privilégiée. Sur le plan de la lecture et du vocabulaire, et ceci dit sans forfanterie, j'avais une bibliothèque d'avance – celle que maman avait en grande partie bradée à un soldeur de la Ville Maudite, faute de place dans le petit cube blanc.

En première L nous n'étions que dix-huit élèves, quinze filles, dont trois Turques et quatre beurettes, et trois garçons qui se faisaient traiter de pédés par les connards entre les griffes desquels j'allais tomber. Ma petite personne exceptée, ils étaient tous originaires du voisinage de la Poulinière. Tous épris de littérature, ils ramaient à contre-courant. Pas de bouquins chez eux et pas de fric pour en acheter, et sur les télécommandes des télés familiales, aucune empreinte digitale sur la touche Arte. Pendant les interclasses ils squattaient le centre de documentation et d'information. Le CDI, pour eux, c'était Byzance. Oui, j'aurais pu, *j'aurais dû* partager avec eux le pain blanc de mes lectures passées.

D'ailleurs, la prof de lettres, madame Peressini – née Le Guen, elle avait épousé un Italien –, vint tout de suite vers moi. C'était une dame dans la quarantaine, rousse comme une Irlandaise, pétillante comme du Jacques Prévert (qu'elle adorait), gentiment sexy (décolletés pigeonnants), résolument optimiste et gaie comme une maman pinson au bord du nid où sa progéniture préfère se nourrir de ses trilles plutôt que de vers de terre.

— Mélodie, on ne va pas parler des raisons de ta présence ici. On n'en parlera que si tu le désires. Sache que ton anonymat sera préservé. Comme tes autres professeurs, j'ai vu ton livret scolaire. Alors, laisse-moi te dire que c'est une vraie chance pour tes camarades et moi de t'avoir. Je compte sur toi pour tirer la classe vers le haut. Tu seras notre locomotive.

Oui, j'aurais pu, *j'aurais dû* donner le meilleur de moi-même, d'autant que les filles étaient super, qui se battaient contre les diktats des grands frères et les magouilles des marieurs. Les trois garçons étaient aussi très sympas, quoique effacés – mais jouer les ectoplasmes était devenu chez eux une seconde nature, pour échapper aux racketteurs et taxeurs de tous acabits, brigades anti-littéraires et commandos anti-homos, et pédés ils ne l'étaient pas, sauf un, peut-être, et quand bien même.

J'aurais pu, *j'aurais dû* applaudir aux méthodes de madame Peressini. S'arrangeant pour tirer en vitesse, et avec brio, la quintessence du programme, bac de français oblige, elle libérait du temps afin de le consacrer à des travaux de groupe, et notamment à des ateliers d'écriture. J'aurais dû me régaler des nouvelles écrites par mes camarades turques et beurettes.

En première L, aurais-je pu commencer le présent récit ? Non, je n'étais pas assez mûre. Juste à point pour d'autres travaux de groupe, à l'arrière du car, et derrière les poubelles du Cargo, et au foyer du lycée, ponctuellement.

Le foyer du lycée... Je n'ai jamais vu un endroit aussi dégueulasse. Une décharge publique l'est probablement un peu plus, mais il m'est impossible de l'affirmer, n'ayant jamais accompagné papa à la déchetterie quand il faisait son grand ménage de printemps à la cave et au grenier. A Sainte-Brigitte et à Rabelais il y avait un vrai foyer, avec un animateur-barman-confident, des tables et des chaises, un coin lecture, un coin télé. Ici, à Allende, c'était un foyer de tout ce qu'on veut – d'infection, d'épidémie, de délinquance – mais pas un foyer tout court.

Le bouge était situé au rez-de-chaussée, face au squelette du but de handball et du totem rouillé à usage de poteau de basket, dans une ancienne classe de TP de chimie. Au titre d'une espèce de jumelage entre le lycée et le centre d'apprentissage (idée : réconcilier les activités intellectuelles et manuelles), les travaux d'agencement et de décoration avaient été confiés aux apprentis maçons et aux élèves peintres en bâtiment.

Les maçons avaient cimenté le sol et les murs, puis monté des tables et des sièges en parpaings, également enduits de ciment. Du solide, de l'inamovible, de l'indestructible, conçu pour résister aux assauts des sauvages lycéens de la zone, lavable au jet à haute pression, comme une porcherie. Une fois le ciment sec, les apprentis peintres avaient apporté leurs brosses, rouleaux et pinceaux, ainsi que les seuls pots de peinture dont ils disposaient – dont s'était débarrassé entre leurs mains un grossiste-mécène. Ils avaient peint les murs et le sol en noir, et le « mobilier » en rouge.

Plus tard, au fil des mois et des modes, des artistes avaient bombé les murs noirs de tags et de graffiti blancs, jaune et vert fluo. De la machine à café, et du distributeur de boissons fraîches et de barres chocolatées, il ne restait plus que les carcasses. C'était tellement dégueulatoire que ce foyer (*sic*) n'était fréquenté que par le haut du panier de la voyoucratie lycéenne, auquel se joignaient subrepticement des « éléments extérieurs », dealers d'herbe, fourgues et revendeurs d'objets volés – couteaux, rasoirs, insignes nazis, baladeurs, lecteurs DVD, cassettes porno, décodeurs de télé, et même scooters, sur commande.

Tout était à vomir à la Poulinière et pourtant je ne me suis pas enfuie, la main sur la bouche. Pourquoi ? Je ne sais pas, je ne sais plus, je ne veux pas le savoir. Si les lieux de ma perdition sont incrustés en trois dimensions dans ma mémoire, en revanche ma silhouette et les pensées de cette silhouette – hésitations, remords, jouissance morbide dans la destruction – demeurent dans le flou.

« Tu seras notre locomotive »...

La locomotive potentielle s'est accrochée au wagon de queue. Voiture-balai, ce fut ma nouvelle vocation. Voiture-balai de moi-même, de ma virginité et de toutes les barrières tombées le long du chemin de vie qui m'avait été tracé.

A quoi bon se couvrir de cendres et se voiler de honte ? Comme dirait monsieur le curé, on ne peut défaire ce qui a été. En outre je ne suis ni coupable, ni responsable. Il faut se le dire et se le répéter, c'est la faute au juge. S'il avait – au moins ! – laissé papa en liberté provisoire, rien de ce qui précède et rien de ce qui va suivre ne serait arrivé.

18

Dans les brumes délétères de mes premiers jours de classe au lycée Allende, je distingue ces images de mon cru et les cerne d'un gros trait d'ironie : une orchidée parmi les pissenlits, une ballerine en tutu dans la cour des miracles... C'était moi, jeannette tombée de la lune directement dans la marmite des anthropophages.

Je ne pouvais pas rester nippée comme les quatre filles du docteur March à l'office du dimanche. Je me mis à chercher d'autres fringues. Dans ma garde-robe, ce n'était pas la peine : rien que du sage et du seyant. Dans celle de maman, aucune surprise au rayon des vestiges de notre gloire passée, c'est-à-dire du prêt-à-porter griffé, sinon un jean slacké, demi-pattes d'eph'. Je l'adoptai. C'est alors que je songeai aux affaires de papa et trouvai mon bonheur dans les cartons empilés au fond du garage : une veste de treillis rapportée de l'armée et qu'il mettait pour jardiner ; un ceinturon en toile ; sa vieille chemise à carreaux dite « de bûcheron » ; son pull noir à col camionneur et, le fin du fin, son havresac, tout comme le treillis et le ceinturon un souvenir du service militaire, qui allait remplacer avantageusement mon cartable de fille de Marie.

J'attendis que maman soit du matin (sept heures/ treize heures) pour étrenner le treillis. Je le roulai en boule dans ma besace, l'enfilai dans le bus et le retirai avant de rentrer. Les jours suivants, je complétai mon déguisement, en coordonnant le treillis au jean slacké, puis à la chemise de bûcheron. Bientôt je ne pris plus la peine de me changer avant de rentrer. A la différence de maman, trop crevée pour sentir venir le vent du changement, madame Peressini, la prof de lettres, assista à ma conversion aux us et coutumes de la zone avec ébahissement, d'abord, et désenchantement, ensuite. Encore une de contaminée, dut-elle se dire.

Au fur et à mesure que je complétais mon uniforme je gagnais quelques rangs dans le car. Un matin de fin septembre, je m'assis sur la banquette. Le chauffeur se retourna, sourcils froncés.

— Tu ne devrais pas t'asseoir là, ma mignonne, c'est le coin des branquignols.

Je regardai le plafond. Il haussa les épaules, dit : « Si c'est pas malheureux », et se replongea dans les mots croisés de *Ouest-République*.

Mon reflet dans la vitre avait les paupières lourdes de Rimmel et les lèvres tartinées de rouge à lèvres glossy acheté au Cargo. J'avais l'air d'une petite pute. Que je n'étais pas. Pas encore. Au contraire, j'avais les boules. J'en tremblais. J'étais le petit agneau sur le seuil de la tanière : comment le loup allait-il me dévorer ? Je me répétais et je me répétais et je me répétais que la banquette du car c'était ma place, ma vraie place, qu'une fille de pédophile ne peut pas être une fille bien, qu'il fallait que je rejoigne les miens, les exclus, les losers, les nés pour voler et violer, les fils du béton et les fleurs d'achélème. J'étais solitaire, ils formaient un groupe. Je voulais appartenir à un groupe, quel qu'il soit.

En chaloupant vers moi dans la travée centrale, le Freddy mima un haut-le-corps. Il allongea le cou et singea je ne sais plus quel personnage de dessin animé, quand les yeux lui sortent de la tête et sautent comme des bouchons. Il clappa de la langue.

— Vise un peu ça si c'est mignon, dit-il à son lieutenant, un mec mi-latino, mi-maghrébin prénommé ou surnommé Milo.

— Putain, elle va se donner, tu crois ?

Il lui manquait deux incisives, une en haut et une en bas.

— Pas touche, Milo, ça c'est de la meuf pour le Freddy.

Leur cour, leur harem, leur cheptel, quatre filles, deux pour chacun, se bousculaient pour la reluquer, la blanche colombe déguisée en oiseau exotique, apprêtée pour le sacrifice qu'elles espéraient, ça crevait les yeux. Elles portaient des caleçons tellement serrés qu'ils leur rentraient dans la fente. Elles avaient les cheveux abîmés par les teintures qu'elles avaient dû commencer au berceau. Elles portaient, enroulée autour du cou, une écharpe en tissu crissant, genre morceau de rideau, et laissaient pendre les deux bouts devant. Freddy et Milo s'en servirent comme d'un licou pour les faire tomber sur la banquette et les attirer contre eux.

— Hé merde ! On n'est pas des vaches !

Freddy s'assit à côté de moi et passa son bras autour de mon épaule. Il palpa la manche de mon treillis.

— Piqué à papa ? On veut devenir membre du club ?

— Quel club ?

— Ho ! Elle a demandé quel club !

Les filles éclatèrent de rire.
— Dites-lui !
— Du club de la banquette.
— Qui rime avec... ? Tu vois pas ?
— Branlette, dit Milo.
— T'es con, l'engueula Freddy, je voulais qu'elle trouve toute seule.
— Elle aurait pas pu, dit Milo.
— Qu'est-ce que t'en sais ? dit une des filles. Elle débarque peut-être pas du couvent.
— Comment tu t'appelles ? me demanda Freddy.
— Mélodie.
— Holà, un nom de bourge, ça !
— Tu as choisi ton prénom, toi ?

Le car démarra et ce fut comme s'il me poussait à aller de l'avant, à m'inventer un passé qui me vaudrait leur considération.

— J'étais une bourge, avant...
— Avant quoi ?
— Avant que mon père n'aille en prison.
— Ho ! Il est en taule ? Qu'est-ce qu'il a fait ?

Je dis que mon père travaillait dans une banque et qu'il avait piqué dans la caisse. Que maman avait été inculpée de complicité, puis qu'elle avait été libérée et obligée de chercher du travail et un logement pas cher. Voilà pourquoi on était là.

— Combien d'années il a pris ?
— Il n'a pas encore été jugé.
— Le pognon qu'il a soulevé, c'est vous qui l'avez ?
— Ben non. On a vendu la maison pour rembourser la banque.
— C'est tarte, conclut Freddy. Vous auriez pu être rupins, après.

— T'as été en foyer pendant que tes vieux étaient en taule tous les deux ? me demanda une fille.
— Oui. Pendant quelques mois.
— Moi aussi. T'en as chié ?
— Non, je ne peux pas dire.
— Moi, j'en ai chié un max.
— Pourquoi t'es allée en foyer ?
— Pareil. Mon père était en taule et ma mère s'est tirée avec un autre mec.

Il ne restait plus qu'à faire les présentations. Les fleurs d'achélème avaient hérité de prénoms de vedettes de la télé ou du showbiz, sujets d'amours fantasmés pour les pères et d'introjections compensatoires pour les mères : Jennifer, Ornella, Grace, Marilyn. Je ne voudrais pas en dire trop de mal. Elles n'étaient pas méchantes – elles l'auraient été, si je n'avais pas travesti la vérité concernant papa et maman. Joanna, elle, était méchante, une vraie salope, qui voulait me blesser. Pas elles. Elles n'étaient pas idiotes non plus. Paumées ? J'ignore si l'épithète peut leur convenir. Il introduit une relativité par rapport à une norme. Elles n'étaient pas paumées puisque c'était leur vie normale qu'elles vivaient.

De la même façon que moi, je n'aurais pas changé si j'étais restée dans le mien, elles auraient pu être d'autres filles dans un autre milieu. Elles étaient devenues adultes à l'âge où je faisais ma première communion. A l'âge où le doux manteau de l'enfance s'envole et vous laisse toute nue face au miroir que vous tend le monde, où sur la glace se dissipe la buée de l'innocence, elles avaient soudain vu la réalité, leur propre réalité, qui leur avait sauté aux yeux.

Autour de vous, la sainte famille, dorure écaillée et auréoles d'icônes de travers. Le papa qui vous envoyait pêcher le gardon au bord du canal et partageait avec vous son pain-camembert : un gros beauf dégueulasse qui dégoise en société sur vos nénés en bouton et vos moustaches qui dépassent de votre petite culotte. La gentille maman qui vous prêtait sa trousse à maquillage et s'extasiait sur vos jolis yeux : une ménagère vannée, un boudin en jogging peluché, une mégère dépitée. Vous n'avez même pas la force de détester vos géniteurs, alors vous vous détestez vous-même. Car voilà, au milieu du portrait de famille c'est bien vous, et tous vos défauts : gros ventre, grosses cuisses, gros cul et petits nichons. En bas du cadre en bois de cageot, deux mots au pochoir : NO FUTURE. Nous n'irons jamais au bois, ni à la mer, ni à la montagne, ni à l'université.

Alors, sauf à se jeter dans le canal, quelle solution, sinon ouvrir la bouche et les cuisses au premier venu, fût-il le pire des saligauds, futur beauf alcoolo, Pygmalion de votre transformation ultérieure en mère de famille nombreuse névrosée ? Au moins, le temps qu'il vous tronche, vous avez l'illusion d'être aimée de quelqu'un et de vous aimer un peu vous-même.

A l'arrière du car, il y eut un blanc dans la conversation. Freddy s'engueulait avec le chauffeur. Il voulait qu'il éteigne les lumières, le chauffeur ne voulait pas, sans doute à cause de moi. N'importe comment, le trajet se terminait.

— T'es dans quelle classe, au bahut ? reprit Freddy.
— Première L.
— Ouah ! Une intello !

Les fleurs d'achélème gloussèrent. Je crus déceler une pointe d'admiration dans leurs gloussements.

— Les intellos, ça sait pas branler, dit Milo.

— Ouais, concéda Freddy, mais c'est intelligent, ça apprend vite.

Le lendemain, le chauffeur laissa encore la lumière, malgré les beuglements du club de la banquette. Le surlendemain il éteignit, pour avoir la paix. Il dut se dire, comme la prof de lettres, mais de façon plus lapidaire : encore une de foutue.

Foutue, dans tous les sens du terme.

Je joue les affranchies, je me délure. Erreur : je me cache. L'ironie, c'est mon voile islamique, mon tchador, ma burka. S'il est vrai que parler de soi est la meilleure façon de se dissimuler, pour écrire ce que j'ai maintenant à écrire – un strip-tease sans la chorégraphie de l'effeuillage, une brutale mise à poil –, il faut que je me cache de moi-même. Pour échapper au dégoût de soi, il faut que je me regarde comme je regarderais une étrangère. Il faut que je sois à la fois narratrice et spectatrice du peep-show, mais pas actrice.

Entrons dans la cabine, tirons le rideau dans notre dos et glissons une pièce dans le monnayeur. Le volet de la glace sans tain se lève et sur la scène la Mélodie d'alors, en string et soutien-gorge, se frotte à l'obscénité tandis que le plateau commence à tourner.

Mélodie de la Poulinière est assise à la droite du seigneur Freddy. A sa gauche, Jennifer. Le car démarre, plafonniers éteints. Au fur et à mesure qu'il prend de la vitesse, les lampadaires zèbrent de plus en plus vite les visages, et puis bientôt la banquette arrière n'est plus éclairée que par les boîtiers exit, dans la traversée de l'isthme de campagne en friche qui relie la zone à la cité scolaire.

Freddy se déboutonne.

— T'es une bonne relayeuse ? Jennifer démarre, après ça elle te passe le témoin, et à toi l'honneur du finish, OK ?

Les fleurs d'achélème se marrent en sourdine. Mélodie de la Poulinière détourne la tête.
— Regarde ! Faut que t'apprennes !
Mélodie de la Poulinière regarde comment Jennifer s'applique.
— A toi maintenant !
Freddy prend la main de Mélodie de la Poulinière, la presse sur son truc et, comme elle ne remue pas, il lui indique le mouvement. C'est dur, chaud, palpitant, bizarre. C'est donc ça la consistance du machin à faire des bébés ? Comment ça peut entrer ?
— Plus vite !
Mélodie de la Poulinière obéit.
Ça gicle, ça coule, ça poisse.
Ça sent la fleur de châtaignier.
Freddy roule à Mélodie de la Poulinière une pelle au goût de café au lait, et râle :
— Elle promet, c'te p'tite.
Jennifer, très pro, très praticienne, a préparé des Kleenex. Elle essuie projections et coulées. Vocation de dame pipi. Atavisme des manuelles qui se hâtent au service des cérébrales : elles pensent qu'en présence d'un balai les filles de l'Esprit confondront le manche et la paille de riz.

Au lycée, Mélodie de la Poulinière court aux lavabos et se lave les mains à s'en décaper la peau. Ça ne sent plus la fleur de châtaignier. Mélodie de la Poulinière est un tantinet fière d'elle. Elle pouvait branler Freddy, elle a branlé Freddy. Les chœurs : elle pouvait le faire, elle l'a fait ! Ouais ! Fin du peep-show. Le volet s'abaisse.

Deuxième pièce dans le monnayeur de la cabine. Cinq jours plus tard, le volet se relève sur un nouveau décor. Cité des petits cubes blancs, rue des Pays-Bas – toutes les rues y portent un nom de pays de l'Union européenne, comme si on avait voulu inculquer aux habitants des notions de géographie élémentaire.

Chambre de la jeune fille, vers onze heures du soir. Son petit frère dort, elle lit sous la couette. Des scooters vrombissent aux confins de la carte de l'Europe. Scooters volés et revolés, démontés et remontés, peints et repeints. L'un d'eux, gonflé à coup sûr, a le pot d'échappement crevé. Il se rapproche, enfile la rue des Pays-Bas, accélère, rétrograde, pile et pétarade devant la maison de la jeune fille. Dans la zone, le moteur à explosion a remplacé la mandoline des romantiques sérénades. Un voisin en marcel se pointe à sa fenêtre et balance une bouteille de bière sur le soliste.

La jeune fille en chemise de nuit apparaît à son balcon, l'amoureux coupe les gaz et béquille sa monture.

— Ben alors, qu'est-ce que t'attends pour descendre m'ouvrir ?

— Ma mère va rentrer.

— Tu parles, cette semaine elle est de nuit !

— Comment tu le sais ?

— J'ai une cousine qui bosse chez les vioques. T'es toute seule à la maison, ma biche.

— Avec mon frère !

— On se mélangera en silence.

— T'es pas fou !

— Fou d'amour ! Descends, je te dis !

Mélodie de la Poulinière descend ouvrir la porte du garage. Freddy la pousse à l'intérieur, referme, l'enlace, lui roule une pelle. Elle en tremble partout où ses mains se promènent.

— Mais t'es toute nue là-dessous... Touche, j'ai la trique...

Elle saisit la main qui veut forcer ses cuisses. Elle regrette

de n'avoir pas pris le temps d'enfiler une culotte. Il la lâche. Allume une cigarette.
— Tu me payes une mousse ?
— Ma mère n'achète pas de bière.
— Y a bien quelque chose à boire, non ?
Il y a le whisky de la marque préférée du papa. La maman en boit un verre le samedi soir, et parfois aussi le dimanche soir, quand la journée a été froide, humide et grise.
— La vache, elle s'emmerde pas, ta mère.
Freddy se sert largement.
— Extra.
Mélodie de la Poulinière rajoute de l'eau dans la bouteille.
— Tu me fais visiter ta piaule ?
— Ben...
Il la prend par surprise. Sa main, d'un coup, entre ses cuisses, là où Mélissa... là où c'est... mouillé.
— Me dis pas que t'en as pas envie, je te croirais pas.

Il ôte ses chaussures, la pousse devant lui dans l'escalier, la bascule sur le lit, soulève sa chemise de nuit, lui fait des choses avec ses doigts et avec sa langue, enlève son jean et son caleçon, s'allonge sur elle, godille pour qu'elle écarte les jambes, et tout à coup elle se sent remplie là, en bas. A part le désagrément de la pénétration en force, même pas de douleur vive. L'équitation, la gymnastique rythmique et sportive, ça vous déchire prématurément la membrane. Il s'agite, son truc tressaille en elle, il l'écrase comme un poids mort. Elle ouvre grand les yeux, comme si cela pouvait l'aider à respirer. Elle creuse le ventre et glisse sa chemise de nuit entre ses cuisses humides.

Une éternité plus tard il se relève et se rhabille :
— Tu m'avais pas dit que t'étais pucelle ?

— Si.
— Un rêve ! Chuis rentré comme dans du beurre. Bon, c'est pas tout, faut que je ramène l'engin de mort là où je l'ai piqué. Je connais le mec, il aimerait pas...
Le verbe « aimer » fait palpiter le cœur de la jeune fille.
— Tu m'aimes ? demande-t-elle.
— T'es la plus belle. Faut juste que t'apprennes à remuer sous la bête.
Il lui flatte le derrière.
— Fais pas de bruit en partant, chuchote-t-elle.
— T'inquiète, je vais pousser le scoot jusqu'au bout de la rue.
Elle l'accompagne jusqu'à la porte du garage. Il ne l'embrasse pas, elle remonte dans sa chambre, se met au lit et guette les bruits. Une minute, deux minutes, et puis le vrombissement de l'engin, au croisement des Pays-Bas et du Luxembourg. Mélodie de la Poulinière remonte les couvertures sous son menton. Ça sent, ça sent un tas d'odeurs. Elle se relève, va chercher une bombe désodorisante dans les toilettes. Les fines gouttelettes retombent en bruine sur son bureau, sur ses cahiers, sur ses livres, sur la moquette, sur son lit. Elle s'essuie encore entre les cuisses, change de chemise de nuit et s'inquiète soudain de petit Louis. Elle va voir. Il dort. Elle se recouche. Sa chambre sent les WC. Elle abhorrera désormais le parfum écœurant de ce désodorisant, pour toujours associé à sa sordide défloration.
Fin du second peep-show.
Rendez-vous sur le trottoir, devant le lycée, en compagnie de la maman de la jeune fille.

19

Le lendemain soir, alors que je sortais du lycée avec mes nouvelles copines, j'aperçus la Micra garée près de l'arrêt des cars scolaires.
— Merde, ma mère !
Adossée à la voiture, maman me faisait signe de me ramener.
— Ta mère, ça ? Putain, la super classe ! commenta Jennifer.
Je m'écartai de mes fleurs d'achélème qui avaient passé le week-end à se peinturlurer la tignasse. Heureusement, Freddy et Milo, les plus voyants du point de vue mauvaises fréquentations, traînassaient loin derrière dans la cour, occupés à fourguer sur catalogue virtuel – non encore piqués – des enjolivements de scooter customisés.
Maman avait ses yeux noirs des jours de colère.
— Monte !
— Quoi ? Qu'est-ce qu'il y a ?
— Monte, je te dis !
Elle démarra en trombe.
— Qu'est-ce qu'il se passe ?
— Qu'est-ce qu'il se passe ? Elle me demande ce qu'il se passe ! C'est qu'on lui donnerait le bon Dieu sans

confession ! C'est toi qui vas me le dire, ma belle, *ce qui s'est passé* dans ta chambre la nuit dernière !

— Mais...

Elle se faufilait dans la circulation, doublait à droite, franchissait les carrefours à l'orange, exactement comme quand on était revenus de Saint-Malo, le jour où le premier article était paru dans *Dimanche Ouest-République*, il y avait au moins un siècle et demi, à ce qu'il me semblait. Comment pouvait-elle être au courant de la visite de Freddy ? Le voisin jeteur de canette de bière se serait-il plaint du boucan ? Pourtant, Freddy s'était barré en douce... A moins qu'elle pensât à autre chose qu'à un garçon dans mon lit ? La bombe désodorisante ? Elle croyait peut-être que j'avais fumé un joint.

— Mélodie, je t'ai posé une question ! Je te la repose : qu'est-ce qui s'est passé dans ta chambre cette nuit ?

— Ben rien...

— *Rien* ? Figure-toi, ma fille, qu'une partie de jambes en l'air ça laisse des traces. Et tant que ça laisse *que* des traces, faut pas trop se plaindre...

J'aurais dû laver ma chemise de nuit et les draps. Mais ça n'aurait pas changé grand-chose. Elle m'aurait demandé pourquoi. J'aurais répondu : « J'ai eu mes règles. » Elle m'aurait rétorqué : « Comment ça tes règles ? Tu ne les avais pas la semaine dernière ? »

Elle continuait de rouler sur les chapeaux de roue. Sur les nerfs. Ses questions, des coups d'accélérateur. Mes réponses, des coups de frein.

— Un moment que ça dure ?

— Ben non.

— Première fois ?

— Oui.

— Je peux savoir qui est l'heureux élu ?

— Un copain.
— Remarque, pas la peine de m'en dire plus. Dans cette saloperie de quartier, ça ne peut pas être un fils d'académicien... Il avait mis un préservatif, j'espère ?
— Ben, je crois...
— Comment ça, tu crois ? On s'aperçoit de la différence, il me semble... Ah, c'est vrai que... bon...
— Où on va ?
— Chez le gynéco.
— Oh non !
— C'est *une* gynéco. Il a bien fallu que j'en passe par là, moi aussi. La première fois, j'ai préféré montrer mes fesses à une femme plutôt qu'à un type.

La gynéco était gentille (merci maman). Je ressortis de son cabinet avec une brochure sur les MST, des préservatifs et leur mode d'emploi, une ordonnance pour une prise de sang, une autre pour la pilule du lendemain, à prendre tout de suite, et une troisième à valeur de passeport pour la liberté, la pilule-pilule.

On remonta en voiture. Maman s'était un peu calmée. Elle paraissait avoir retourné sa rage contre elle-même.

— Dis-toi bien que la pilule, ce n'est pas un laissez-passer pour baiser à tort et à travers. Tu as bien entendu la gynéco ? Pilule ou pas, pas de câlin sans capote. Compris ?
— Ben oui.

Je me dis que ça se terminait plutôt bien, mais je me méprenais. Ce n'était pas par complicité féminine que maman me laissait la bride sur le cou, c'était parce qu'elle s'estimait coincée.

— Ne crois pas que c'est de gaieté de cœur que je prends en compte ta vie sexuelle. Je n'aurais pas aimé avoir une fille bonne sœur... Un jour, une fille devient une femme... Mais j'aurais préféré que ça se passe plus tard, et ailleurs, avec un gentil garçon, pas avec l'un de ces rastaquouères d'origine indéterminée qui trimballent leur viande sale dans le quartier.

Maman devenait grossière et facho. On sombrait dans la beauferie, c'était inéluctable. Un slalom infernal de la Micra nous ramena à la maison. Maman dit en entrant :

— Ah il peut être content de lui, ce connard de juge, il nous a vraiment foutus dans la merde. D'ailleurs, on n'est même pas *dans* la merde, on *est* des merdes. Maintenant, ma hantise ça va être qu'un de ces peigne-culs te refile une sale maladie. Alors je t'en supplie, prends tes précautions. Si je pouvais te surveiller jour et nuit, je le ferais. Si j'en avais les moyens, je te collerais en pension dans un collège privé. Mais j'ai besoin de toi ici. Qui s'occuperait de ton frère pendant que je me tartine les vieux ?

On s'assit côte à côte entre les quatre murs caca d'oie du salon, séparées par un cinquième mur de traviole : ma nouvelle vie, mon nouveau moi. J'éprouvai une bouffée de honte, immédiatement suivie d'une fugace traînée de bonheur à l'idée de me démaquiller, de jeter mes fringues de sale conne aux orties de la zone, de renfiler ma peau de jeune vestale, voire de rajeunir encore et de rapetisser pour rester à jamais la petite fille de maman. Mais une force pernicieuse me poussait à profaner les images de ciel bleu. Je n'étais plus maîtresse de moi-même.

« T'as les glandes mentales », aurait dit Jennifer.

Oui, longtemps après avoir enlaidi mon visage, voilà que l'acné bourgeonnait dans ma tête, et c'était une image vraiment infecte que celle de boutons méningés qui crèvent et répandent leur pus sur votre volonté anesthésiée.

— Tu y penses parfois, à ton frère ? murmura maman.

Bonne question, et mauvaise réponse : non, je n'y pensais pas, en tout cas pas plus qu'à une plante verte posée sur son guéridon dans le couloir, devant laquelle on passe et on repasse et qu'on finit par ne plus voir jusqu'à ce que ses feuilles tirent leur révérence et pendent, jaunies, sur le marbre, comme une langue de bœuf sur l'étal du boucher.

La question de maman était symptomatique de nos blocages. Le mur entre nous l'empêchait de me parler. Culpabilisant à cause de ses absences, elle aurait aimé que je sois une vraie grande sœur pour mon frère. Du côté de mon moi positif, je devais culpabiliser aussi, mais l'autre, la glandue fraîche émoulue de la zone, avait collé la plante verte derrière un paravent. Entièrement vouée à mon éclosion en fleur vénéneuse, j'occultais.

Petit Louis n'allait pas bien du tout. L'espèce de morosité dans laquelle l'avait plongé l'arrestation de papa n'avait fait qu'empirer. Sur ce panorama de renfermement à tendance mutique s'était greffé le rejet de l'école, peu après la rentrée. J'ai presque envie d'écrire que c'était fatal, tellement la poisse nous collait aux basques. Or ce n'était pas fatal, mais normal : ce milieu inconnu nous étant hostile, il fallait bien que nous nous sentions agressés. Moi, je me défendais en jouant les caméléons des banlieues. Il aurait pu lui aussi, par mimétisme, se transformer en voyou bagarreur, mais sa sensibilité le rendait incapable d'adopter la loi de la jungle et de s'en accommoder en devenant un loup parmi les loups. Il demeurait le petit agneau qu'on choisit toujours pour jouer le rôle de l'ange à la fête de l'école – enfin, dans notre vie antérieure.

Maux de ventre, mal de tête : pendant deux ou trois semaines il assena à maman ces classiques du gamin qui ne veut pas aller à l'école, avant d'avouer, ou d'inventer, qu'un méchant petit loubard de sa classe de CM1 n'arrêtait pas de lui voler ses affaires et de lui courir après à la sortie pour lui casser la figure.
— Comment il s'appelle, ce garçon ? lui demandait maman. Je vais aller voir ses parents. Je vais en parler à ta maîtresse.
Il criait comme si on lui arrachait les ongles :
— Non ! NON ! Je veux pas ! Il va me tuer !
— Ça va, ça va, j'ai compris, disait maman.
Elle demanda un rendez-vous à son institutrice. Effectivement, il y avait dans la classe un apprenti racketteur prénommé Jayson, graine de violence en cours de germination et terreur des cours de récréation. Cependant, la maîtresse n'avait pas remarqué qu'il eût choisi petit Louis pour souffre-douleur. D'autant que la raison principale qui aurait pu faire qu'il fût pris pour cible n'existait pas : notre incognito avait été préservé, et si petit Louis était tourmenté, ce n'était sûrement pas parce que son père était un pédophile emprisonné. Il n'empêche que la maîtresse avait constaté chez mon frère des troubles du comportement et comptait justement en parler à maman. Sa visite tombait donc à pic.

A mesure qu'on s'éloignait de la rentrée, petit Louis se révéla de moins en moins capable de concentration. En lecture, il butait sur les mots. En récitation, il ne pouvait pas aligner deux vers de suite. En dictée, son orthographe était erratique. C'était à croire qu'il devenait dyslexique, ce qui était presque impossible car on l'est, on ne le devient pas. En outre, jusque-là il avait été un écolier brillant. Par ailleurs, corollaire de ces troubles,

petit Louis ne s'était lié avec aucun ou aucune élève. Il réclamait de rester en classe pendant les récréations sous le prétexte de lire, et, à la fin des cours, attendait le départ de ses petits camarades pour quitter l'école, ce qui accréditait la thèse du prétendu harcèlement par Jayson la terreur, à laquelle l'institutrice ne croyait vraiment pas.
— Il fait ses devoirs ? Il apprend ses leçons ?
— Eh bien... Je... C'est-à-dire que...
Maman était bien embêtée pour répondre. Cette conversation lui ouvrit les yeux, s'il était besoin : tout en s'accordant l'excuse de ses horaires de travail destructeurs de la vie familiale, elle nous avait abandonnés à la rue, à l'école, à nous-mêmes. Mieux vaut dire : nous nous étions abandonnés les uns les autres.

Je lève les yeux de mon clavier et je regarde par la fenêtre. Le soleil se couche sur la baie d'Audierne. Face à l'océan, force m'est de revenir aux métaphores maritimes qui me réconfortent, malgré les images de naufrage qu'elles suscitent...

J'ai pensé que le juge Sibérius nous avait torpillés. Du bateau familial n'apparaissait plus que le château arrière, dressé à la verticale. Les dernières poches d'air se vidaient, l'engloutissement était proche.
Dans la houle, maman avait deux âmes en perdition à sauver, outre la sienne. Elle décida que j'étais assez grande pour m'en sortir par mes propres moyens et gagner seule les rivages de la raison retrouvée – en tout cas, elle en prit le risque. Aussi pagaya-t-elle à mains nues en direction de petit Louis, en train de se noyer.

Elle avait besoin de cela, d'adversité, pour se regonfler le moral. Elle n'est jamais si bonne que dans le combat. Or elle avait cessé de se battre. Concernant l'affaire de la Grande Pyramide, elle n'avait plus d'adversaires. Le dossier suivait les méandres de la justice comme la vapeur d'alcool les circuits compliqués d'un alambic. Oui, maman rama ferme pour sauver petit Louis.

Je n'eus sur le moment qu'une chose à lui reprocher (aujourd'hui, c'est à moi que j'adresse mille et un reproches) : elle ne m'appela pas au secours et me laissa dériver de mon côté, pour s'occuper de réanimer petit Louis. Aurais-je pu l'aider ? Non, puisque je voulais m'éloigner vers d'autres rivages. Aurait-elle pu me sauver également ? Non plus. C'est une tâche ardue que de sauver quelqu'un qui veut boire la tasse, parce qu'il aime ça. Et des tasses, j'en ai bu, et de drôlement salées, le jour, dans les magasins où j'ai appris à voler, et la nuit, dans ma chambre, et derrière les poubelles du Cargo.

20

Afin de pouvoir s'occuper de petit Louis dans la journée, maman se porta volontaire pour ne travailler que la nuit. Sa prière fut immédiatement exaucée. Ses collègues lui auraient baisé les pieds. Hormis les vieilles filles et les bonnes sœurs en rupture de vœux, toutes les employées des Glaïeuls voyaient s'annoncer leur semaine de garde de nuit avec hantise.

Départ au boulot à l'heure où la famille s'installe devant la télé, retour à l'heure du petit déjeuner, inspection des vêtements des petits – qu'ils n'aillent pas à l'école en tee-shirt alors qu'il pleut ou qu'il grêle –, bisous aux gosses et à leur papa si papa il y a à la maison, et dans ce cas c'est la soupe à la grimace pendant sept jours parce que le monsieur est privé de câlin. On bâille, on rouvre le lit encore tiède, on se fourre des boules Quiès dans les oreilles et on se colle un masque sur les yeux, et on dort une poignée d'heures, à condition qu'il n'y ait pas de marteau-piqueur en action dans la rue.

Le réveil n'est pas glorieux. On se sent vasouillarde, on n'a pas faim, mais comme il faut bien se nourrir on se fait frire deux œufs, ou bien on se réchauffe un reste de blanquette au micro-ondes. Dans le pot de la cafetière électrique coule au goutte à goutte un café à réveiller un mort. On en remplit un mug à ras bord, on se réchauffe les mains dessus – quelle que soit la saison on a froid à cette heure-là –, on allume une cigarette et on reste là, les yeux dans le vague, en évitant les miroirs et tout ce qui peut refléter un visage, car on se sait moche, mais moche à gerber, les yeux cernés et le teint gris. La douche attendra. Le chantier d'abord, qui va vous faire transpirer.

Une fois sur deux la vaisselle du dîner est restée dans l'évier, il y a les lits à retaper, le linge à sortir du sèche-linge et, réclamées pour le lendemain, certaines pièces à repasser en urgence. Un coup d'éponge sur le lavabo, de balai autour de la table de la cuisine, d'aspirateur dans le couloir, et le coup de pompe pour finir. On se fait couler un bain, sans oublier de mettre le réveil à sonner – il est arrivé qu'on s'endorme dans la baignoire. Une douche froide pour conclure, des vêtements propres, séance de maquillage et c'est parti pour la préparation du dîner, pendant que les gosses prennent leur goûter. Repas du soir et re-départ.

L'hiver c'est pénible de s'en aller le soir à cause du froid, du vent et de la pluie. L'été ça ne l'est pas moins, à cause de la douceur de l'air, des longues soirées et des voisins en train de dîner en terrasse pour vous faire baver d'envie. Voilà le sacerdoce que maman avait choisi pour pouvoir s'occuper de petit Louis, ce qui entraînait quelques variantes par rapport à l'emploi du temps type que j'ai décrit.

Le matin elle rentrait vers sept heures et forçait mon frère à prendre un petit déjeuner équilibré. Elle détournait le regard quand je débarquais dans la cuisine. Certains matins, malgré le maquillage, ça se lisait sur ma figure que je n'avais pas dormi bien sagement avec mes peluches. On s'ignorait. Ce n'était pas la guerre, c'était le blocus, de part et d'autre de notre mur, devenu la ligne Maginot ou le mur d'Hadrien. Maman conduisait ensuite petit Louis à l'école. Elle en profitait pour faire ses courses et ce n'est qu'après qu'elle se mettait au lit et dormait, ou essayait de dormir jusqu'à quatorze heures. Soins du ménage, soins du corps, et puis elle allait chercher petit Louis à l'école. Les jours où elle l'envoyait chez le psy ou chez l'orthophoniste, il goûtait dans la voiture. Ces jours-là, le dîner était des plus frugaux. Les devoirs et leçons de petit Louis étaient prioritaires.

Maman repartait aux Glaïeuls et me confiait la mission de coucher petit Louis, mission que j'exécutais vers dix heures, sans difficulté. Atone, il ne rechignait jamais et je m'en félicitais égoïstement : je pouvais sortir, ou recevoir, aussitôt après. Il n'empêche que le sacrifice de maman produisit des effets positifs sidérants : bientôt il n'eut plus peur de l'école et ses résultats scolaires s'améliorèrent.

Pendant ce temps, moi, je virais diablesse, frappée par la malédiction des Pyramides, mutante d'une néo-mythologie égyptienne, moitié oiseau de nuit moitié chatte en chaleur, non point sur un toit brûlant mais dans le caniveau puant – cette dernière épithète pour la rime, mais pas seulement : je hais la Mélodie que j'ai été à la Poulinière, je voudrais qu'elle n'eût jamais existé.

Freddy fit de moi sa chose sexuelle, son esclave, sa poupée gonflable. Sitôt maman partie au boulot et petit Louis couché, il se pointait à la maison, visitait le frigo, montait dans ma chambre, se glissait dans mon lit et me baisait en quatrième vitesse. Après, soit il s'endormait, soit il m'ordonnait de m'habiller et on sortait rejoindre la bande de chacals du côté des poubelles du Cargo.

Cette bande était mouvante, changeante et fuyante comme un tas de poissons dans un aquarium : on croit les avoir tous repérés et identifiés, et puis voilà qu'on en découvre collés au décor ou planqués dans le gravier, tandis que d'autres semblent avoir disparu – mangés par les gros ? J'avais du mal à mémoriser les noms et les visages. A la lueur des briquets, des clopes et des joints, ou à la lumière vacillante du brasero qu'ils allumaient dans un vieux fût d'huile, ils se ressemblaient plus ou moins, jeunes et moins jeunes. Les distinguer par leur âge ? Lesquels étaient les plus dangereux ?

Les gamins de douze-treize ans, livrés à eux-mêmes par leur famille éclatée, privés de père ou détestés de leur belle-mère, étaient de véritables animaux sauvages, dépourvus de scrupules, soumis à leurs seuls instincts. Non, cher Jean-Jacques Rousseau, l'homme ne naît pas bon. La femelle, peut-être, pas le mâle. Ces gamins, leurs aînés pouvaient les envoyer au front, comme les enfants-soldats, dans certains pays d'Afrique noire. Pour eux, une voiture incendiée, c'était un super feu d'artifice ; un pavé lancé dans une vitrine, un bonus de jeu vidéo ; un viol, une séquence de film porno.

Il y avait des équipes de tagueurs, doux fumeurs de joints et champions du deux cents mètres haies. Leur *performance*, c'était d'aller taguer la baraque des îlotiers, sous leur nez, de les provoquer pour les faire sortir, et quand les flics se mettaient à les courser, ils bondissaient par-dessus les bagnoles garées au pied des immeubles – c'était ça leurs haies.

Mes copines de l'arrière du bus faisaient des apparitions, avec ou sans leur boy-friend de la semaine, du jour, ou de l'instant, souvent des mecs du centre d'apprentissage, eux aussi des baiseurs rapides, rois du coup de reins debout. Comparée aux banlieues qui font la une des faits divers, notre arrière-cour du Cargo était finalement assez gentillette, sauf bien sûr, et surtout en ce qui me concernait, qu'on était déjà en train de taguer mon ébauche de curriculum vitae des deux mots que j'attribuais naguère aux fleurs d'achélème : NO FUTURE.

Si la bière 9,6°, le rhum-Coca et la vodka-orange coulaient à flots, en revanche, à ma connaissance, personne ne dealait de l'héro ou de la coke. L'ordinaire des joints fumés provenait de la culture laborieuse de cannabis en pot, sur les balcons parmi les géraniums ou sous halogène dans la salle à manger de parents consentants. Les gamins n'incendiaient qu'une ou deux voitures par mois et laissaient les pompiers les éteindre. Freddy et Milo n'abusaient pas du pizza hold-up. Pour ne pas tuer la poule aux œufs d'or, ils ménageaient des intervalles inégaux entre deux coups de portable à Pizza Quick : on commande à des adresses fiables (les livreurs ne se hasardaient plus à la Poulinière), on entoure gentiment le livreur qui se laisse tout aussi gentiment soulager de ses pizzas, de ses encaissements et de sa mob, et on se souhaite bon appétit.

J'avais acquis le statut de première concubine de Freddy. Aucun branleur ne lui contestait son droit de propriété sur ma personne. Comme on n'avait pas de fric et qu'il n'en était pas encore au point de cambrioler des bureaux de tabac ou des pharmacies pour s'en procurer, il taxait des filles de fringues pour moi. Il me voulait toute belle, dessus et dessous. Il me voulut encore plus belle que parée des jeans, tee-shirts et bodies de ses ex ou de ses futures : il m'apprit à voler dans les magasins. Enfin, dans un magasin, en ville.

Piquer au Cargo, il ne fallait pas y songer. Le supermarché de la Poulinière aurait fait faillite s'il n'avait pas depuis belle lurette collé des antivols sur à peu près tout ce qui avait de la valeur : vêtements, CD et DVD, vins et spiritueux. Pour les fruits et légumes, et le rayon alimentaire en général, ainsi que pour les bricoles genre crayons de couleur, lampes de poche, dentifrice, lingettes à démaquiller et le reste, ils avaient des caméras vidéo dissimulées dans les plafonds. De plus, selon la rumeur, qu'ils entretenaient peut-être, des vigiles anonymes sillonnaient les travées. Ça pouvait être la grosse mémère avec les bas en accordéon sur ses charentaises avachies ; le Black hilare, Walkman sur les oreilles, poussant son chariot à petits coups de bas-ventre, façon salsa du démon ; le pépé myope, liste de courses dans une main et loupe dans l'autre, agglutiné aux étiquettes des linéaires ; la maman et son lardon faisant dodo dans son landau ; le mécano en combinaison de boulot l'air perplexe devant les huiles du rayon accessoires auto ; la Madame Butterfly, une meuf asiatique en camisole brodée d'un dragon doré ; bref ça pouvait être n'importe qui. Tout le monde suspectait tout le monde, les voleurs surveillaient les voleurs, le Cargo avait autant de vigiles que de clients.

Il n'y avait qu'un magasin où l'on pouvait se servir à l'aise : l'Uniprix de Rennes. Un samedi, Freddy et moi on y alla en bus, en trimballant un cabas de mémé plutôt tarte, mais précieux outil de mon initiation.

Uniprix est un magasin à l'ancienne, dont la surface est divisée en espèces de kiosques ovales au milieu desquels trônent les caissières. De la même manière que les gondoles d'hypermarchés, ces kiosques ont leurs spécialités : hygiène, produits de beauté, chemiserie, lingerie féminine, papeterie, bimbeloterie.

Piquer à Uniprix nécessite une petite mise de tune. Il faut d'abord acheter quelque chose. Un tube de rouge, par exemple. Vous posez négligemment votre cabas sur l'éventaire et par conséquent sur un tas d'autres tubes de rouge, ou sur des crèmes, des fonds de teint, des shampoings, des crayons à maquiller, en un mot sur ce que vous voulez piquer. Vous prenez votre temps pour choisir votre rouge à lèvres, vous attendez que la caissière soit occupée par d'autres clientes du côté opposé du kiosque, vous jouez les anges de patience bien gentiment, vous lui tendez le bâton de rouge et pendant qu'elle tape sur sa caisse et qu'elle met le rouge dans un sachet vous cherchez votre porte-monnaie dans le cabas. Il y est, dans une poche de côté. Le cabas a deux grandes poches intérieures de chaque côté.

Et pas de fond. Voilà l'astuce. Tout en farfouillant dans votre sac vous logez vite fait ce que vous avez choisi de piquer dans les poches. Puis, comme soulagée d'avoir enfin trouvé votre porte-monnaie, vous le brandissez, triomphante – « Ouf ! Je croyais que je l'avais oublié. » Le tour est joué. Vous avez dépensé deux balles, vous avez piqué pour cinquante ou cent euros de super fond de teint pour bourgeoises friquées.

Le jour de mon initiation, Freddy jeta son dévolu sur le rayon lingerie. Il voulait me reluquer en string et petite chemise en soie sauvage. Uniprix me rappela les Nouvelles Galeries de la Ville Maudite. Lumière douceâtre, musique classique, couleurs pastel, présentoirs en bois vernis, parfum de frais distillé par le rayon cosmétiques, vendeuses en jupe-tailleur anthracite... Il me vint à l'idée que certaines d'entre elles devaient résider à la Poulinière et que le soir ça devait leur faire mal au ventre de quitter leur tailleur de cocktail pour se reloquer minable et se retrouver dans un appartement sentant la chaussette sale avec des gosses braillards et un beauf en marcel allongé devant la télé, clope au bec et bibine à portée de la pogne.

Freddy n'était pas fou. On s'était composé un look de gentils jeunes gens. Il avait mis un pantalon en toile, une chemise propre, un blazer et des mocassins chouravés je ne sais où. Moi, j'avais revisité ma garde-robe d'antan et m'étais déguisée en Mélodie de Sainte-Brigitte. Ça me fit tout drôle, comme le jour de ma communion solennelle, quand j'avais enfilé mon aube et m'étais regardée dans la glace.

Au cas où il y aurait des caméras vidéo et une salle de contrôle à l'étage, et pour détourner de nos petites personnes l'attention d'un éventuel Big Brother scotché devant de multiples écrans, on se balada d'abord main dans la main entre les kiosques. On acheta un stylo à bille et un cahier, puis un tube de crème Nivea Soft et plus loin un CD de reggae à prix cassé. Freddy portait gentiment les poches Uniprix contenant nos achats. Moi, je portais le cabas accroché au bras, très petite ménagère de bonne famille. Nous arrivâmes devant le rayon lingerie.

Je posai le cabas sur les strings, comme pour avoir les mains libres de piocher dans le présentoir voisin, parmi les petites culottes à cinq euros les trois, en quête de ma taille. Freddy jouait le mec un peu gêné. La caissière du kiosque nous sourit. On l'imaginait sous-vêtue d'un choix super sexy de ces frivolités sur lesquelles elle veillait, alors qu'elle portait peut-être une barboteuse de grand-mère en coton côtelé. Le tailleur anthracite aurait donné de la classe à n'importe quel boudin.

Freddy feignit d'être embarrassé par ses sacs en plastique et se pencha sur le cabas pour les mettre dedans. Ce faisant, il choura une poignée de strings qu'il logea sous nos achats, dans une des poches de côté, en faisant semblant de ranger. Puis il reposa le cabas sur le présentoir des petites chemises en soie. Pendant ce temps-là, j'avais trouvé un lot de slips à ma taille (blancs à pois rouges), je le tendis à la caissière, elle tapa sur sa caisse enregistreuse, mit les slips dans un sachet et dit :

— Cinq euros, s'il vous plaît.

Freddy cligna des yeux. C'était à moi de jouer. Je lui demandai :

— C'est toi qui as le porte-monnaie ?

Freddy tapota ses poches.

— Non, c'est toi.

— T'es sûr ?

— Ben ouais, tu l'as mis dans ton sac en partant.

— Ah oui, c'est vrai.

Il gratifia la caissière de son sourire craquant et lui dit :

— Les sacs des filles, c'est un sacré foutoir... Le vôtre aussi ?

— Ben tiens, c'est plein de secrets.

— C'est le cas de le dire. Alors, tu le trouves ?

— Ça y est !

Je brandis le porte-monnaie. Dans la poche du cabas il y avait un caraco taille 38, en soie sauvage.

Je payai les slips à pois, on souhaita bonne journée à la caissière et on sortit. Moi, j'aurais voulu me tirer en vitesse du périmètre dangereux, mais Freddy me retint.

— Coolos, Mélosse... Y a rien de pire que de se trisser...

Il m'obligea à lécher les vitrines de l'Uniprix. A l'intérieur du bocal, la vie consumériste continuait, feutrée, luxueuse, voluptueuse. Ç'avait été facile de devenir une voleuse.

Le soir, dans ma chambre, j'enfilai le string et le caraco, et je compris pourquoi Freddy fantasmait tant sur ces trucs. Il voulait rejouer une scène de film porno qu'il adorait. D'abord, je refusai. Il me flanqua des baffes et menaça d'aller pisser sur le lit de maman. Alors je me mis à quatre pattes, comme il l'exigeait, et il me le fit par-derrière, juste en écartant la ficelle du string. Il rugit comme une bête. Je pensai que la dernière étape avant que je me transforme définitivement en chienne, ce serait le collier au cou. Puis, tandis qu'il cessait de pomper contre mes fesses, j'eus cette pensée corollaire, à la fois rigolote et dégueulasse : pourvu qu'on ne reste pas collés comme des chiens.

Je ne me dégoûtais même plus. C'était la chute libre dans le puits sans fond.

Je retournai seule à l'Uniprix. Je testai les Nouvelles Galeries et le Bon Marché, plus d'autres commerces indépendants merchandisés pareil, avec les présentoirs au ras du nombril. Je changeais de cabas. Je volais pour moi, je volais pour les autres. Le sac sans fond, c'était un moyen hyper facile de se faire du blé. Je revendais les strings, la soie, le rouge baiser et le rouge glossy, les collants et les soutifs, les stylos à plume or et les boîtes à compas aux copines de l'arrière-cour. La technique du cabas sans fond n'était pas à leur portée. Elles auraient été trop vite repérées. A part la fée de *Cendrillon* capable de changer une citrouille en carrosse, personne n'aurait pu masquer leur look de zonardes. A ces fleurs des calvaires achélémites, une costumière d'opéra aurait-elle cousu sur le corps un tutu et collé sur la tête une perruque à couettes, que rien n'y aurait fait : leurs origines, leur défloration précoce, leur impudeur, leur veulerie s'inscrivaient sur les bouches. J'avais constaté qu'elles avaient toutes cette lippe boudeuse et ce sourire sournois annonciateurs de gniards morveux et de maris pervers. La lassitude les habitait déjà.

Je regardais ma bouche dans la glace : elle était intacte. La majeure partie de mes recettes passait des poches du cabas dans celles de Freddy. En quelque sorte, il était mon maquereau. Il m'avait mise au cabas sans fond et, patience, le jour viendrait où il me mettrait sur le trottoir.

Pulls, écharpes, dessous, ma garde-robe de zonarde voleuse envahissait mes placards. Je disais à maman que c'étaient des cadeaux de mon copain.

— Cadeaux piqués, répondait-elle en regardant les étiquettes. A qui ? A ses grandes sœurs ou à Uniprix ? Ne t'avise pas de me ramener les flics ici. Le recel, ça se condamne autant que la fauche, ma belle.

Ma vigilance de voleuse faiblit. Son aiguille pointait vers le zéro, ainsi que mes notes dans toutes les matières, soit dit en passant. Les profs et moi, on s'était mis à vivre dans une indifférence réciproque. Le redoublement se pointait à l'horizon de la première. Maman avait rendu son tablier d'autorité parentale. Un samedi, j'étais revenue de mes rapines urbaines avec un piercing dans la narine. Elle s'était contentée de grimacer. Je signais mon livret devant elle, en imitant sa signature. Elle allumait une cigarette et soufflait la fumée en l'air. Je n'allais pas tarder à l'apprendre, un homme occupait ses pensées.

Au mois de mars, ayant mémorisé une liste de babioles printanières commandées par les fleurs d'achélème, je posai mon cabas sur un lot de débardeurs, aux Galeries Lafayette. J'avais fait fort côté jeune fille de bonne famille : queue-de-cheval, chemisier à col Claudine, cardigan bleu marine, kilt, manteau et souliers bas. Et piercing ôté, bien évidemment. Ce look BCBG, c'était ma tenue de Superwoman, et, comme telle, je me croyais invulnérable.

Rejouant avec aisance cette énième prise du vol à l'étalage, je fourrais un débardeur dans mon cabas de prestidigitatrice quand à côté de moi une voix se mit à glapir :
— Mais... mais... elle vole !

A ma droite se dressait une grande gigue sapée jupe mi-mollet, broche en toc au corsage, collier de perles et manteau ringard, à classer dans la catégorie des profs d'anglais qui se prennent pour des ladies, ont pour seule religion la prononciation du *th* et vous postillonnent dessus d'entre leurs incisives écartées. Elle mesurait un mètre quatre-vingts mini et, comme le héron de la fable, était emmanchée d'un long cou au sommet duquel, sous sa huppe permanentée rose bonbon, ses yeux cerclés d'écaille plongeaient dans mon sac. *Shocking !*

Le nez froncé, la moue altière, elle interpella la caissière :
— Mademoiselle ! Je vous dis qu'elle vole ! C'est incroyable, son sac n'a pas de fond. Vous m'entendez, mademoiselle ? *Son sac n'a pas de fond !*
— Hein, quoi ? répliqua la caissière.
— Appelez quelqu'un, enfin !

La garce me retenait par la manche. Je lui filai un coup de pied dans le tibia et pris les bonnes décisions, d'instinct : récupérai mon porte-monnaie où il y avait ma carte d'identité scolaire, laissai le cabas sur place et piquai un sprint vers la sortie. Je me pointai tellement vite devant les portes automatiques qu'elles ne s'ouvrirent pas. Bloquées ? Je reculai, fis un pas en avant... Ouf, elles chuintèrent et s'écartèrent. Derrière moi, la supposée anglophile chantait le grand air de *La Traviata*, à s'en péter les cordes vocales.

Heureusement, les rues étaient noires de monde. Je me fondis dans la foule, cessant de courir pour marcher d'un bon pas. A chaque instant, je m'attendais à ce qu'une main m'agrippe l'épaule et qu'une voix autoritaire m'intime :

— Halte-là, ma petite !

Un bus démarrait. Je montai dedans, sans savoir quelle ligne c'était. En tout cas, il s'éloignait du centre-ville, si bien que je m'enhardis à me faire peur, en écrivant et récrivant dans ma tête le scénario-catastrophe de l'arrestation. Epinglée par les vigiles des Galeries Lafayette, emmenée au poste de police dans le panier à salade, vérification d'identité, et où elle bosse ta mère, et où il bosse ton père, comment ? il est en taule ? ah mais bien sûr, Mérour, le pédo ! hé ! hé, les gènes ont parlé, tel père, telle fille, ça va pas améliorer le tableau, au procès de ton papa, l'avocat général va se régaler, enfin, t'as plus qu'à espérer que les Galeries ne portent pas plainte, sinon tu passes en correctionnelle... Ils me ramènent, le fourgon s'arrête devant la maison, petit Louis et maman sur le seuil, votre fille est une voleuse, madame, cris, pleurs, lamentations, il manquait plus que ça, mais qu'est-ce que j'ai fait au bon Dieu pour mériter ça ?

Merveilleux effet purgatif de ce scénario cathartique ! Je me suis juré de ne plus jamais voler.

Je descendis du bus à proximité de la fac de lettres et en pris un autre qui me semblait aller dans la direction inverse. Résultat, je me perdis et fus obligée de me faire indiquer la bonne ligne par une vieille dame. Il était plus de sept heures quand je rentrai à la maison. Maman me vit dans mon costume de fifille de dame patronnesse des ventes de charité.

— Tiens ! se moqua-t-elle, un repentir ? J'avoue que je te préfère comme ça.

Papy, lui, les rares fois où il vint à la maison pendant cette année de misère à la Poulinière, disait tristement : « Je te préférais avant... »

Je me changeai, on mangea nos raviolis aux trois fromages, maman partit au boulot, petit Louis se coucha et je filai rejoindre Freddy derrière les poubelles du Cargo. Je lui dis que j'avais failli me faire piquer et que c'était terminé, le cabas sans fond. Il alluma une clope, me prit la main comme s'il voulait me déclarer son amour et, tout miel, tout sourire, écrasa sa cigarette dessus.

— T'es pas fou ! Espèce de salaud !

— Ça t'apprendra !

— C'est fini, je te dis ! T'as qu'à trouver une autre fille pour chourer !

— Et la tune que ça rapporte, comment on va s'en passer, hein ?

— M'en fous !

Il m'empoigna par les cheveux et les tordit. Je tombai à genoux devant lui. Il me força à lui faire le truc avec ma bouche. Je vomis sur ses baskets.

— Connasse ! Je te colle une semaine de quarantaine. T'es tricarde ici, t'entends ? Que je te revoie pas au Cargo pendant huit jours, sinon je te démolis, OK ?

OK Freddy chéri, pensai-je en refermant la porte de la maison à clé, au cas où il serait pris de remords et voudrait me sauter au milieu de la nuit. Le coup de la brûlure de cigarette et de la fellation à genoux, il n'aurait pas pu trouver mieux pour que je commence à générer des anticorps.

21

Je viens de relire mon manuscrit depuis le début. Une chose m'a frappée : il y a un bon nombre de pages que je n'ai pas parlé de papa. Ou si peu. Par raccroc. A bien y réfléchir, le plus effarant est que cette longue *absence* de papa de mon récit est parfaitement involontaire. Elle témoigne d'une exécrable réalité : en redevenant par l'écriture la Mélodie d'avant, j'ai reproduit ma conscience d'alors. Trop préoccupée de ma personne, je l'avais rayé de ma vie de pouliche de la zone. Pourtant, il continuait de moisir en prison et d'expédier chaque jour sa lettre au président de la République. Et d'espérer notre visite, à petit Louis et moi.

J'avais cessé d'aller le voir en janvier. Je renâclais, maman n'insistait pas. Elle savait que mon nouveau look ferait descendre le moral de papa de plusieurs degrés. Elle prétextait des empêchements de ma part : une montagne de devoirs, le bac blanc de français, des week-ends chez des amies, des filles de gens bien, d'excellente influence sur moi. Elle en inventait d'autres, pas piqués des vers : séjours linguistiques organisés par le lycée, vacances de février aux sports d'hiver, stage de voile à Pâques, et toujours en compagnie de copines

BCBG. Un rêve ! Un rêve ? Allons donc. En aurais-je voulu, de ces rêves-là, à cette époque ?

Du côté de petit Louis, j'aurais tendance à dire que c'était plus simple, encore que cette simplicité fût d'ordre médical. Le psy l'avait exempté de visites. « Sauf s'il le réclame de lui-même un jour », avait-il précisé à maman. De quoi souffrait-il ? De rien, en apparence. Bon élève à nouveau, bon fils et bon petit frère comme toujours. Sage comme une image. Trop sage, justement. Docile comme un robot, ne prononçant que quelques mots : oui, non, merci. On le branchait : il faisait ses devoirs, apprenait ses leçons, mangeait. On le débranchait : il allait au lit et s'endormait. Il n'avait qu'un trouble manifeste, à proprement parler : les fourchettes. Qu'elles sortissent du tiroir du buffet ou du lave-vaisselle, il les examinait à la loupe et passait le torchon entre les dents.

« Il retrouvera son équilibre comportemental quand son père sera innocenté », avait promis le psy.

Croisons les doigts, mon bon monsieur...

C'est ce que faisait maman, croiser les doigts et toucher du bois, me concernant. Tout en me laissant vivre ma vie, bien obligée, elle se rongeait les sangs. Elle imagina de me faire sonder par le psy de petit Louis. Comme jamais de ma vie je n'aurais accepté de rencontrer ce bonhomme – j'avais déjà donné, ras le bol de la maïeutique –, elle usa d'une ficelle aussi grosse qu'un câble de téléphérique. Au dernier moment, un mercredi après-midi, elle se rappela un truc à régler d'urgence et me pria d'accompagner petit Louis à son rendez-vous hebdomadaire. Tu parles ! C'était petit Louis qui me conduisait chez son psy...

Le docteur Motreff, puisque tel était son nom, n'avait pas un physique à déclencher des émeutes de minettes sous ses fenêtres. C'était un monsieur rondouillard et dégarni, avec des mains minuscules et grassouillettes, mais des yeux, ah des yeux ! des yeux d'hypnotiseur. On mourait d'envie de lui coller des lunettes noires sur le nez.

Par discrétion, l'entrée et la sortie de son cabinet étaient séparées. On l'entendit reconduire une patiente, puis la porte donnant sur la salle d'attente s'ouvrit.

— Bonjour, Louis... Ah ! Ne serait-ce pas Mélodie ?... Je suis ravi de faire ta connaissance... Voudrais-tu qu'on échange quelques mots, tous les deux ? Oui ? Non ?

— Bof !

— Traduisons ce bof par oui... Louis, tu patienteras un peu dans la salle d'attente ? Entre, Mélodie. Assieds-toi, je t'en prie...

Le cabinet était très différent de celui de la psy chez qui Elise, ma chère référente, m'avait conduite. La psy du foyer d'accueil aimait la clarté et le moderne, le verre et le bois brut, en un mot le dépouillement. L'intérieur du docteur Motreff correspondait plus à l'idée qu'on se fait d'un cabinet de psychiatre : une bibliothèque en acajou remplie de volumes reliés, un divan pour le confessé et un siège bas pour le confesseur, un large bureau recouvert d'un sous-main en maroquin, un fauteuil tournant et basculant pour le médecin, deux fauteuils en cuir en vis-à-vis du sien.

Contrastant avec ce décor banalement cosy, des toiles abstraites, allégoriques des obscurs embrouillaminis de la conscience, vous plongeaient dans un abîme de perplexité. Un autre tableau, immense, fantastique et symboliste, représentait des centaines de fronts blêmes et leurs paires d'yeux grands ouverts amalgamés comme des chauves-souris entre un horizon de ruines et un sol spongieux marbré de coulées liquides au bord desquelles chacun pouvait deviner, à sa guise, des plantes carnivores ou des animaux préhistoriques.

À ces yeux se superposait le regard du docteur Motreff, sombre et pénétrant, mais étrangement doux et charitable à la fois. Je ne doutai pas qu'il lisait dans mes pensées. « Tu me fais chier, connard de psy ! » lui disais-je dans ma tête. Il me répondait dans la sienne : « Rien de plus normal », et m'absolvait d'un battement de cils.

— Tu ne veux pas parler, n'est-ce pas ? Ça n'a aucune importance. C'est moi qui parlerai. Hé ! Hé ! les psys ne se contentent pas toujours d'écouter... On deviendrait muets, à force... Tu es en première, l'an prochain tu passes un bac littéraire, tu es une jeune fille cultivée, alors, si tu me le permets, il y a beaucoup de choses que je puis te dire et que tu peux comprendre...

Je ne compris pas tout, loin s'en faut. Il usait de mots compliqués qui relevaient de la philo et que je ne connaissais donc pas encore. Je crois qu'il faisait exprès de les utiliser, autant pour nous mettre sur un pied d'égalité que pour donner à son discours le caractère amical d'un échange de confidences entre gens de bonne compagnie. Je pigeai cependant tout de suite qu'il parlait « en général » afin que j'applique ses généralités à mon cas particulier. C'était habile et prévenant, et tout ce qu'il disait, y compris l'incompréhensible, était passionnant. J'eus honte de mon look de fleur d'achélème. Devant lui, à l'écouter, je n'avais plus le moral de mon physique. Il soufflait sur les braises de mon intelligence. Il me redonnait envie de bouillonner d'esprit critique, de lire des essais et des grands romans, afin d'avoir le regard brillant comme le sien.

Il me parla du deuil. Enfin, il en parla de manière métaphorique, et toujours « en général ». Faire son deuil, c'est admettre la réalité que les gens, les sentiments et les choses ne sont pas éternels. L'adolescence, c'est faire le deuil de son enfance. J'avais bel et bien enterré la mienne, comme tout être normal, mais à ce deuil-là s'en étaient ajoutés deux autres.

Deuil du déménagement, qui peut créer un trauma aussi profond que le décès d'un proche. Nous avions été poussés hors du nid, et des pans entiers de souvenirs avaient été jetés à bas.

— La reconstruction d'un nouveau nid est parfois très difficile, Mélodie.

La maladie d'un proche : deuil de l'époque où il était en bonne santé et riait en votre compagnie. Il fallait comprendre : ton père est « malade », son cancer c'est l'accusation de pédophilie, et la prison, sa chambre de soins palliatifs.

Nous avions multiplié les deuils, rien d'étonnant que nous essayions de nous sortir du noir à tâtons, comme des aveugles.

Là où le docteur Motreff me souffla carrément, c'est lorsqu'il me fit comprendre que mon inconscient me poussait à haïr papa, cause de tous nos maux, mais comme je m'y refusais, c'était moi-même que je haïssais. En témoignaient les bains de boue de la zone que je m'infligeais.

Quant à petit Louis, si j'ai bien compris cela aussi, en raison de son âge et de sa conscience encore à l'état brut, il haïssait vraiment papa. Il le croyait coupable. Aussi, pour se démarquer de ses crimes, s'astreignait-il à la perfection, une perfection proche, dans son cas, d'une soumission névrotique à l'ordre et à l'autorité. Malgré les apparences, son cas était infiniment plus grave que le mien.

Pour finir, le docteur Motreff me tendit une perche inattendue pour m'aider à régler une question que j'occultais – la preuve, je ne l'ai pas évoquée : la probable « inconduite » de maman. Elle lui avait sûrement dit que j'avais des soupçons. Comment n'en aurais-je pas eu ? Un type téléphonait, toujours vers sept heures du soir, juste avant qu'on dîne.

« Allô, Constance ?
— Non, c'est sa fille.
— Ah, excusez-moi...
— Je vous la passe... Maman, c'est pour toi ! »

Elle allait s'enfermer dans sa chambre avec le sans-fil. C'était clair comme de l'eau de roche, elle avait un amant. Elle ressortait de là en m'interrogeant du regard. Moi, je regardais le plafond.

— Il y a différentes façons de chercher l'amour et de le trouver, dit le docteur Motreff. Les copains et les copines, les bonnes notes à l'école et les prix de sagesse, la présence d'un homme... Les veuves se remarient, les conjoints de *grands malades*, parfois, ont des liaisons... Besoin d'affection, et souffrance d'éprouver ce besoin et de le satisfaire. La tolérance et l'indulgence sont de mise.

Message reçu, docteur Motreff !

— Eh bien, j'ai été ravi de bavarder avec toi, Mélodie. Reviens quand tu veux. Ce sera ton tour de parler, peut-être, si tu le désires. Voyons voir maintenant comment se porte ton frère...

Une fois dehors, je demandai à petit Louis :

— Tu n'aimes plus papa ?

Sur un ton monocorde, presque badin, il me fit cette réponse qui me ficha la trouille :

— Papa ? Quel papa ? Ça fait longtemps qu'on n'a plus de papa.

Je me promis de ne plus lui poser des questions à la noix. Ce soir-là, je pris un bain et un shampoing, et m'assis à table en peignoir par-dessus ma chemise de nuit, sachant que maman aimait me voir comme ça, toute fraîche, les cheveux mouillés, comme la petite fille que j'avais été. Le téléphone sonna. Maman décrocha, dit : « Non, pas ce soir », et raccrocha.

— Une collègue de travail... Alors, Mélodie, comment se porte le docteur Motreff ?

Sans réfléchir, je répondis :

— Dimanche, j'irai avec toi voir papa.

— Ça lui fera très plaisir.

Ce mercredi-là, j'ignorais qu'à cause de cette ordure de Freddy je vivrais le lendemain le pire moment de ma vie et que *j'aurais absolument besoin* de voir papa.

Cela faisait déjà presque dix mois que nous survivions à la Poulinière. Le troisième trimestre était déjà bien entamé, mais nous n'avions aucun projet pour les grandes vacances, pas plus que nous n'avions essayé de faire pousser dans notre désert de tristesse les petits bonheurs qui agrémentaient notre vie d'antan.

A Noël on n'avait même pas fait de sapin. Pour la fête des Rois, on n'avait pas acheté de galette à la frangipane, comme autrefois, quand maman s'arrangeait en coupant les parts pour repérer la fève et la cacher au besoin dans la part de petit Louis. A la Chandeleur, pas de crêpes au sirop d'érable. A Pâques, pas de promenades à la campagne pour cueillir des primevères le long des chemins creux ou des jonquilles dans les prairies ensoleillées. Au 1er Mai, pas de brin de muguet à couper – les plants de muguet avaient été vendus avec la villa.

Oui, docteur Motreff, nous étions en deuil de notre nid douillet.

Combien de fois depuis le début de ce récit n'ai-je pas parlé de paradis perdu et de chute au trente-sixième bas-fond ?

Il me restait le trente-septième.

J'y suis tombée dans la nuit du jeudi au vendredi.

Le dimanche suivant, où je rendis visite à papa, je n'avais pas encore récupéré. Je traînais mon corps en peine. D'âme, je n'en avais plus. Envolée, pfuitt ! frou-froufrou ! A sa place, ce néant qui me menaçait depuis longtemps. Un vide qui vous paralyse. Tétraplégie de la volonté. Par moments, une ampoule mourante clignotait au milieu de cette absence d'émotions, de désirs, de refus, bref un vrai désert où rien ne pousse, où la pluie ne réveillera aucune graine enfouie depuis des lustres, un désert de dunes à perte de vue, mais de dunes glacées, faites de milliards de milliards de cristaux de glace bleutés sous la lune froide.

Je songeais à chasser ce vide comme on chasse une bulle d'air d'une seringue. Fugaces velléités, bourrasques de mots, police, dénonciation, aveux, aussitôt stoppées net par le mur d'autres mots : examens médicaux, médiatisation, représailles, fuite, déménagement, et nouveau deuil d'un nid, misérable nid où, sur le tapis de fientes de la corbeautière/Poulinière, nous avions cependant tissé quelque duvet : un travail pour maman, une bonne école pour petit Louis et le docteur Motreff à proximité. L'appeler ? Il téléphonerait aux flics et on n'aurait plus qu'à faire nos valises. J'étais piégée. Nous l'étions tous les trois.

Le dimanche qui suivit ma chute au trente-septième sous-sol, tandis qu'elle sortait la voiture du garage, fermait les portes à clé et recommandait à petit Louis de n'ouvrir à personne – recommandation inutile : il se bouclait en plus dans sa chambre –, maman me jeta des regards en coin. Elle devait croire que j'étais shootée. Elle ne fit aucune observation sur ma tenue, de peur sûrement que je prenne la mouche et renonce à aller voir papa. Ce en quoi elle se trompait : je voulais voir papa, je voulais qu'il me voie telle que j'étais – ou bien telle *que je fus* dans la nuit de jeudi à vendredi ? Une pute, une serpillière...

Le calme régnait dans les avenues et sur les parkings de la Poulinière. Lestés des agapes du jour du Seigneur, les estomacs pèsent leur poids de somnolence. A l'heure du pousse-café, les ultimes noyaux de cerises à l'eau-de-vie tintent sur le rebord des assiettes, les langues s'engluent, les paupières papillonnent, les ventres subissent la loi de la gravité, les mentons s'affaissent sur les poitrines, et la sieste dominicale fait oublier les assiettes graisseuses et les cendriers pleins. Le journal des sports à la télé réveillera les mâles. Vaseux, ils se rinceront la bouche d'une bière ou deux. La gent féminine se tapera la vaisselle, on bouffera les restes avec les doigts et c'est en rotant qu'on se collera sous les draps. Je connais, Freddy m'a raconté. Bon gars, le dimanche, il sacrifiait aux joies de la famille, avant de rejouer les oiseaux de nuit.

Maman était nerveuse. Elle passait la cinquième au lieu de la troisième, tripotait des trucs sur le tableau de bord, se regardait dans le rétroviseur, passait son petit doigt sur la commissure de ses lèvres, comme si son rouge avait bavé.

La Micra longeait la portion de Vilaine entre la Poulinière et Rennes. Les peupliers étaient beaux à faire pleurer, des pêcheurs en chapeau de paille surveillaient leurs bouchons, une famille pédalait au ralenti sur le chemin de halage. Est-ce le spectacle de notre sérénité perdue qui décida maman à parler ?

— Je ne t'ai rien dit pour ne pas en rajouter devant ton frère... Mais il faut que tu le saches : votre père en est à sa deuxième semaine de grève de la faim.

— Hein ? Il mange plus rien ? Mais pourquoi ?

Question idiote, à laquelle j'aurais pu répondre moi-même.

— Pourquoi ! Pourquoi ? Parce qu'il en a marre, que l'affaire n'avance pas, que le président de la République ne lui réponde pas, que ses gosses ne viennent pas le voir.

— Je vais le voir...

— Il était temps. J'espère qu'il n'en fera pas un arrêt cardiaque.

— Tu veux dire... qu'il va me trouver changée ?

Elle grimaça. Une réplique cinglante lui brûlait la langue, du genre : « J'*adore* tes doux euphémismes ! » Elle la ravala.

— Ton père, je l'ai secoué... Cette histoire de grève de la faim commence à transpirer... D'ici qu'un gardien alerte la presse et ce sera reparti comme en 40... Notre nom étalé dans les journaux, les télés à notre porte, les gens qui nous regardent comme des bêtes pouilleuses... Tu sais ce que je lui ai dit ? « C'est ça que tu veux, nous démolir pour de bon, et te démolir par la même occasion ? Suppose que tu finisses par en crever, de ta grève de la faim ? Plus de procès ! Selon l'expression consacrée, l'action de la justice sera éteinte... Plus de jugement, plus d'acquittement ! Tu seras coupable pour toujours. Et nous avec. »

— Qu'est-ce qu'il a répondu ?

— Il n'a pas bronché.

— Tu parles de papa comme si tu ne l'aimais plus.
— Un seul problème à la fois, si tu permets...
Elle regarda sa montre.
— On va être en retard...
Elle accéléra. Devant la prison, on pressa le pas pour rejoindre la fin de la queue. Les visiteurs commençaient à entrer. Le pluriel féminin serait plus approprié : à quatre-vingt-dix pour cent c'étaient des visiteuses. Tout comme maman, la plupart des femmes portaient de petites robes d'été, et sûrement qu'elles s'étaient parfumées tout partout. O cruel dilemme : se faire belle pour plaire à leur homme ou s'attifer en mocheté pour apaiser sa jalousie latente ? Se faire belle pour entretenir le désir ? Mange-moi des yeux, mon amour... Si je m'épile, si je me ponce la peau, si mes cheveux brillent, c'est pour toi, et dans un mois, dans un an, dans cinq ans, je serai telle quelle, quand ta bouche me mangera... Se faire belle comme on offre un bouquet de fleurs champêtres... L'homme le posera sur le rebord de sa fenêtre, entre les barreaux, et ses couleurs et ses parfums raviront ses sens jusqu'au prochain bouquet.

Couloirs, parloir... Pour nous, cette fois, ce furent d'autres assonances. Paperasserie, infirmerie... Il y avait d'abord une salle commune avec deux rangées d'une demi-douzaine de lits occupés par des prisonniers dont certains étaient amochés – cocards, bras en écharpe, pansements, mais regards concupiscents. Ils auraient bien trituré les pétales de fleurs sur la robe de maman. Au bout de la salle il y avait deux chambres individuelles. Les portes étaient vitrées, et comme grillagées à l'intérieur. Du verre blindé, pour empêcher les suicidaires de se défoncer le crâne dessus et de s'égorger avec un éclat. Dans l'une des chambres gisait sous perfusion une momie jaunie par l'hépatite ou le sida. Dans la deuxième, papa dormait sur le côté, pâle et épouvantablement amaigri. Je m'agenouillai devant lui et l'embrassai sur le front.

Il ouvrit les yeux. Ces yeux-là auraient éclipsé tous les autres, sur le tableau fantastique du docteur Motreff. Déjà qu'ils lui mangeaient le visage, ses yeux s'agrandirent encore, de stupéfaction et de peine insondables, comme s'ils voulaient diluer dans leur eau l'image de moi qui s'y reflétait.

Cheveux salopés, trois quarts couleur de confiture de rhubarbe, un quart de mèches filasse.

Paupières pistachées, pourtours des globes caramélisés.

Piercing dans le nez.

Lèvres lie-de-vin.

Collier en cuir tressé autour du cou.

Débardeur décolleté et nichons en liberté.

Nombril à l'air, côté face.

Côté pile, la ceinture du string, et en dessous, limite raie des fesses, la ceinture du jean hyper taille basse.

Papa remua la lèvre supérieure comme un vieux privé de dentier. C'était horrible. Je pris le verre d'eau sur sa table de nuit.

— Tu devrais boire un peu d'eau, mon papa...

Il hocha la tête, se redressa sur un coude, s'humecta les lèvres et bredouilla :

— Ma Mélodie... Mais qu'est-ce qu'ils t'ont fait ?

Qui étaient ces « ils », dans son esprit ? Les flics, les juges, les psys, les assistantes sociales ? Les garçons ? Les *hommes* ? A mon égard, papa avait toujours démontré de formidables intuitions. Quand j'étais gamine, c'était bien pratique : il devinait mes chagrins et mes désirs.

En grandissant, ç'avait fini par m'énerver. On aurait dit qu'il avait été une petite fille. Il savait ce que je pensais, ce que j'allais dire ou ne pas dire, quelle bêtise j'avais commise ou étais sur le point de commettre. Là, sur son lit en prison, il pressentait, j'en suis sûre, combien j'étais meurtrie.

— Oh papa, papa... Ils...

Je ne pouvais pas lui raconter ça. Je posai ma tête sur le coin de son oreiller et pleurai. Il caressait mes cheveux dégueulasses et répétait :

— Mais qu'est-ce qu'ils t'ont fait... Mais qu'est-ce qu'ils t'ont fait ?

Ce qu'ils m'ont fait ?

Jeudi soir, aux alentours de vingt-deux heures trente...

Dans ma chambre, j'espère de tout mon cœur que Freddy ne viendra pas me baiser. Je voudrais mettre fin à tout ça. Tout quoi ? Ma dérive, ma débine, ma trombine ? Le tableau du docteur Motreff m'obsède. J'ai l'impression que tous ces yeux sont les miens, qu'ils sont sortis de moi et qu'ils me regardent, que je me regarde moi-même avec tous les regards qui ont été les miens, de ma naissance à ma chute dans le puits. Je me cache derrière le rideau de ma fenêtre.

J'entends le ronflement de moulin à café d'un scooter. Freddy. Puis le vrombissement guerrier d'une grosse moto. Deux types. Ils restent tous les trois en contemplation devant la moto, comme des vendeurs faisant l'article. Freddy opine, prend un pack de bière dans le caisson du scooter et se dirige vers la porte d'entrée. Les deux types le suivent. Je regrette d'avoir laissé Freddy faire un double de ma clé. L'idée me traverse d'appeler maman. Je mets ma robe de chambre et descends.

Freddy m'embrasse, m'enlace, très câlin, très craquant, très latin lover de la Poulinière.

— Ça te dérange pas ? J'ai invité mes copains à boire un coup...

Les « copains » me tétanisent. Ils me font penser à des chiens-loups, bruns, trapus, musclés. Dressés à tuer, mais pas n'importe comment. Ils sont de la race des chiens qui n'aboient jamais, restent planqués dans l'enceinte de l'usine, observent le voleur franchir la grille, traverser la cour, se diriger vers les bureaux... Leurs oreilles frémissent, ils se rapprochent de leur gibier à pas de félin, se ramassent sur eux-mêmes, grognent... Le cambrioleur se retourne, ils lui sautent à la gorge et le saignent à mort.

Les « copains-chiens » ont le cul moulé dans des jeans serrés, avec ceinturons à clous. Petits culs et grosses épaules, comme des mastiffs. Leurs chemises blanches sont déboutonnées aux deux tiers, pour qu'on voie leur poitrail lisse et leur médaille sainte au bout d'une chaîne en or. Ils ont une trentaine d'années. Et des yeux noirs comme des boules de jais.

Ils décapsulent des bières, en boivent une au goulot, entament une deuxième. Leurs gestes sont lents et mesurés. Freddy est dans ses petits souliers.

— Bon, ben, on va pas s'attarder... Vous m'attendez, les gars ? Ma copine et moi on monte deux minutes...

Ils sourient. Je n'ai aucune envie de Freddy mais comment m'en débarrasser, autrement ?

Dans ma chambre, il veut que je me mette toute nue. Je m'allonge et j'écarte les jambes, il s'allonge sur moi et tire son coup vite fait. Je le repousse aussitôt. Je vais lui dire : « Casse-toi maintenant avec tes copains », mais je reste bouche bée et mon cœur se met à cogner dans ma poitrine comme s'il voulait s'échapper, lui aussi. Les chiens sont dans ma chambre. Freddy pose sa main sur ma bouche et murmure :

— Fais gaffe de pas réveiller ton p'tit frère...

Je secoue la tête.

— Tu vas être très gentille avec mes potes... Le gros cube, ils me le refilent...

Je lui crache à la figure et bondis sur mes pieds. Un chien-loup m'attrape, me retourne les bras dans le dos, m'oblige à m'agenouiller sur le lit.

Je ne peux même pas crier, à cause de petit Louis. S'il entrait ? Me défendre ? Les chiens-loups m'étoufferont sous un oreiller. M'étrangleront. M'égorgeront. M'éventreront. Me découperont en morceaux. Feront brûler mes restes dans une bagnole volée. Je ne peux rien faire sinon me laisser faire. En silence.

Ces types n'ont rien de petits voyous pressés. Soucieux de leur plaisir, ils me violent avec méticulosité. Me manipulent, me lèchent, me tournent, me retournent, me forcent... L'un finit dans ma bouche, l'autre entre mes fesses. Je m'affale en chien de fusil sur le lit. Ci-gît Mélodie...

Ils sont partis. Je sens encore leurs mains sur moi et leurs trucs en moi. Bruits de moteurs. Poisseuse, chancelante, je me traîne à la fenêtre. Démarrages. Les chiens-loups s'en vont en scooter. Ridicules. On dirait des gamins sur un engin de manège. Freddy chevauche le gros cube. Je suis une pute de luxe : une moto comme celle-là, ça fait cher la passe. Mais comme *c'est* une moto volée, les chiens-loups m'ont eue gratis. Je suis de la

monnaie de singe, pour Freddy. Que le vent de sa saloperie l'emporte. Si seulement il pouvait se planter...
Je me recroqueville sous la douche.
Sous l'ombelle des jets, je suis comme un oiseau en cage.
Je reste sous la douche jusqu'à ce qu'il n'y ait plus d'eau chaude.
J'ai envie qu'on m'enferme, qu'on me mette à l'abri. Je songe au joli verbe « cloîtrer ».

Voilà ce que je n'ai pas raconté à papa et qu'il a peut-être deviné. Il a dit, en continuant de caresser mes cheveux de pute :
— C'est la faute de tous ces fumiers...
J'ai pensé à ce que disait papy : « Je te préférais avant. » Alors j'ai murmuré à papa, tout bas, la tête sur son oreiller mouillé de nos larmes :
— Si tu arrêtes ta grève de la faim, je redeviens comme avant.
— Tu me le promets ? Vraiment ?
J'ai opiné.
— Ma Mélodie...

En sortant du parking de la prison, maman prit la direction du centre-ville. Place des Lices, elle se gara devant un pub irlandais. Elle commanda une bière et moi un thé. Elle alluma une clope et souffla la fumée par le coin de la bouche. Elle ne savait pas l'avaler. La cigarette, c'était juste pour les nerfs.
— J'ai quelque chose à t'avouer, Mélodie.
— Je m'en doute. Tu aimes quelqu'un d'autre ?

— C'est joliment formulé... Disons que j'ai une liaison avec un monsieur...
— Le bonhomme qui demande Constance au téléphone ?
— Oui. Un médecin généraliste qui fait des vacations à la maison de retraite.
— Pratique.
— Ta mère est une salope, Mélodie.
— Telle fille, telle mère...
— L'inverse, non ?
Elle alluma une autre cigarette. Ses mains tremblaient. Elle était assise sous une applique garnie d'une de ces ampoules blanches qui ne font pas de cadeau. Je ne m'en étais pas rendu compte jusqu'à présent, le pinceau du temps avait commencé d'esquisser ce que serait son visage dans vingt ans : des rides creusées dessinant des bajoues, un menton craquelé et des lèvres pincées, un visage de grand-mère.
— C'est moche pour papa.
— Deux ans que... sans... tu comprends ?
— Oui. Enfin, pas trop. Il ne faudrait pas qu'il sache.
— Il n'y a que toi qui pourrais le lui dire. Il n'en saura rien, n'est-ce pas ?
— Tu me prends pour qui ?
— J'en avais besoin... j'avais besoin d'un contact... affectueux... qui me donne l'impression d'exister... d'exister en tant que femme... qui me fasse oublier tous nos problèmes...
— Il est marié ?
— Il est marié et il a trois gosses.
— Et vous avez l'intention de...
— Aucune intention. Ni lui ni moi. C'est une histoire au jour le jour. Après, on verra.

— Après le procès ?
— Oui. Peut-être... sans doute... je n'en sais rien. Je ne suis plus en état de faire des projets.
— Mais notre rêve de Sud ? De bastide, de terrasse sous la treille ?
— Je suis fêlée, Mélodie. Ton père est en miettes. Est-ce qu'on arrivera à recoller les morceaux ?
— Quand vous aurez été acquittés, ça ira bien de nouveau, non ?
— Les gens qui en ont trop bavé ne s'en sortent pas toujours indemnes...

Elle avait fini sa bière. Du bout de l'index, elle traça des traits verticaux sur la buée de son verre.

— Et toi ? Qu'est-ce qui ne va pas ? Tu m'as l'air... je ne sais pas comment dire... pas seulement fêlée, comme moi... quelque chose de plus... blessée, oui, blessée. Je t'ai tout dit, Mélodie, tu peux tout me dire.
— Je voudrais qu'on s'en aille ailleurs.
— Ah ! Moi aussi, mais...
— Je sais. Ton travail, et le reste... Alors, je voudrais simplement que...
— Dis-le-moi.

Je pris ma décision, là, dans ce pub, tandis que Shane McGowan, le mythique chanteur des Pogues, éraillait les paroles de *I Should Fall From Grace With God*.

— Je voudrais que tu fasses changer la serrure de la porte d'entrée.
— Tu as donné la clé de la maison à quelqu'un et tu ne veux plus voir ce quelqu'un, c'est bien ça ?
— Ben oui.
— Je m'en occupe dès demain.

J'allais rompre avec la zone. Seule contre tous, la bataille serait inégale. La musique des Pogues m'adressait une espèce de signe, me rappelait le foyer d'accueil, me rappelait Elise...

Si je l'appelais à mon secours ?

Le soir même, je laissai une kyrielle de messages sur son répondeur.

22

Le lundi matin, je me levai de bonne heure pour arriver devant le Cargo en même temps que les cars scolaires. Je montai à l'avant, à côté du chauffeur. La veille au soir, au retour de la prison, je ne pensais pas que j'oserais, malgré ma promesse à papa.

— Tu as raison, me dit le chauffeur, tu es mieux ici qu'à l'arrière avec les branquignols.

Sur le coup, je lui en voulus de se mêler de mes affaires. Mais je me dis après qu'il avait peut-être une fille de mon âge et qu'il aurait aimé qu'elle aussi émigre du fond vers l'avant du car. Il partagea son *Ouest-République* avec moi : il garda le supplément « sports » et me donna le reste. Il avait déjà fait les mots croisés. Je parcourus les pages régionales et départementales, avide de découvrir à la rubrique faits divers ce titre qui m'aurait comblée d'une joie féroce : « Un jeune de la Poulinière se tue sur une moto volée... »

« La Mélo, elle a la haine », auraient dit de moi les connards de la zone, qui confondent ce magnifique sentiment avec leurs petites colères de jaloux à l'égard des nantis. Non, je n'avais pas « la haine », j'étais haineuse, comme une héroïne de tragédie, ce qui est très différent.

La haine est une force qui vous pousse à détruire la cause de vos malheurs. En l'occurrence : moi-même. Oui, c'était la haine qui me donnerait la force de détruire la Mélodie de la Poulinière. Me venger de Freddy était un sentiment secondaire. A l'extrême, je me fichais désormais de lui. Mais je ne pouvais ignorer qu'il représentait le principal obstacle à mon évasion – fût-elle seulement psychologique. Pendant ma mue, je serais encore plus vulnérable. Dépouillée de mes atours de zonarde, je serais attaquée de partout, comme dans un poulailler une poule malade. Ses congénères la déplument, la piquent, creusent dans sa chair des plaies à vif, jusqu'à se disputer ses entrailles sanguinolentes et la dévorer vivante.

Les fleurs d'achélème montèrent dans le car. Elles ne s'étonnèrent pas que j'aie changé de place, n'essayèrent pas de m'entraîner dans le fond, et c'est tout juste si elles me dirent bonjour. Elles pouffèrent. Elles étaient au courant du viol et ça les faisait marrer. Pour ces habituées des tournantes, ce que j'avais subi n'était pas un viol. J'avais participé à une partouze et en contrepartie Freddy avait gagné une moto. De leur part, je ne m'attendais pas à de la pitié, mais au moins à de la curiosité. Le dialogue normal, ce lundi matin, aurait dû être : « Alors, y paraît que Freddy a amené la vachette aux taureaux... Les mecs, c'étaient des manouches ou quoi ? Ils t'ont pas trop esquintée ? » Jennifer aurait ajouté une des meilleures répliques de son répertoire sexuel : « Bof, t'en fais donc pas, ma vieille. Y a deux choses qui laissent pas de traces : l'oiseau dans le ciel et l'homme dans la femme... »

Or, au lieu de cela, elles pouffèrent dans leur Wonderbra hypertendu. Hi-hi-hi ! Hi-hi-hi ! Comme si ce traquenard, l'échange de mon corps contre une moto, était l'aboutissement d'une longue période de tolérance au sein de la bande. Née dans un berceau doré, jamais je n'aurais pu être vraiment des leurs. J'en étais consciente, mais de là à penser qu'ils m'avaient tous joué la comédie dans le but de m'infliger une punition et de renvoyer la fille de bourges dans son milieu... Ils me jetaient après avoir tiré de moi le maximum. Ils savaient que je n'irais pas plus loin — et que je fusse assise près du chauffeur le prouvait. C'était rassurant de penser qu'ils allaient me laisser tranquille. Les filles et les minus, sûrement. Freddy, j'en étais moins certaine. De tout le week-end il n'avait pas montré la visière de sa casquette. Il s'était terré dans l'attente d'une courte période de suspense : la crainte que je me confie à ma mère, qu'on porte plainte et que les sirènes des flics ululent devant chez lui. Les sirènes étaient restées aussi muettes que moi. La période douteuse écoulée, il sortit de son terrier.

Le con, il se ramena à l'arrêt de bus en Yamaha. Il tourna autour du car, me cherchant des yeux à l'arrière. Les fleurs d'achélème lui indiquèrent que j'étais à l'avant. Il vint au ralenti m'intimer de le rejoindre. Il donnait des coups d'accélérateur, tapotait le siège passager. Je regardais droit devant moi.

— Attends un peu, dit le chauffeur du car en actionnant la fermeture des portières.

Il donna un énorme coup de klaxon. Freddy faillit en tomber de sa moto. Il démarra en trombe, fit une queue de poisson au car, freina à mort et resta devant pour enquiquiner le chauffeur.

— Cette fois, il a pété plus haut que son cul, dit le chauffeur. Avec cet engin, les flics vont le serrer. A moins qu'il ne casse sa pipe avant.

On avait français de huit à dix. En classe, je changeai également de place. La prof fronça les sourcils et, comme pour me tester, me posa une question plutôt corsée sur Maupassant. Je répondis du tac au tac. Madame Peressini opina du chef – tiens, tiens, un regain de bonne volonté ?

Au réfectoire, je m'assis à côté des deux Turques de ma classe, les sœurs Açikel, vedettes de première L. Leur gêne était palpable. Elles se méfiaient de moi.

Zubeyde avait dix-sept ans et Ozen dix-huit, soit un an de retard sur la norme admise, ce qui dans son cas relevait de la plaisanterie, étant donné qu'elle et sa sœur étaient parties de zéro et que le bac leur était promis avec mention très bien. Avec ces filles-là, j'étais tranquille. Freddy et consorts ne s'en approchaient pas à moins de dix mètres, repoussés par la rumeur qui attribuait aux deux sœurs des grands frères sanguinaires et impitoyables, défenseurs de leur vertu. Cette rumeur, elles avaient dû la nourrir elles-mêmes. C'étaient des bosseuses, elles s'étaient fixé pour objectif d'avoir un bac + 3 ou + 4, elles ne voulaient pas se faire enquiquiner par des gogols. L'amour, ce serait pour plus tard. Et sur ce plan-là, elles devaient avoir des rêves autrement plus ambitieux que de se dénicher un zonard. Jolies, super bien foutues, disponibles et gaies, elles semblaient aussi libérées que n'importe quelle fille normalement constituée. Des filles bien, des filles saines, des grandes filles modèles, comme celle que j'aurais dû être...

Quelques jours auparavant, Ozen avait fait un exposé sur un auteur turc, Yachar Kemal, et son roman *Tu écraseras le serpent*. Au fin fond de l'Anatolie, la terrible et tragique histoire d'un fils que toute sa famille oblige à assassiner sa mère, qui a fauté, au regard d'un code de l'honneur obscurantiste. Les sœurs Açikel nous expliquèrent qu'il y avait deux Turquie : celle du roman, une société rurale isolée du progrès, traditionnelle mais respectable, et susceptible d'évoluer très vite ; et une Turquie moderne, celle d'Istanbul, d'Ankara et de la côte égéenne, où les gens vont à la mosquée comme nous à la messe, c'est-à-dire pour les mariages et les enterrements.

C'est cette Turquie, plus européenne que bien des pays des Balkans, qu'elles incarnaient. Tous les étés elles passaient leurs vacances près de Bodrum, le Saint-Tropez turc. Un de leurs oncles possédait un bateau sur lequel il promenait les touristes. Elles l'accompagnaient en mer tous les jours, comme équipières, cuisinières, plongeuses en apnée et danseuses du ventre sur le pont du bateau. Les photos qu'elles nous montrèrent nous laissèrent babas. En bikini, c'étaient des canons. Adieu, clichés ! La Turquie des sœurs Açikel n'était ni l'Iran, ni l'Afghanistan...

Après manger, je leur demandai si elles avaient d'autres bouquins de romanciers turcs à me conseiller. Elles m'en prêteraient, et moi aussi je leur prêterais des livres. Je leur proposai de m'accompagner à la maison après cinq heures. Proposition intéressée, forcément : je serais sous leur protection. Elles refusèrent.

— On préfère pas...
— Pourquoi ?
— Ça craint, du côté de la Poulinière, dit Zubeyde.
— Ton copain Freddy et sa bande... dit Ozen.
— Freddy et sa bande, j'en ai ma claque. C'est fini.

Fini pour moi, mais pour eux ? Sur le trajet du retour, je n'en menais pas large. J'imaginais la Yam s'arrêtant à ma hauteur, et un complice de Freddy me balançant à la figure un jet d'acide... C'était idiot, et en contradiction totale avec mes conclusions du matin selon lesquelles ils m'avaient pressée jusqu'à la dernière goutte, avant de me flanquer dans la poubelle de l'oubli. Mais n'était-ce pas prendre mes désirs pour des réalités ? Je me disais : un esprit comme celui de Freddy est imperméable à la raison, un débile ne sait pas où s'arrêter.

Je fus soulagée d'apercevoir une camionnette d'artisan garée devant chez nous. Le serrurier terminait son travail.

— Une serrure trois points, disait-il à maman. Avec ça vous serez tranquille. Remarquez, ils peuvent toujours... On voit de tout, par les temps qui courent. Maintenant, avec les outils à batterie, ils vous découpent la porte autour de la serrure.

— Mais alors, dit maman, il n'y a pas de solution ?

— Vous en faites pas, le truc de la scie sauteuse portative, c'est pour les villas bourgeoises où il y a des bijoux à voler. Les p'tits voyous qui s'attaquent aux pavillons HLM, une bonne serrure suffit à les déconcerter. Evitez de perdre une clé, celles-là on ne peut pas les refaire à Clé-Minute. Faut les commander en usine. Un mois de délai.

Maman m'en donna une. C'était une drôle de clé, un peu comme un embout de flèche de chasse sous-marine, crantée tout du long. On dîna sans se dire grand-chose et maman partit au travail. Bien qu'il fît encore grand jour, je fermai les volets du rez-de-chaussée et de l'étage.

En se couchant, petit Louis me demanda :

— Ils ne viendront plus la nuit ?

« Ils », pronom hybride... Au singulier, pronom personnel qualifiant Freddy. Nanti d'un « s », pronom indéfini désignant Freddy et compagnie. Petit Louis avait conjugué le verbe à la troisième personne du pluriel. Les avait-il vus, les « ils », dans ma chambre, le jeudi soir de la semaine passée ? M'avait-il vue en train de... ? Qu'avait-il entendu ? Mes cris étouffés, leurs ahans de bûcherons quand ils me poussaient leur cognée dans le ventre, leurs râles de jouissance quand ils m'inondaient de leur saleté...

— Non, ils ne viendront plus la nuit.

Je mentis à petit Louis comme je me mentais à moi-même : j'avais le pressentiment qu'« ils » viendraient. Je restai habillée et me postai devant la fente des volets entrouverts, dans ma chambre, à guetter la tombée de la nuit et ses bruits. Au loin, le beuglement d'une vache. Au bas des tours, des cris de filles poignardées, simples gueulantes de harpies imbibées de bière forte. Le crissement de pneus d'une voiture, puis d'une deuxième : une course s'engage dans les avenues rectilignes de la Poulinière et se poursuit au-delà. Le rugissement des moteurs s'évanouit du côté du périphérique. De nouveau le silence, si on peut appeler silence le bourdonnement diffus de la voie express...

Bientôt je fus dans le noir. Les lampadaires égrenèrent leurs halos orangés le long du sillon de notre rue. Des fenêtres s'éteignaient, d'autres demeuraient éclairées par la lumière bleutée des postes de télé. Je guettais le vrombissement de la Yamaha, ce fut un froufroutement. Freddy arrivait au ralenti. Avec un passager. Ni l'un ni l'autre n'avaient de casque. Je reconnus Milo. Ils béquillèrent la moto devant le garage. Freddy tira sa clé de sa poche et essaya de la fourrer dans la serrure de la porte d'entrée.

— Hé ! C'est quoi c't'embrouille ? râla-t-il.
— Y a un problème, mon Freddy ?
— Elle a fait changer la serrure !

— Et bouclé toutes les issues, dit Milo en lorgnant sur les volets fermés.
— La salope !
Freddy tambourina sur la porte comme un dément.
— Ouvre ! Mélo ! Ouvre ou on démolit la baraque !
J'entrouvris mes volets.
— Fous le camp, connard !
Il leva les yeux vers ma fenêtre et prit son air et sa voix d'agneau si doux.
— Ma Mélo ! Mon bébé ! Pourquoi que tu t'es enfermée ? C'est que ton Freddy et ton pote Milo.
— Foutez le camp tous les deux !
— Mais on vient en copains... C'est juste que Milo, il voudrait faire crac-crac avec toi...
— Méli-milo ! ricana l'autre.
— Il a de quoi payer, osa dire Freddy l'ordure.
— Bande de salauds ! Foutez le camp ou j'appelle les flics !
— Les flics ! Oh la vilaine Mélo !
Il tourna la tête vers le poteau téléphonique le long duquel le fil descendait, pour s'enfoncer ensuite sous terre, du trottoir à la maison.
— Ramène ta fraise, Milo !...
Je me précipitai hors de ma chambre et descendis l'escalier quatre à quatre pour empoigner le téléphone. J'eus le temps de composer quatre des huit chiffres de la MAPAD... Plus de tonalité. Je remontai en cinq sec. Petit Louis était sur le palier. Il tremblait, décomposé.
— Ils sont revenus ? Mélodie, ils sont revenus ?
— Enferme-toi dans ta chambre. Je les surveille de la mienne.
Le fil du téléphone pendait au bas du poteau. Je ne voyais plus les deux autres tarés. Je me penchai à la

fenêtre. Ils s'attaquaient à la porte du garage avec je ne sais quoi. Un pied-de-biche, peut-être, trouvé dans la malle de la Yam. Je retournai dans la chambre de petit Louis.

— Viens vite avec moi. On descend dans la cuisine...

On prit tout ce qu'on pouvait, comme casseroles et poêles à frire, et on remonta.

— C'est pas assez lourd pour les tuer, pleurnicha petit Louis.

— Non, mais tu vas voir...

J'ouvris ma fenêtre en grand et balançai une casserole au milieu de la rue. Ça fit un boucan d'enfer. Petit Louis me passa une poêle en fonte alu. Je visai une voiture garée en face. La soucoupe volante atterrit en plein dans le pare-brise. Petit Louis jeta des casseroles. Je laissai tomber un faitout. Des fenêtres s'éclairèrent. Personne ne montrait le bout de son nez, mais j'étais à peu près sûre qu'au commissariat le standard était saturé. Le voisin teigneux apparut enfin sur le seuil de sa porte.

— Crie avec moi, petit Louis ! Au secours ! Au secours !

En un clin d'œil sur les deux zèbres en train de forcer la porte du garage, le voisin comprit la situation. Il rentra chez lui à toute vitesse. Ressortit armé d'une batte de base-ball. Hurla :

— Ho ! Vous deux ! Ramenez donc un peu votre fraise par ici !

Freddy et Milo détalèrent. Le moteur de la Yam gronda. Le voisin s'interposa. Sa batte de base-ball s'abattit sur l'épaule de Freddy. La Yam fit une embardée, se redressa et décolla presque, à la vitesse d'un coup de rasoir. Au passage, Milo flanqua son poing dans la figure du voisin.

Comme une pièce de monnaie qui n'en finit pas de se poser, le faitout continuait de jouer des castagnettes au milieu de la rue. Une sirène de police résonna dans le lointain. Puis une deuxième. Le moteur de la Yam glapissait et grondait tour à tour dans le dédale des maisons blanches. Les sirènes suivaient.

Petit Louis et moi on sortit ramasser notre batterie de cuisine. Un petit attroupement s'était formé. Le voisin saignait des lèvres. Il s'essuya la bouche et me regarda d'un air mauvais.

— C'étaient des copains à toi, non ?
— Oui, c'étaient.
— Ah bon !
— Ils ont coupé le fil du téléphone.

Il alla se rendre compte.

— Juste arraché au niveau du boîtier. Je vais te réparer ça. A condition que tu me promettes de ne plus fréquenter ces tordus.
— Je ne les fréquente plus. C'est pour ça qu'ils...
— Qu'ils quoi ? Qu'est-ce qu'ils voulaient ?
— Je ne sais pas. Me taper dessus.
— Quelle société de merde ! Bouge pas, je vais chercher une torche et ma caisse à outils.

Tout en rebranchant le fil du téléphone, il demeura aux aguets.

— Ecoute...

Les sirènes semblaient faire du surplace. Elles se turent et on entendit celle des pompiers.

— J'ai comme l'impression qu'on ne les reverra pas de sitôt, tes ex-copains...

On se boucla à double tour dans la maison. Je décrochai le téléphone. Il marchait. Je raccrochai. A quoi bon appeler maman ? Il serait bien assez tôt pour lui donner ma version de l'histoire au petit déjeuner.

Il aurait mieux valu que je l'appelle. Parce que le lendemain matin, vers sept heures et demie, à peine était-elle rentrée qu'on sonna à la porte. Deux inspecteurs de police. Maman faillit en tomber raide morte. Ça lui rappelait le matin fatal, il y avait deux ans.

Le dialogue avec les flics commença sur un quiproquo. Ils voulaient savoir si maman connaissait les auteurs de la tentative d'effraction. Tombant des nues, maman répliqua :

— Quelle tentative d'effraction ? Quels auteurs ? Mélodie, c'est quoi cette histoire ?

Je dis aux inspecteurs que Freddy était mon ex-copain, qu'on avait rompu et qu'il avait voulu se venger.

— Hé ben, il ne t'ennuiera plus d'ici un bout de temps, dit un des inspecteurs.

Milo était mort et Freddy à l'hôpital, sous bonne garde et en marmelade.

Pour échapper aux voitures de police, ils s'étaient engagés dans une impasse qui se termine par un escalier d'une vingtaine de marches, et s'étaient crashés. Milo avait atterri tête la première sur l'angle d'une marche. Freddy était resté coincé sous la Yam, les deux jambes cassées, et peut-être bien la colonne vertébrale.

— Il est bon pour la correctionnelle. Même s'il y va en fauteuil roulant, le tribunal ne lui fera pas de cadeau.

J'étais vengée.

— On va parler de nous dans les journaux ? demanda maman en se mordillant les peaux autour de l'ongle du pouce.

— Pourquoi ? Vous n'y êtes pour rien. Inutile d'en rajouter, dans votre cas.

— Vous savez qui je suis ?

— Bien sûr, madame. C'est obligé. A chaque changement de domicile, les conditionnelles font l'objet d'un signalement. Il sera question d'une tentative d'effraction dans le quartier, un point c'est tout.

— Merci.

— Quant à toi, ma mignonne, continua l'inspecteur, que ça te serve de leçon. Arrête de fréquenter cette bande.

— Je ne les fréquente plus.

— Eh bien, continue.

— Tu n'as rien d'autre à nous raconter sur ce Freddy, par hasard ? me demanda l'autre inspecteur.

— Non, rien.

— Comme tu voudras.

— Et si les autres veulent se venger de moi ?

— Oui, renchérit maman, ma fille ne sera plus en sécurité.

— En cas de problème, vous nous appelez sur notre ligne directe. Voilà ma carte. Ceci dit, vous savez, ces jeunes n'ont pas de cervelle, mais ce n'est quand même pas la mafia. Si votre fille s'arrange pour se faire oublier, ils l'oublieront.

Une fois les inspecteurs partis, maman dit :

— Fais-moi penser d'aller remercier le voisin, pour la réparation du fil du téléphone.

— Tu ne dis pas que t'en as marre ?

— Je me répéterais.

— J'ai promis à papa de changer.

— Tu as intérêt à tenir ta promesse. Il a cessé sa grève de la faim.

— C'est vrai ?

— Oui. Un infirmier de la prison m'a appelée hier soir au boulot.

— Super !

Petit Louis entra dans la cuisine en se frottant les yeux. Maman regarda sa montre.

— Tu as raté ton bus, Mélodie. Et ton frère est déjà en retard.

— Maman, on a cabossé les casseroles, dit petit Louis.

— C'est bien, mon chéri. Ah, et puis tiens… Et si vous faisiez l'école buissonnière tous les deux aujourd'hui ?

— J'ai un devoir surveillé, dit petit Louis.

— Bah ! Un de plus, un de moins. Je te ferai un mot d'excuse. On ira se balader en ville.

En ville ? J'ai pensé : et si on entrait dans un de ces magasins où j'avais rempli mon cabas sans fond ?

— A Saint-Malo ce serait mieux, non ?

— Bonne idée. On ira manger une salade à l'hôtel de France.

— Et une pêche melba ? demanda petit Louis.

— Tout ce que tu veux ! Mais pour l'instant, c'est l'heure du petit déjeuner. Je vais vous faire des crêpes au sirop d'érable. D'accord ?

Le téléphone sonna. C'était Elise. Je m'enfermai dans ma chambre pour lui répondre. Elle avait trouvé mes messages au retour d'un séminaire de formation. Je lui dis que j'avais traversé une mauvaise passe mais que depuis ce matin tout était arrangé. Tout quoi ? Ne sachant pas par quel bout commencer, je mélangeai pas mal de choses. De but en blanc je lui annonçai la mort de Milo et l'arrestation de Freddy. Quel Milo ? Quel Freddy ? Elle ne pouvait rien y comprendre, sinon que j'étais drôlement perturbée.

— Ecoute, Mélodie... J'ai des jours de RTT à récupérer. Tu as de la place pour me loger ?
— Ben, il y a un canapé...
— Parfait. Je serai chez toi lundi en fin d'après-midi, OK ?
— Formidable.
— Pas de bêtises d'ici là, promis ?
— Juré !
— Je t'embrasse.
— Moi aussi.

Je versai une larme. Maman s'inquiéta. Je lui dis que je pleurais de bonheur qu'Elise vienne nous voir.
— Eh bien, qu'elle soit bénie, ton Elise. Des larmes de bonheur, on aimerait en remplir un camion-citerne...

A Saint-Malo on refit le tour des remparts, on revisita la tombe de Chateaubriand, on courut sur la plage, on déjeuna en terrasse, on mangea des glaces, on envoya une carte postale à papa sur laquelle on écrivit : « Nous pensons très fort à toi. » Au moment de signer, maman devina mes pensées. Elle me chuchota :
— Tu sais, malgré... moi aussi, je pense très fort à lui.
Elle rajouta : « Je t'embrasse. Ta Constance. »
Cette minuscule parenthèse malouine, je me la représente comme ces rayons de soleil qui transpercent un ciel lourd de nuages, sur les images pieuses. Au-dessus des nuées, dans l'infini éclaboussé de lumière, un personnage éblouissant : libre à chacun de l'appeler Dieu, moi, je l'appellerai bonheur. Le dieu Bonheur, si l'on veut.
A notre retour, il faisait nuit et la Poulinière brillait d'autres feux. C'étaient ceux d'un spectacle son et lumière intitulé « vu à la télé ». Sur le modèle des nuits de

violence des grandes banlieues, des petits mecs de la zone avaient monté une opération punitive pour venger Milo, « assassiné par les keufs ». Quatre ou cinq voitures incendiées, les tuyaux des pompiers coupés, un abribus démantibulé, les grilles du Cargo ébranlées, la bibliothèque municipale saccagée, jets de pierres et de grenades lacrymogènes : feux d'artifice, bouquet final, chant du cygne de la bande à Freddy. Privée de sa tête, la confrérie allait se désagréger, en attendant qu'une autre tête lui pousse. Moi, je ne serais plus là pour assister à la résurrection de l'hydre.

Une fée se penchait sur ma soue.

Elise, ma bonne fée.

23

Dans les contes de fées, Morgane, Viviane et compagnie sont décrites comme de belles dames, si grandes, si raides qu'on se demande comment elles font, ces aristocrates de la baguette magique, pour se pencher sur les berceaux autrement qu'en écartant les jambes, comme des girafes.

La mienne ne correspondait pas à ce portrait-robot. Je dois avouer que j'avais un peu oublié comment elle était. Pour ma défense, il faut mentionner qu'elle avait jeté aux orties son look Flower Power des sixties.

Je souris jusqu'aux oreilles avant de lui tomber dans les bras, sur le seuil de notre porte. Un mot s'imposa à mon esprit : allégresse. Un mot complètement tarte, archi-rétro, mais qui évoque en moi une cathédrale, des chœurs et des alléluias, et la joyeuse certitude de la résurrection. Oui, je ressentis de l'allégresse parce que devant moi, dans mes bras, c'était moi. Je veux dire : Elise m'apportait à la fois son amitié et son image en guise de modèle à suivre. L'image de celle que je voulais être, et que je serais bientôt.

Un mètre soixante, cinquante kilos, une queue-de-cheval châtain foncé, des yeux bleus, quelques taches de rousseur sur les joues, un corps mince avec des fesses et des petits seins bien ronds, le tout vêtu d'un pull en V à même la peau, d'une saharienne en toile écrue, d'un jean fuseau noir et de solides chaussures de trekking. Bonjour, future Mélodie...

— Putain, c'est pas vrai, souffla Elise en ouvrant des yeux grands comme des soucoupes. Jamais je... Ah la vache !... Tu n'y es pas allée avec le dos de la cuiller... Je ne t'aurais pas reconnue...

Si je ne craignais pas de comparer mon frère à notre regretté Colonel, je dirais qu'il fit des joies à Elise. On comprendra : il exprima son bonheur de la voir de façon un peu folle. Il referma ses bras autour de son cou pour rester niché au creux de son épaule. Impossible de le décrocher. Son attitude me dessilla sur-le-champ. Il y avait des siècles que petit Louis ne m'avait pas sauté au cou. Je devais lui faire peur. Il est vrai qu'il avait peur de tout. Un soir, il m'avait dit, comme ça, à brûle-pourpoint :

« J'ai peur des avions, et puis des bateaux, et puis aussi des trains.

— Mais pourquoi ?

— Parce que les avions tombent, que les bateaux coulent et que des gens mettent des bombes dans les trains. »

Logique. Logique du vingt heures. On a tort de dîner en regardant la télé.

Maman accueillit Elise chaleureusement mais ne lui posa aucune question. C'était comme si Elise était passée dans le quartier par hasard, que l'idée lui était venue de nous dire un petit bonjour, et qu'impromptu on lui avait installé le matelas du divan et une couette dans ma chambre, et non pas dans un coin du salon. Sacrée maman, elle savait bien que ça allait être la nuit des confidences.

On cuisina un dîner de fête : un énorme plat de macaronis aux lardons et au gruyère gratinés au four, suivi d'une salade verte et d'un dessert. De son séminaire de formation à Angers, Elise avait rapporté un vin de Loire léger. J'en bus un verre, ça me rendit très gaie.

Maman s'en alla au travail, petit Louis resta un moment avec nous dans la salle et après qu'il se fut couché – en réclamant à Elise bisou sur bisou –, on se fit du thé, on se cala chacune d'un côté du canapé, on s'autorisa une cigarette et je racontai tout à Elise, les yeux dans les yeux, de A jusqu'à Z. Elle secoua la tête, incrédule.

— Purée... Le pire, enfin, le mieux, c'est que tu as l'air indemne... Théoriquement, compte tenu de mon boulot, je devrais te convaincre de porter plainte, pour le viol. Mais je suppose que...

— Pas question !

— Méfie-toi, tu pourrais le regretter.

— Je m'en fous, de ce qu'ils m'ont fait.

— Pour l'instant. Mais dans huit jours, ou dans huit mois, ou dans huit ans, ça pourrait te retomber dessus.

— Comment ça ?

— Moralement.

— Aucun risque.

— Espérons-le. En tout cas, il faut que tu te tires d'ici. Que vous vous tiriez d'ici, ton frère et toi.

— Et maman ?

— Ta maman, d'après ce que tu m'as dit, a au moins deux bonnes raisons d'attendre ici le procès de ton père...

Eh oui, son travail et ses amours de consolation. On changea de sujet. Elise me donna des nouvelles du foyer. J'avais le bonjour de Mélissa. Ma Mélissa ! Rien que d'entendre son prénom, je fondis comme un glaçon dans une menthe à l'eau. Mélissa, ma belle et lascive esclave, sa peau brune, ses membres déliés, ses yeux cachou, ses lèvres sucrées, sa fente nacrée... Mélissa avait échappé au destin que le foyer lui avait tracé : un CAP de couture industrielle et l'usine de carrosserie automobile. Elle s'était envolée de la cage. Elle était en apprentissage dans un cabinet d'esthéticienne. Elise la voyait souvent en ville.

— Elle est sauvée, et toi aussi, tu seras sauvée, Mélodie.

Pour la première fois depuis une éternité, je dormis comme un bébé, rassérénée par la présence d'Elise dans ma chambre. Elle resta trois jours. Elle m'emmenait et venait me chercher au lycée. Entre-temps, que faisait-elle ? Des coups en douce de bonne fée, en puisant dans le vivier de mes confidences, de même qu'une cartomancienne futée ne fait que prédire les bonnes aventures que ses clientes sans cervelle se sont souhaitées devant elle.

Par exemple – bizarre, non ? –, le samedi matin, Zubeyde et Ozen vinrent emprunter des bouquins et me proposer qu'on travaille toutes les trois sur une dissertation qu'on devait rendre le jeudi suivant. Un sujet plutôt vachard sur les bords, top niveau pour super premières littéraires : « L'intellectuel peut-il être un homme d'action ? » On eut beau se creuser la cervelle, pas moyen de trouver le début du commencement d'une idée. Il nous fallait des calories. J'invitai les deux sœurs à déjeuner, on se fabriqua des croque-madame avec une demi-livre d'emmental sur chaque – bonjour la ligne, mais bah ! puisque la mode était aux bourrelets sur pantalon taille basse, on gloutonna de bon appétit.

La lumière jaillit et on bossa tout l'après-midi. Thèse : l'intellectuel travaille de l'esprit, ce n'est pas son rôle d'agir. Antithèse : les idées ne mènent-elles pas à l'action ? Voir Victor Hugo et le Second Empire, Zola et l'affaire Dreyfus, Malraux pendant la guerre d'Espagne, etc. Synthèse : oui, l'intellectuel doit être *aussi* un homme d'action.

Je me sentis pousser des ailes cérébrales. Je me dis que j'étais en quelque sorte une intellectuelle, puisque j'étais capable de tels raisonnements. En conséquence, il me faudrait *agir* en faveur de papa. Agir, certes, mais comment ? L'idée cheminerait d'elle-même, mais dans un autre lieu, ultérieurement.

Le dimanche, peu avant midi, papy frappa à notre porte, avec une barbe de loup de mer plus sel que poivre, la bouche en cœur, et l'index et le pouce pincés sur le ruban d'une boîte de gâteaux de pâtisserie. Il nous susurra le délicieux couplet du coucou, c'est moi, je passais par là, alors comme j'ai vu qu'il y avait de la lumière... Visite à l'improviste, mon œil, doux papy ! De la pointe du Raz à Rennes, deux cent cinquante kilomètres ! Il y avait anguille sous roche...

Il réussit à donner le change, autrement dit à garder son secret au frais, jusqu'à ce que maman coupe le ruban de la boîte de gâteaux. Elle était étrangement gaie. Je dirais : elle affichait un enjouement soulagé, ou un soulagement enjoué. Enjouée pour quelle raison et soulagée de quoi ? Pendant le déjeuner, nous avions baigné dans cette ambiance de repas d'anniversaire où les convives sont convenus, avant de se mettre à table, d'ouvrir les cadeaux au dessert.

Dans la boîte de gâteaux de pâtisserie, il y avait le choix. Dix gâteaux en tout, dont la pâtisserie préférée de maman.

— Oh ! un java ! s'extasia-t-elle.

Personne n'aurait osé le lui piquer. Faire semblant, à la rigueur – « Tiens, et si je goûtais ? Une copine m'a dit que c'était vachement bon » –, pour qu'elle feigne l'indifférence et que tout le monde rigole bien, en définitive, en la voyant croquer la première bouchée. Non, au milieu d'un assortiment, le java de maman, c'était aussi sacré qu'autrefois les mots croisés du *Monde* de papa.

Papy lissa sa barbe de loup de mer et se gratta la gorge. Eh ben voilà, depuis un moment il avait des insomnies. A cause d'une idée qui n'arrêtait pas de le turlupiner...

Soudain, je vis s'allumer dans ses yeux ces bougies spéciales qui décorent les gâteaux d'anniversaire et lancent plein d'étincelles.

C'étaient les baguettes magiques d'Elise notre bonne fée.

Eh ben voilà voilà, papy avait envie de changer de bateau, d'en prendre un plus grand, une vedette de sept mètres, avec un moteur Diesel de cent vingt chevaux, quatre couchettes, toilettes, kitchenette et tout le reste. Seulement euh voilà, euh euh voilà voilà, il lui faudrait des équipiers.

— Pour l'été ? ai-je dit histoire de l'aider.

— Ah que non, justement, répondit-il en prenant un air vachement embêté, le gros bar, on le pêche toute l'année dans la baie.

— Gros comment ? demanda petit Louis.

Gros comme le cadeau que papy venait de déballer.

Et que petit Louis et moi acceptâmes en silence, un silence religieux, un silence d'Epiphanie, tellement son cadeau était beau, tellement il valait bien plus que l'or, la myrrhe et l'encens. Papy, c'étaient les trois Rois mages en un.

Il avait vendu les deux appartements pour acheter une maison plantée en haut d'une falaise, à Esquibien, entre Audierne et la pointe du Raz. Cette maison, il venait de finir de l'arranger. Alors, ce serait vraiment dommage de laisser deux jolies chambres inoccupées.

Papy nous proposait tout bonnement, à petit Louis et moi, d'aller habiter chez lui, tout le temps, et le temps que... oui, enfin, le temps que... enfin bon, on se comprenait.

Voilà pourquoi j'ai commencé et vais finir ce récit dans une chambre avec vue sur la baie d'Audierne.

III

Le procès

24

Mansardée, basse de plafond, ma chambre est une vraie chambre de jeune fille. Papy avait drôlement bien préparé son coup, avec l'aide d'une voisine, pour qui il éprouve beaucoup d'amitié, semble-t-il. C'est une veuve dans son âge, une Parisienne, une originale qui s'habille de robes vagues et de châles tricotés, et natte ses longs cheveux cendrés en macarons, comme une communiante de la Belle Epoque. Elle peint des aquarelles et grave des galets, qu'elle signe, très gamine, de son nom d'artiste un peu cucul, au diapason de ses penchants ésotériques : Mélusine (tiens ! encore une fée ! qu'y puis-je ?).

C'est à Mélusine que je dois sûrement la branche de sorbier destinée à éloigner les mauvais esprits – qu'ils se détournent de nous, qu'ils s'éloignent, qu'ils aillent au diable ! –, ainsi que le bouquet de chardons séchés, le miroir encadré de laiton, la commode, le lit et le bureau en merisier, les rideaux grand-mère blanc écru et le tapis dans les tons bleu roi, qui met en valeur le vieux plancher et les lambris bruts, blondis par le temps. Les volets percés d'un cœur, ils étaient là avant. Ouvrons-les et regardons par la fenêtre.

La maison de papy est la dernière avant le rivage du hameau de Creac'h Gwenn, en Esquibien. Dominant la baie d'Audierne, face à l'ouest, elle s'offre le luxe d'un immense perron de nature vierge contre lequel je n'échangerais pas tous les jardins en gradins de tous les châteaux des rois de France : une étendue de lande et de bruyères rases, crépues, au-dessus de laquelle, au printemps et en été, les alouettes font du surplace pour vous attirer loin de leurs nids. A droite, la pointe du Raz, le phare de la Vieille et l'île de Sein, parfois aussi nette qu'un trait au fusain, parfois aussi évanescente qu'un filigrane. A gauche, c'est-à-dire au sud de la baie, dans le lointain, la pointe de Penmarc'h et le phare d'Eckmühl. En face, l'océan, aussi imprévisible que la providence.

L'océan emplit toute la fenêtre quand je suis debout, mais quand je suis assise à ma table il laisse le ciel occuper les trois quarts d'un Monet changeant que je ne me lasse pas d'embrasser des cinq sens, et même du sixième, pour peu qu'on puisse le baptiser ici du beau nom commun d'émotion. Si l'on me demandait lequel, du ciel ou de l'océan, je contemple le plus volontiers, je répondrais les deux. Ils sont indissociables, tout autant que l'est le visage d'un être aimé – on ne regarde pas seulement ses yeux, ou sa bouche, ou les cheveux qui bouclent sur son front, on adore le tout. Qu'on ne se méprenne pas sur cette tirade : je n'aime personne. Je veux dire : je ne suis pas amoureuse d'un garçon, et j'ignore si je pourrai l'être un jour de nouveau.

Comme l'océan, la vie est faite de creux et de pleins. Quand il n'y a que des creux, votre existence résonne, certes comme une caisse vide, mais au moins rend-elle une musique qu'il est facile de décrire, et c'est ce que j'ai fait en narrant tous ces creux, depuis deux ans ; en tapant, tapant, tapant dessus, dans l'espoir d'en tirer d'autres sons que le glas de l'enterrement de notre vie d'avant.

Quand il n'y a que des pleins, votre existence ne résonne plus. Elle est comblée, voilà tout. Est-ce à dire que du bonheur il n'y a aucune note à tirer ? Non pas. Mais c'est une symphonie, beaucoup plus compliquée à agencer sur la portée. Par paresse, il me suffirait d'écrire : « Mon année de terminale, je l'ai passée chez papy, et jamais je n'ai été aussi heureuse. » Puis j'appuierais sur la touche saut de page de mon clavier et m'enfoncerais bien vite dans le creux du procès pour faire de nouveau résonner la caisse vide de ma vie.

Pourquoi cette attirance pour le funeste ? Vais-je penser en noir le reste de ma vie ? Cela dépendra : oui si papa et maman sont condamnés, non s'ils sont acquittés. Mais à la minute présente je me l'accorde : si j'ai hâte d'arriver à la narration du procès, c'est que je sais bien que frapper sans retenue sur une caisse vide, en l'occurrence le vide du dossier de l'accusation, c'est aussi vouloir la percer. Ma rage augmente à mesure que se rapproche la date de l'audience. Cependant, je ne serai pas égoïste, je ne garderai pas mes bonheurs pour moi, d'autant que parmi eux il y en a de décisifs, qui auront une influence sur la suite, et notamment sur mon attitude lors du procès...

Je reviens à ce que j'écrivais au début de ce récit : aux petits bonheurs qui forment un tout. Comment appréhender un tout ? Le sentiment de complétude ne se divise pas. Chez papy, je suis comme une boule de cristal pleine de bonheur et dans laquelle on ne lit qu'un présent idyllique.

Il n'y a pas si longtemps, la plupart des maisonnettes en pierre de Creac'h Gwenn étaient habitées par des gens modestes, mi-paysans, mi-marins. L'homme naviguait dans la marine marchande ou dans la Royale, la femme tenait une ferme réduite à sa plus simple expression : un ou deux hectares de terre, une vache pie-noire qui broutait en liberté le long des sentiers, un cochon et quelques poules. Restées seules, les femmes s'entraidaient. Les hommes, souvent, faisaient carrière ensemble, marins de la même compagnie maritime, ou embarqués sur les mêmes bateaux de guerre, pour les mêmes campagnes, s'ils étaient pompons rouges. Cela créait une vraie fraternité.

Aujourd'hui la plupart des fermettes ont été rénovées, les crèches transformées en cuisines, les appentis en salles de bains. A la mort des aïeuls certaines sont restées dans la famille, d'autres ont été mises en vente par des héritiers dispersés aux quatre coins de la France, et achetées par des gens aisés, mais amoureux de cette Bretagne sauvage, qu'ils respectent. Sur plusieurs façades trônent encore dans leur niche les statuettes polychromes de sainte Anne ou de sa fille, la Vierge Marie.

Sous l'impulsion de quelques anciens et de personnes un peu zinzins comme papy et dame Mélusine, le hameau renoue chaque été avec la tradition d'un grand repas que l'on prépare et prend en commun, le 15 août, autour du four à pain. Ce four, vieux de plus d'un siècle, a été bâti sur une petite place au cœur du hameau. Sa particularité, c'est d'être grand comme un mausolée et de comporter je ne sais combien de fours différents. Comme il y a très peu d'arbres sur cette côte balayée par les vents, on y brûle la seule espèce à pousser dans les prairies humides drainées par les ruisseaux à cressonnières qui descendent vers la grève : le saule, un bois qui brûle haut et clair et chauffe vite et fort.

A partir de l'âtre, la chaleur se répartit mystérieusement entre fours lents et fours rapides où l'on met à cuire des mets aussi différents que : tête de cochon, rôti de veau piqué à l'ail, poissons (sole, turbot, barbue), far et gâteau breton. Les bouteilles de vin blanc et de cidre sont mises à rafraîchir dans des lessiveuses remplies d'eau du ruisseau, le vin rouge est mis à chambrer dans une crèche en terre battue, on remplit de café des Thermos à bec grosses comme des fontaines, des dames aux joues écarlates font des crêpes, des musiciens amateurs jouent de la bombarde et de l'accordéon, tout le monde rit, chante et parle du bon vieux temps.

Du bon vieux temps ? Un extraordinaire présent, à mes yeux ! Cette fête du 15 août, un peu plus d'un mois après notre évasion de la Poulinière dans la voiture de papy, j'ai l'impression que c'était hier...

Gai comme un pinson et gourmand comme un ogre, petit Louis court partout dans les ruelles du hameau en compagnie de garçons et de filles de son âge. Moi, un jeune homme tragique et sombre comme un air de fado me fait les yeux doux, mais je me contente de sourire dans le vague, saoule de bonheur. Ivre *morte* : la Mélodie de la zone a vécu. Sur le bitume, entre les poubelles et l'abribus du Cargo, il ne reste d'elle qu'une silhouette dessinée à la craie. Sa dépouille mortelle s'est envolée vers l'ouest, pour se réincarner sur le rivage de la baie d'Audierne. Mélodie est morte, vive Mélodie !

Si cher Lionel pouvait me voir telle que je suis aujourd'hui, il ne se couvrirait plus la tête de la capuche de son duffle-coat. Il me jugerait digne d'épousailles en blanc, et papa architecte et maman décoratrice seraient ravis que je leur donne une ribambelle de mignons petits-enfants. Mais ces gens-là, je les ai rayés de la carte. Adieu, médiocres intolérants !

J'ai lu l'autre jour un article sur les troubles maniaco-dépressifs, qu'on appelle encore comportements bipolaires, je crois. Le sujet alterne des périodes d'excitation délirante et de noire déprime. En suis-je atteinte ? En partie, sans doute ; par moments tout me paraît magnifique, et soudain je me méprise. Je n'en ai parlé à personne. Ce genre de confidences vous mène aux psys, et ras le bol des psys.

N'importe comment, quand je pose sur le trébuchet de l'humeur d'un côté les nuages roses et de l'autre les nuages noirs, je me réconforte en voyant le plateau pencher largement du bon côté. Je me dis que l'euphorie n'est pas une maladie, quand bien même suis-je anormalement gaie. Tout simplement, chez papy, j'ai été prise d'amour pour mon petit frère, pour ma mère, pour mon père, pour la goutte d'eau qui coule sur la vitre, pour la toile d'épeire qui tremble dans le vent, pour le ver de terre et pour l'oiseau qui s'en régale...

Que lire encore dans la boule de cristal débordante d'amour ?

Je n'ai pas décrit la chambre de petit Louis, séparée de la mienne par la salle de bains. Egalement mansardée et lambrissée, c'est une chambre de marin : cannes à pêche, haveneaux et avirons accrochés au mur, commode et lit bateau, et, sur son bureau, son ordinateur.

Petit Louis est devenu un roi de l'informatique. Nous communiquons avec papa par courriels et mon frère lui envoie des photos de nous et de ses prises. Petit Louis est aussi devenu un roi de la pêche au bar. D'après papy, il a le « sens de l'eau », il sait d'instinct quel appât ou quel leurre va marcher à tel ou tel endroit par telles ou telles conditions. Nous mangeons beaucoup de poisson.

Moi, je me suis lassée assez vite de la pêche. Je préfère me balader sur la lande, me baigner quand le temps le permet ou me mettre en maillot de bain et aller lire sur le sable de la crique minuscule qui se trouve au bas de chez papy. A mon retour, je savoure un spectacle dont je ne me lasse pas : notre linge qui claque au vent, sur son fil, à droite de la maison. Quand je le ramasse, j'ai l'impression qu'il a été lavé une deuxième fois par le vent. Au début, je ne mettais pas mes petites culottes à sécher sur le fil. Ça me gênait vis-à-vis de papy, d'exposer ainsi mon linge. Mais j'ai bien vite changé d'avis. Ne sommes-nous pas une famille ? En plus, il m'est venu une pensée saugrenue : mes petites culottes qui sèchent au vent, c'est ma pureté retrouvée...

Est-ce l'abus de phosphore – tout ce poisson qu'on mange ? Ma cervelle bouillonne. Elle bouillonne au lycée, où j'ai reconquis ma place de tête de classe, et le bac littéraire m'est promis avec mention. Dans ce lycée, les profs bénissent chaque matin la décision administrative qui les y a nommés. Il est facile d'imaginer qu'il n'a aucun rapport avec la cité scolaire de la Poulinière. Bien sûr, il y a quelques garçons un peu emmerdants, quelques filles qui ne sont pas des modèles de vertu, mais la vie s'y écoule sans heurts ni malheurs.

Pour petit Louis, c'est pareil dans son école. Il a des copains pêcheurs et des copains dingues d'informatique. Ils s'échangent des jeux vidéo. Ils s'invitent à des goûters-jeux de rôles. Sa guérison est en bonne voie.

Je dégouline tellement d'ondes positives – Mélusine dixit – que j'ai ressenti ce que les écrivains doivent appeler l'inspiration : ce désir irrépressible, cette folle audace, cette vanité inouïe d'essayer de dompter par l'écrit des idées qui se télescopent à la vitesse de la lumière puissance n, n comme les neutrons de la bombe du même nom. J'ai cru que j'allais me désintégrer tellement la conviction de tenir une idée géniale me faisait vibrer, tour à tour occupait toutes mes pensées et me rinçait l'esprit. De ces explosions ne subsistaient hélas que des images virtuelles. Virtuelles en ce sens que j'étais sûre qu'elles étaient là, en moi, mais qu'il me faudrait extirper d'un endroit inconnu, bien que toujours en moi, des mots pour les décrire, tâche a priori insurmontable. Comment décrire l'émotion que suscite en vous, au bord de la grève, la vision de ces portiques qui servaient autrefois à remonter les canots des pêcheurs par-dessus les rochers, en l'absence de crique et d'abri ? Et celle, un peu plus loin, de ces tombes ouvertes, disséminées ici et là dans la bruyère et la lande ? Délimités par de gros galets, les creusets rectangulaires des brûleurs de goémon ?

J'ai écrit des poèmes hermétiques et je les ai fait lire à Jean-Luc. Qui est Jean-Luc ? Ah ! c'est à plaisir que j'ai retardé le moment de parler de lui, de même que chez l'artiste Mélusine on retarde le moment de se partager la croûte de la bouillie d'avoine réchauffée à la poêle, la croûte du dessous, gorgée de beurre, pire que du kouign amann.

J'évoque Mélusine parce qu'elle est associée à l'image de Jean-Luc. Elle collectionne deux sortes de bandes dessinées, les aventures d'Aggie et les aventures de Lili, que j'ai découvertes grâce à elle. Je m'identifie un peu aux malheurs d'Aggie, cette pauvre Cendrillon américaine tourmentée par sa punaise de demi-sœur. Mais je me sens surtout Lili, cette fille saine et curieuse de tout, et qu'accompagne dans ses voyages monsieur Minet, son prof de lettres, barbichu étourdi et intellectuel plus que distrait. Il n'y a entre eux aucune ambiguïté amoureuse et a fortiori sexuelle. C'est aussi le cas entre Jean-Luc et moi.

Jean-Luc est mon doux rêveur de prof de philo.

Jean-Luc est l'un de mes ciels de la baie d'Audierne. Je lui devrai d'aller jusqu'au bout de ce récit.

La philo m'attendait au coin du bois – au coin de mes émois, de mes tourments, de ma désespérance, de mes élans d'ingénuité retrouvée. Dès les premiers cours, j'ai su que ce serait ma voie. Pour autant, en classe je ne me manifestais pas beaucoup, et d'ailleurs, dans ses cours proprement dits, Jean-Luc restait très près du programme et de la mission qu'il avait à remplir : nous amener à rendre au bac une copie bien classique.

En revanche, tous les mardis soir, il animait un drôle de lycée aristotélicien : le Café du Môle, un bistro bâti sur la digue, lieu sublime par beau temps – entouré d'eau sur trois côtés, on se croit en croisière –, maelström de vent, d'embruns et de déferlantes pendant les tempêtes d'automne et de printemps. Là, on fermait les écoutilles et on ouvrait grand nos oreilles : Jean-Luc était un merveilleux pédagogue et un pourfendeur d'idées reçues. Trucider le convenu, au lycée c'eût été mal vu, outre le fait que nous inculquer la rébellion et l'originalité nous aurait fait courir le risque d'une sale note au bac, pour peu que nos copies, aussi géniales fussent-elles, soient corrigées par un vieux croûton.

Une demi-douzaine d'oisifs et de retraités, du genre bien sympathique à éplucher *Le Monde*, *Le Figaro* ou *Libé* à l'heure du thé et à occuper leurs loisirs en compètes de Scrabble et de mots croisés, constituaient le gros du public permanent de Jean-Luc. S'y ajoutait, également avec assiduité, et en sus de moi-même, seule jeunette du groupe et par conséquent unique représentante de ma classe, un personnage des plus cocasses. Il s'appelait monsieur Charlot. Au début, je crus à un surnom, et m'interrogeais sur le pourquoi de ce sobriquet, le dénommé Charlot n'ayant pas un physique à la Charlie Chaplin, mais plutôt à la Buster Keaton, pour rester dans le domaine des comiques qui était aussi le sien.

Marin pêcheur farouchement indépendant, il partait seul sur sa vedette rapide traquer le bar dans l'enfer du raz de Sein. Dans une vie antérieure, il était sorti major d'une école d'ingénieurs, avait exercé des responsabilités de haut niveau dans l'industrie chimique et joui de tout ce qui allait avec sa situation, villa, piscine, petit personnel, épouse pilier de cocktails, gosses snobinards, toutou permanenté et chat à pedigree. D'après la légende, un beau matin il avait levé l'ancre et tout largué, bobonne chichiteuse, villa, chien et chat, sauf de quoi s'acheter un bateau. Il vivait à bord.

Plus local que nature, des pêcheurs du coin il avait adopté la rudesse, le vocabulaire et même l'accent. Non seulement il avait abandonné salaire mirobolant et confort, il avait aussi renié ce qu'il convient sans doute d'appeler l'esprit civique. Maudissant toutes les administrations, à commencer par celle des impôts, il vendait son poisson aux particuliers, « au cul du bateau », disait-il, sans facture, et se glorifiait d'être pourchassé par le fisc. Il commençait toutes ses interventions par « m'est avis », en éludant le « t » pour faire la liaison. Quand il prononçait son fameux : « *Mésavis* que... », on avait tous envie de rigoler, mais nos bouches s'arrondissaient en vitesse, de stupéfaction, tant il brillait de ses lumières de parfait honnête homme.

Jean-Luc lançait un débat, par exemple : « Sommes-nous responsables de nos opinions ? », et la discussion s'ensuivait, d'abord chaotique, hachée, erratique comme de multiples ruisseaux nés de la fonte des neiges, que Jean-Luc faisait bientôt confluer vers le raisonnement structuré, fleuve sur lequel nous naviguions de conserve. A la fin de la réunion, de ce fleuve nos esprits récoltaient le limon fertile où semer de nouvelles réflexions. Hum ! J'ai le sentiment qu'il n'apprécierait pas beaucoup ce que je viens d'écrire. Il dirait que je pontifie, ce dont il a horreur. Peut-être vaudrait-il mieux dire qu'on parlait de tout et que ça ne nous menait à rien, sinon à de nouvelles interrogations. De la vraie philo, quoi.

J'allais au Café du Môle à vélo, en longeant la côte, à travers la lande, par les sentiers à peine plus larges qu'un pneu de bicyclette. Ce trajet solitaire, dans l'air iodé et le grondement du ressac, donnait des ailes supplémentaires à mes pensées. Je revenais par la route, éclairée sur la majeure partie du trajet.

Octobre me fut favorable : temps doux et sec, légère bruine, parfois. Mais en novembre, pardon ! Tempêtes de sud, tempêtes d'ouest, trombes d'eau. Arc-boutée sur mon guidon, j'étais persuadée de subir une pénitence pour gagner mon salut philosophique. Les cheveux dégoulinants, je rejoignais mes compagnons dans la grotte au bout du môle, en prenant en plus un bain de pieds quand les lames déferlaient et enrobaient le phare comme du papier alu les tiges d'un bouquet.

Un soir de déluge, Jean-Luc eut pitié de moi.

— Je te ramène en suédoise...

Il avait un vieux break Volvo dépourvu de banquette arrière. On mit mon vélo dans le coffre, et les essuie-glaces luttèrent contre la marée céleste. On ne prononça pas trois mots pendant le trajet. Sans doute étions-nous gavés de paroles.

Devant chez papy, Jean-Luc laissa le moteur tourner. Il me tendit la main. Je l'invitai à boire un thé ou une infusion.

— Tu crois ? Et ton grand-père, qu'est-ce qu'il va dire ?

Papy avait couvert le feu de cendres pour la nuit, mais la cheminée diffusait encore une bonne chaleur. Je préparai du thé et on s'assit sur les pierres de l'âtre. Papy sortit de sa chambre. Il fit son œil de coq veillant sur ses poussins que menace un rapace.

— Jean-Luc, mon prof de philo... Papy, le papa de maman...

Ils se serrèrent la main. Papy accepta une tasse de thé et se détendit, une fois convaincu qu'il n'y avait entre Jean-Luc et moi rien d'autre que l'amour de la philosophie. Jean-Luc se paya même le luxe de le faire philosopher à son tour.

L'habitude du retour en Volvo et du thé tardif fut vite prise. Nous poursuivions la conversation du Café du Môle, en y mettant un grain de sel plus personnel.

C'est vers la mi-février que je fis lire mes poèmes à Jean-Luc. Nous étions convenus d'en parler le mardi suivant. Nous attendîmes que papy retourne se coucher – il avait pris goût à nos conversations d'après café-philo, mais invariablement disait : « Ça devient un peu trop corsé pour moi, je vais mettre ma cervelle au repos », et allait se coucher. Je crevais d'impatience.

— Alors, tu as lu ?

— Je suis jaloux, dit Jean-Luc.

— Jaloux ?

— Oui, jaloux à en crever que tu aies pu écrire ça à ton âge. Tu seras écrivain, Mélodie.

Je piquai un fard, pire que si j'avais collé ma tête à cuire avec le rôti de veau et les soles dans le four de la fête du 15 août.

— Tu seras écrivain, à condition de travailler. C'est Valéry, je crois, qui disait quelque chose comme ça, à propos de l'inspiration. Une fleur sauvage qu'on cueille au bord du chemin... Si on veut en faire un bouquet, il faut en recueillir les graines, les semer, leur donner de l'engrais, ôter les mauvaises herbes... Il y a une façon plus triviale de le formuler : dix pour cent d'inspiration, quatre-vingt-dix pour cent de transpiration... Mais la plupart des gens, et je suis du nombre, ont beau transpirer, pour autant... Toi, tu possèdes le plus précieux des biens : l'inspiration. Le travail, ça s'apprend. Tu apprendras.

— Tu m'aideras ?

— Non, parce que tu es déjà bien meilleure que moi... Ceci dit...

— Oui ?

— L'inspiration effraie un peu le commun des mortels... et la tienne n'est pas très rassurante. Je m'interroge. Ta quête du Beau, ta recherche de la pureté... Une façon de transcender la réalité ? Un traumatisme que tu refoules ? Il y a au fond de tes yeux je ne sais quelle meurtrissure...

Il se doutait de quelque chose. Je haussai les épaules.

— Il faut que tu me le dises, Mélodie. Pourquoi toutes ces questions, au café-philo, sur le racisme, la violence, la justice et l'injustice ?

Une fois de plus, j'en eus assez de la clandestinité. Il ne dit pas : « C'est épouvantable, c'est affreux, pauvre Mélodie... » Ce n'était pas la peine, tout cela était contenu dans son silence, dans notre silence. Le feu crépita comme pour nous rappeler que nous étions en vie.

— Il n'y a qu'une seule façon de te laver de tout cela : écrire.

— Mais c'est ce que je fais !

— Je ne parle pas de tes poèmes. Garde-les pour plus tard. Dans l'immédiat, je dirais : dans l'urgence, raconte ce qui t'est arrivé, avec tes mots, le plus simplement du monde. Ça t'aidera à guérir et ce sera un formidable témoignage.

— Une façon d'agir ?

— Que veux-tu dire ?

— Je voudrais faire quelque chose de plus pour mes parents. Agir vraiment.

— Nous y réfléchirons.

Le printemps arriva et avec lui le beau temps. Jean-Luc venait à la maison et le soir après dîner nous allions nous promener sur la grève. J'avais commencé mon récit, il m'aidait à mettre de l'ordre dans mes idées et, dès que j'avais un moment, je n'avais qu'une hâte, m'asseoir à ma table et écrire. Quand j'étais non pas en panne d'inspiration, mais emmêlée dans mes pensées, engluée dans le tri de mes souvenirs, forcée de décadenasser les plus douloureux et blessée par eux, le cœur au bord des lèvres, je regardais le ciel et la mer.

Je sais maintenant pourquoi je préfère le ciel à la mer. On ne se noie pas dans le ciel, on peut se protéger contre ses colères, et, à la rigueur, on peut même y monter. Tandis que la mer... Mer cruelle, mer sournoise, la mer cache son jeu. La mer symbolisait trop bien ce que je vivais depuis que nous nous étions réfugiés chez papy : une éphémère et trompeuse embellie. La surface de l'eau allait se rider, la houle se lever et se creuser, et la déferlante du procès allait m'emporter et me laisser sur le sable d'un désert extrême. J'étais tentée de romancer mon récit, d'écrire un épilogue heureux avant même l'ouverture du procès.

Fin avril, Jean-Luc me dit :

— J'ai trouvé comment tu vas agir... Il faut que tu témoignes aux assises.

— Devant tout le monde ?

— Oui. Devant la cour, le jury, les avocats, les journalistes, le public.

— Mais qu'est-ce que je leur dirai ?

— Attendons de voir comment tournent les débats.

— Tu crois que mes parents peuvent être condamnés ?

— On ne sait jamais.

— Alors je me couperai la langue.

— Tu ne peux plus te défiler, Mélodie. Tu as une mission à remplir. Il faut que tu ailles jusqu'au bout. Je te ramène ?

— Non, j'ai envie de marcher.

Une énorme tempête se levait. Tous feux allumés comme un arbre de Noël, un chalutier apparaissait et disparaissait dans les creux. Malgré l'abri de la digue, dans le port les mâts des voiliers dansaient la rumba en tirant sur les chaînes de leurs corps-morts.

Devant la maison, des embruns volaient jusque par-dessus le fil à linge.

Papy fermait les volets.

Dans sa chambre, petit Louis fabriquait une maquette de torpilleur.

Dans sa cellule, papa écrivait sa énième lettre au président de la République.

A la Poulinière, que faisait maman ? L'amour avec son médecin de l'âme ? Elle ne venait pas souvent nous voir. Se détachait-elle de nous ?

J'entrai dans ma chambre et me laissai tomber sur ma chaise, face à ma fenêtre. Le ciel était noir d'encre.

Je me levai d'un bond. La guillotine du ciel se releva dans l'embrasure. Il ne restait plus, sous mes yeux, que la mer.

Les cavales blanches des déferlantes se cabraient à l'assaut de la côte.

Je pris une énorme inspiration et plongeai dans la tempête.

25

On avait prévu un public tellement nombreux que le ministère de la Justice fit installer un barnum dans la cour du palais ; une salle d'assises annexe, en quelque sorte, sous toile à cocktail bleu et blanc, équipée de chaises pliantes et, surtout, d'un écran de télévision géant.

Les places dans la salle ayant été réservées depuis des mois par la presse et le gratin judiciaire et politique, c'est devant cet écran que j'assisterais à une partie des débats, en fonction de mes choix, et de mon emploi du temps au lycée. Maman, elle, serait mobilisée pendant toute la durée du procès. Encore une chose à laquelle le système ne pense pas : la justice ne loge, ni ne nourrit, ni n'indemnise les prévenus en liberté provisoire. Maman dut prendre tous ses congés payés et les rallongea de congés sans solde. Elle loua un meublé dans une résidence pour étudiants, avec deux lits, pour me permettre de rester dormir les nuits où cela me serait possible. Autrement, je prendrais le dernier train et papy viendrait me chercher à la gare de Quimper. Il ne voulait pas assister au procès. Il prétexta qu'il devait rester à Creac'h Gwenn pour s'occuper de petit Louis, mais il aurait pu s'arranger avec Mélusine, que petit Louis aimait beaucoup. A peine débarquée du TGV, je lui raconterais ce que j'avais vu et entendu. Il soupirerait, en oublierait de passer les vitesses ou d'allumer ses feux de croisement. « Ah c'est dur, c'est trop dur, répéterait-il, qu'est-ce qu'on a fait au bon Dieu pour mériter ça ? »

Il en va ainsi des événements dont on sait qu'ils vont se produire un jour et qu'on a mille fois imaginés : lorsqu'ils deviennent une réalité, ils paraissent irréels, quand bien même on en est un acteur, et peut-être bien parce qu'on en est un acteur, justement. Les rôles sont distribués, la société exige que l'on joue le personnage tel que l'a élaboré la mise en scène, le spectacle aura lieu, quoi qu'il arrive.

Le condamné à avoir la tête tranchée devait ressentir cette irréalité quand on lui déchirait son col de chemise et qu'on lui rasait la nuque. Papa et maman ne risquaient pas la mort, sinon une mort sociale, et cérébrale. Dix ou quinze ans de prison ça vaut bien un décervelage après trépanation. Et nous, petit Louis et moi, que risquions-nous ? La croix de la condamnation de nos parents à porter et, au bout de notre chemin de croix, une autre forme de folie, le désespoir, sans rémission, jusqu'à la fin de nos jours.

Oui, quand je me mis à marcher vers l'écran de télévision comme une vierge gravit les marches du bûcher, tout le décorum de la cour d'assises me parut totalement irréel.

Irréels, papa et maman dans le box des accusés. Irréelles, les étoles et les robes des magistrats. Irréels, les jabots d'abbés des avocats. Irréels, les journalistes sur leurs bancs et, sagement assises de-ci, de-là, des descendantes directes des tricoteuses de la place de Grève venues se divertir de têtes tranchées.

Sous le barnum, l'ambiance était différente. Les gens y passaient un moment, partaient boire un verre dans les brasseries des environs, revenaient par petits groupes, et faisaient des commentaires, ce qui leur aurait été interdit au tribunal.

Parmi ces gens, j'étais seule, les jambes flageolantes, à la fois ratatinée à l'intérieur de moi-même et grandie par l'importance du devoir que j'avais décidé d'assumer. Je m'étais mise d'accord avec maître Levenez, l'avocat de maman. Je témoignerais, sans savoir de quelle manière. Encore quelque chose de parfaitement irréel.

En revanche, il est des irréalités qui finissent par prendre corps à force d'être rabâchées. Comme un volcan entre en éruption après des siècles de sommeil, de nouveau les médias se déchaînèrent. Les articles, les gros titres et les intertitres, les biographies, les films, les photos, les commentaires et les éditoriaux, tout cela sommeillait dans les rédactions sur les disques durs des ordinateurs. D'un double clic le Moloch se réveilla et vomit sa bile à gros bouillons. Désormais je me fichais de la couleur et de l'odeur de ces renvois. Nous en étions au dénouement, et peu m'importait que nous soyons identifiés à Esquibien. Je m'avancerais à la barre des témoins, et ce serait mon *outing* – Jean-Luc dixit. Pourvu que mes jambes ne se dérobent pas sous moi...

L'affaire se présentait très mal pour les « membres du réseau » désignés par les Ruttard. A force d'être asséné par les médias à mesure qu'on avançait dans les débats, le rappel de la parole des enfants, qui avaient désigné leurs bourreaux, rendait l'innocence des accusés de plus en plus hypothétique. *Bis repetita placent* : la vérité ne sort-elle pas de la bouche des enfants ? La France entière craignait de montrer quelque compassion pour des gens susceptibles d'avoir violé des gosses. Les chroniqueurs qui avaient osé critiquer les méthodes du juge retenaient leur souffle, dans l'ombre. Et s'ils s'étaient trompés ? Si le juge avait raison ?

Mes propres convictions s'effilochaient. Et si papa n'était pas innocent ? Lorsque je le vis apparaître sur l'écran géant, j'envisageai avec horreur qu'il puisse être coupable. De même que les photos d'identité judiciaire rendent n'importe quel visage patibulaire, la prison façonne les traits et courbe les épaules. Où était mon père d'antan ? Dans quel creuset avait fondu cet homme sportif, au regard droit, à l'air décidé ? Tous les gestes qu'il effectuait, que ce soit rincer un verre ou tronçonner un arbre, respiraient la volonté, la sûreté de soi, et le bonheur d'exécuter ce geste. Cet homme-là, sur l'écran, n'était plus qu'un homuncule, tout gris de cheveux et de peau, vidé du moindre atome de révolte. Un mouton presbyte, portant au bout du nez des demi-lunes qui le vieillissaient encore. Il en était de même des autres accusés du « réseau », sauf deux : le chauffeur de bus et maman, qui comparaissaient libres. Ils n'étaient pas restés trois ans en prison. Ils avaient, eux, chacun à leur manière, fendu la cuirasse du juge, ce qui leur donnait l'espoir de lui faire rendre gorge pour de bon. Mais ils étaient bien les seuls.

J'ai assisté à trois épisodes du procès. Le premier, c'est quand papa et maman ont été soumis à l'interrogatoire de personnalité. Le deuxième, c'est lorsque tous les accusés ont été réunis face aux enfants Ruttard. Le troisième, ça a été le moment béni des plaidoiries.

D'emblée, le président de la cour d'assises me déplut. Méprisant à l'égard des accusés, il prit un plaisir malsain à les déshabiller. Un procès en pédophilie est un procès des perversions sexuelles, alors parlons sexe, mesdames et messieurs, sans détour !

— Madame Mérour, avez-vous une sexualité normale ?

— Qu'appelez-vous une sexualité normale, monsieur le président ?

— Euh, eh bien, je ne sais pas, voyons...

— Vous ne savez pas, monsieur le président ? Dois-je comprendre que vous souhaitez que je vous informe ?

La salle éclata de rire, les gens sous le barnum aussi. Je ne pus m'empêcher de sourire. Maman était déchaînée. Papa baissait la tête. Qu'il me pardonne, il me fit penser à un séminariste pris en flagrant délit d'onanisme par son chanoine. Il avait fini par se croire coupable. Non pas coupable de pédophilie – tout mon être refusait cette éventualité –, mais d'un délit ou d'un crime pour lequel il réclamait qu'on le sanctionne. Au bout de son calvaire, souvent la victime donne raison à ses bourreaux. Sauf maman. Elle n'était pas de ces victimes-là. Depuis trois ans, elle en avait connu, des hauts et des bas, mais là, aux assises, et au contraire de moi, elle surfait de nouveau à la crête de la vague.

— Reprenons, dit le président, et formulons la question différemment : avec votre mari, aviez-vous une sexualité épanouie ?

Maman ignora les mimiques de maître Levenez qui voyait se poindre à l'horizon l'outrage à magistrat.

— Vous voulez des détails ? Je vais vous en donner. Avant que la justice – pardon, l'*injustice* ! – n'expédie mon mari croupir en prison, nous faisions l'amour trois fois par semaine, en moyenne. Le soir, de préférence. Je ne suis pas du matin. Dans quelles positions ? Variées. Par-devant, par-derrière, moi dessous, moi dessus...

— Madame, madame, je vous en prie...

— J'aime bien être dessus. Quelles conclusions en tirez-vous ? Dominatrice ? Et quoi encore ? Dites-moi ce que vous aimeriez entendre. Bottes en cuir, fouet, menottes ? Tout l'attirail sadomaso ? Y compris le bâton de gardien de la paix avec lequel mon mari aimerait se faire sodomiser ?

— Madame, ça suffit !

— Désolée, monsieur le président, nous sommes des gens sexuellement normaux.

— Qui après le travail montaient à l'appartement des Ruttard...

— Jamais de la vie ! C'est faux, archi-faux ! Ces gens mentent et c'est à vous de leur faire avouer qu'ils ont menti !

— Pour l'instant, c'est auprès de vous que nous cherchons une part de vérité. Des gens normaux, dites-vous. Pourtant, lors de la perquisition de votre domicile, la police a trouvé des photos, des nus de vos enfants...

— Des nus on ne peut plus pudiques. La photo était un des hobbies de mon mari.

— Justement ! La police a également versé au dossier des photographies de vous et de votre mari, disons... des photos galantes, où vous vous trouvez tous les deux en position intéressante...

— Ce sont des photos d'amour comme il y a des lettres d'amour !

— Un brin cochonnes, en l'occurrence !

— Erotiques, monsieur, pas pornographiques !

— Vous regardiez des films pornographiques ?

— Qui n'en a pas regardé ? A commencer par les quelques millions d'abonnés d'une chaîne payante, le premier samedi du mois. Peut-être y êtes-vous abonné, vous aussi, monsieur le président ?

— Madame, si vous continuez sur ce ton, je...

— Quoi ? Que ferez-vous ? M'arrêter ? Et alors ? La prison, je connais, j'y ai passé sept mois, jusqu'à ce que j'apporte moi-même la preuve que ces gens-là ne m'ont jamais vue en petite tenue. Pourquoi n'en parlez-vous pas ? C'est dans votre dossier ! Pourquoi monsieur le juge d'instruction m'a-t-il remise en liberté ? Dites-le ! Parlons du sein qu'on ne saurait avoir vu...

— Nous y viendrons le moment venu.

— Vous voulez que je me déshabille ?

— Oui, oui ! lancèrent des types sous le barnum.

— Madame, je vous remercie.

— Eh bien pas moi, monsieur le président.

Nouveaux éclats de rire dans la salle et sous le barnum. Le président menaça de faire évacuer la salle. Maman retourna à sa place.

— Un vrai canon, commenta un type à côté de moi. Le mari ne devait pas s'ennuyer.

J'allais oublier de le dire, maman était au top : cheveux teints couleur blés mûrs, maquillage ensoleillé, longue natte dans le dos, boucles d'oreilles, rang de perles autour du cou, petite robe en jersey des plus affriolantes et paletot court et léger pour couvrir ses épaules. Le jersey ne moule pas seulement les formes, il galbe les cuisses et donne à la démarche cette force, cette puissance et cette assurance que papa avait perdues. Maman incarnait l'assurance de l'innocence. Sur l'écran, de loin, on lui aurait donné l'âge de sa tenue de combat : sur son trente et un, on lui donnait trente ans. Bizarrement, ou naturellement, ou forcément, cette maman conquérante se superposa à toutes les images qui me hantaient : le car scolaire de la Poulinière, Freddy, Milo, mes violeurs... Maman me montrait la voie : se battre pour raboter et poncer le passé, jusqu'à atteindre le cœur du bois – le cœur de notre bonheur perdu.

Le revers de la médaille, c'est que les jurés pouvaient se méprendre sur l'attitude de maman, la considérer comme un défi hautain, un mépris du bas peuple et de ses institutions. Lors d'une suspension d'audience, maître Levenez lui conseilla « plus de mesure ».

— De la mesure ? Si je ne me retenais pas, j'irais leur flanquer des baffes, à tous ces gugusses.

Elle parlait de la cour.

— Et vous, Mélodie ? Votre plaidoirie, elle avance ?

— Oui, oui. Je serai prête.

La suite des interrogatoires de personnalité fut à l'avenant de celui de maman. Avec la constance et la patience benoîte d'un pêcheur à la ligne cherchant des lombrics, le président bêchait les jardins secrets, à la recherche, lui, de perversité. A le croire, les comportements prétendument déviants grouillaient comme des cafards dans le passé des inculpés. C'était ahurissant que la plupart des accusés aient pu se livrer à ce point aux experts psychologues. Dans le langage de ces accoucheurs de l'intimité, les tâtonnements de jeunesse se transformaient en équation du premier degré : complexes ou inhibitions égalent tentation pédophile.

Untel était-il vierge à vingt-sept ans, âge auquel il avait convolé en justes noces, noces qu'il n'avait pu consommer, à cause d'un phimosis ? Pauvre homme... Question du président :

— Dites-nous, monsieur, à vingt-sept ans, ça ne doit

pas être drôle de se faire réparer un accident de la nature qu'on opère d'ordinaire à l'âge où l'on souille encore ses langes... N'en avez-vous pas nourri un complexe d'impuissance et cherché à le guérir dans des relations avec des enfants ?

Tels et telles autres avaient beaucoup joué à touche-pipi dans leur enfance : pédophiles en puissance. CQFD.

Papa lui-même avait confié avoir reçu et donné quelques caresses homosexuelles à l'âge de la puberté. Là, maman accusa le coup. Son regard brilla de fureur, ses yeux disaient : « Comment as-tu pu te foutre à poil devant ces tordus ? »

Je repris le train en me traitant d'idiote. Quel discours allais-je bien pouvoir tenir devant cet aréopage ?

— Patience ! m'encouragea Jean-Luc, les idées jailliront. N'importe comment, ton texte dépendra de la fin du procès. Je te l'ai dit, voyons d'abord de quel côté le vent va tourner...

A Creac'h Gwenn, pendant que le procès continuait sans moi, il vira au nord, ce qui est assez inusité, au printemps, par ici. Le vent du nord n'est pas plus mauvais que les autres, j'imagine, et il a même l'avantage de sécher le linge sur le fil, en quelques coups de soufflet. Mais ici, à Esquibien, on ne l'aime pas. Il pèle la terre, grille les boutons d'hortensias, assassine les fuchsias, hurle d'une voix pointue et donne la migraine. Les Bretons préfèrent les vents d'ouest et de suroît, porteurs de bruine et de crachin. Le soir, je marchais contre le vent du nord. Sur la lande, les alouettes ne se levaient plus. Alouette, je te plumerai...

Lorsque je retournai pour la deuxième fois sous le barnum du palais de justice, la mère Ruttard la chantait, cette chanson : visiblement, outre les personnes qu'elle avait mises en cause, elle voulait plumer le tribunal tout entier.

On en était à l'audition des parents des victimes. La mère transpirait la haine, au propre et au figuré. Espèce de grosse vache boudinée dans un caleçon et un chemisier décor palmiers, elle s'épongeait le front et la bouche rageusement, avec un mouchoir à carreaux qu'elle roulait dans son poing fermé, un moignon qu'elle brandissait pour la diatribe. Désignant les autres accusés :

— Ils ont sali mes enfants !

— Mais vous-même, madame, ne les avez-vous pas salis ? répliqua le président.

— C'est pas pareil ! Je suis leur mère !

— Justement, madame !

Le père Ruttard, un type malingre, ne pipait mot, sinon pour répondre d'une voix presque inaudible par oui ou par non aux questions du président. Il laissait la vedette à sa bobonne, dominatrice en diable et accusatrice déterminée. En ce qui les concernait, la partie était jouée : ils avaient réitéré leurs aveux et la seule question pendante était le nombre d'années de prison qu'ils prendraient. Quinze ? Dix-huit ? Vingt ? Ce serait selon leur degré de contrition. Mais comme ils n'en exprimaient aucune, ce serait la peine maximale, très probablement.

Le suspense de leur audition résidait uniquement dans le maintien ou non de leurs accusations à l'égard des « visiteurs » de leur appartement. Tour à tour le président désigna les « membres du réseau » et pria les Ruttard de bien vouloir confirmer leurs déclarations. Cette dame, ce monsieur, participaient-ils à vos « séances privées » ? Le père hochait la tête, la mère clamait :

— Oui, il venait ! Oui, celle-là aussi ! Tous !

— Souvent ?

— Une fois par semaine !
— Ils payaient ?
— Cash. N'aurait plus manqué que ça, qu'ils paient pas, ces dégueulasses...
— C'est vous, la dégueulasse ! cria maman.

Il y eut un sérieux flottement dans la salle et sous le barnum. Le contraste entre maman et la mère Ruttard crevait les yeux. Comment maman, et tous ces gens parfaitement dignes, avaient-ils pu se rouler dans les draps, sûrement piqués de chiures de puces, de cette bonne femme et de son avorton de mari ? La nature humaine, le cochon et la cochonne qui sommeillent en chacun de nous ont beau avoir bon dos, quand même, c'était dur à avaler.

Les avocats montèrent à l'assaut de cette forteresse de graisse et de bagout. Ils avaient fait cause commune et s'étaient partagé les rôles. Ils montaient au créneau tour à tour, sur un point précis, une faiblesse ou un trou béant du dossier. Mais leurs épées se brisaient sur la cotte de mailles de la harpie. Elle avait réponse à tout.

— Les vidéos des, euh... parties fines, comment se fait-il que la police n'en ait pas trouvé trace ?
— On les a toutes vendues ! Allez voir en Belgique, vous en trouverez !
— Comment se fait-il que vous n'en ayez gardé aucune ? Au moins une, pour le plaisir, si l'on peut dire...
— Le scope déconnait, la tête de lecture les a bousillées !
— Combien avez-vous vendu de cassettes ? Cent ? Cinq cents ?
— Plus de mille ! Y a plus de vicieux que vous croyez, sur cette terre !

— A qui le dites-vous ! ironisa l'avocat qui venait de poser cette question.

— Et l'argent, attaqua un autre, les bénéfices de ce commerce lucratif ? Vous auriez dû vivre dans l'aisance. Comment se fait-il que vous continuiez d'être poursuivis par les créanciers ?

— Le pognon, on le distribuait aux familles dans le besoin ! On n'a pas une mentalité de rupins, nous, monsieur !

— Quelles familles ?

— Des gens qu'on ne connaissait pas !

— Comme de bien entendu...

Sur les deux points précis qui avaient valu au chauffeur de bus et à maman leur liberté provisoire, je pensais qu'elle allait être coincée.

— Comment vos enfants ont-ils pu reconnaître ce monsieur glabre et au crâne rasé alors qu'il était barbu et chevelu au moment des faits supposés ?

La bonne femme n'hésita pas une seconde :

— C'était lui le cagoulé ! On n'a jamais vu sa tête !

Sur les bancs des avocats, on s'esclaffa de tant d'impudence.

— A défaut de morale, vous avez de l'imagination, chère madame.

Elle n'en manqua pas non plus, à propos de la tache de naissance de maman et de son sein prétendument opéré d'une tumeur.

— Comment j'aurais pu savoir ? Celle-là, elle se mettait jamais toute nue. Elle venait en jupe ou en robe, sans culotte dessous. Elle se retroussait, et hop !

— « Et hop », chère madame ?

— Elle grimpait en selle. Elle l'a dit elle-même à

monsieur le président, sa façon de prendre son pied c'est de se mettre dessus.

— Dessus qui, chère madame ?

— Mon mari, mon grand fils, le cagoulé, tous les hommes disponibles.

Les gens, dans la salle et sous le barnum, retenaient leur souffle en regardant maman. Les paroles de la mégère l'avaient dénudée. Je suis sûre que chaque homme pensait à ce qu'elle portait, sous sa robe en jersey. Pensait au mariage du vice et de la vertu : les vices les plus salaces sous des airs de grande vertu. La mégère enfonça le clou :

— Celle-là, la bourgeoise, c'était la plus grande salope de la bande !

Plus le mensonge est gros, plus il a des chances d'être cru. Les autres accusés furent traités de la même manière. La mégère repoussa ses assaillants. Défaits au pied de la muraille, les avocats échangeaient des conciliabules, feuilletaient leurs dossiers, se roulaient en boule comme de gros matous. Ils devaient se dire, comme moi, que la forteresse était imprenable. La contourner, creuser une sape, passer par les souterrains et déposer une bombe ? Oui, mais quelle charge faire exploser ? Les avocats, en un seul assaut groupé, avaient épuisé leurs munitions. Maman était au bord des larmes, papa avait enfoui son visage dans ses mains, et moi j'étais désespérée. L'avocat général ne cachait pas sa satisfaction.

Le président se gratta la tête. S'interrogeait-il sur l'opportunité d'entendre les victimes, en l'occurrence les enfants Ruttard ? Sans doute que non ; aurait-il renoncé à les interroger que les avocats les auraient réclamés à la barre. La perplexité du président devait provenir de la véhémence des assertions de la mère Ruttard et de l'étendue de son imagination. Il devait se dire que tout cela était gros, vraiment très gros, et cousu de fil blanc – de bande vidéo pornographique, plutôt. Il décréta une suspension d'audience d'une demi-heure, le temps de « préparer » les gosses à témoigner. En l'absence de la moindre preuve de la culpabilité des inculpés, tout le dossier reposait sur les accusations du père et de la mère Ruttard. Leurs enfants allaient-ils confirmer de nouveau, et cette fois devant la cour, ces accusations ?

Depuis quelques minutes, un type qui prenait des notes à côté de moi sous le barnum me regardait fixement. Un journaliste, pensai-je. Il profita de l'interruption des débats pour s'approcher.

— Excusez-moi... Par hasard, euh... ne seriez-vous pas la fille de monsieur et madame Mérour ?

Sa question me glaça.

— Pas du tout.

— Ah ? Alors, si je peux me permettre, à quel titre suivez-vous le procès ? Simple curiosité ?

— Je suis en première année de droit.

— Ici, à Rennes ?

— Le procès reprend, éludai-je.

Les gosses Ruttard venaient de faire leur entrée par la porte de la salle des témoins, en haut du prétoire. Un soupir de miséricorde s'éleva du public. La Ruttard gonfla ses plumes de mère maquerelle, se dressa sur ses poteaux de mine et, dans une envolée de tragédienne de caniveau, cria d'une voix implorante :

— Mes petits ! Mes chers petits ! Rendez-moi mes petits !

— Après ce que vous leur avez fait subir, cela m'étonnerait, grommela le président.

N'importe quel esprit sensé devait penser comme moi : cette bonne femme était folle à lier.

Les enfants furent appelés à la barre par rang d'âge, crescendo. Une assistante sociale mena une petite fille de cinq ans – deux ans au moment des faits – au centre de l'arène, qui devait lui paraître immense.

— Ma Lola ! hurla la mère Ruttard. Viens embrasser ta maman ! Laissez-la embrasser sa maman !

— Madame, si vous ne vous taisez pas, vous quitterez la salle, menaça le président.

Elle leva la tête avec un air de défi, se rassit et changea d'attitude. Le dos droit, les lèvres pincées et le regard impérieux, elle toisa sa progéniture.

Menton sur la poitrine, la petite Lola ne répondit pas, même par signes, aux questions du président. De quoi se serait-elle souvenue ? Elle n'avait que deux ans...

Son frère, Brandon, sept ans, en avait quatre au moment des faits. Il était moins tétanisé. Il regardait sa mère et tout le monde se rendit parfaitement compte qu'elle lui dictait ses réponses. Ce monsieur, cette dame, t'ont fait ceci ou cela ? La Ruttard opinait, le gamin opinait à son tour.

Vanessa avait huit ans à l'époque des faits. Elle pouvait se souvenir parfaitement de ce qu'on lui avait fait subir. Elle se rappelait sûrement les horreurs que ses parents lui avaient infligées, mais quid de la participation des inculpés ? Elle aussi obéit à sa mère. Elle opina quand il fallait opiner, tourna la tête en signe de dénégation quand sa mère le lui indiquait.

Les avocats se gardèrent d'intervenir. Le supplice de ces gosses vous arrachait le cœur. Comment les pousser plus profond dans leurs souvenirs ? Comment les amener à en faire le récit ? Comment leur poser des questions d'une effroyable crudité ?

Après coup, il est facile de dire : « Je m'en doutais, on s'en doutait, tout le monde se doutait bien qu'il allait se passer quelque chose d'extraordinaire... » Intuition, ondes, intersignes, force surnaturelle de l'espérance ? Qu'importe : je ne fus pas la seule sous le barnum à me statufier quand le quatrième gosse roula des mécaniques vers la barre en saluant son public. Mon voisin, le journaliste curieux, resta le stylo en l'air. Dans la salle, j'aurais juré que les avocats frissonnaient d'aise en se disant : ah ! en voilà un qu'on va pouvoir travailler au corps et au cœur...

C'était un Freddy juste avant l'ultime poussée de sève voyoucrasseuse et l'éclosion des bourgeons de la délinquance. Sur sa poitrine maigrichonne (il ressemblait à son père) flottait un tee-shirt noir XXL qui lui descendait jusqu'à mi-cuisses. Il avait le crâne rasé, et portait un anneau à l'oreille droite et un piercing à la narine gauche.

Il s'appelait Steeve, il avait douze ans au moment des faits, l'âge où les souvenirs s'impriment à jamais dans la mémoire. Il en avait quinze à présent, l'âge où l'on possède le vocabulaire adéquat pour confirmer sans ambages les dires de ses parents. S'il le faisait, c'en serait fini des débats. Les avocats auraient beau agiter leurs manches comme des sémaphoristes parkinsoniens, les jurés ne les recevraient même pas un demi sur cinq. Papa et ses coïnculpés ne seraient pas près de recouvrer leur liberté. Maman non plus : elle retournerait en prison.

Le beau Steeve le devinait intuitivement, comme un chien sent qu'on a peur de lui. Il appréciait que la cour et le public soient suspendus à ses lèvres. La bouche de travers, il ricanait intérieurement. Il tenait son heure de gloire...

A la seconde où je me disais cela, je trouvai ce qui me turlupinait depuis le début dans l'attitude de la mère Ruttard, et que l'écran géant du barnum suggérait à l'évidence, pourtant : elle se croyait dans une émission de téléréalité dont le sujet aurait été : « J'ai couché avec mes gosses. »

Et voilà que le fils entrait sur le plateau pour lui donner la réplique sur le thème symétrique : « J'ai baisé ma mère. » S'il n'avait pas eu un pois chiche en guise de cervelle, il aurait pu pousser la provocation jusqu'à arborer un tee-shirt à la gloire de NTM, pour Nique Ta Mère... Dans une vraie émission de télé trash, je suppose que les producteurs le lui auraient suggéré.

Le président rentra sa tête dans son cou. La mère Ruttard s'épongea le visage et croisa les mains sous sa poitrine tombante. La scène allait se jouer entre la mère et le fils aîné. Le président/réalisateur n'aurait pas besoin d'exiger une deuxième prise, tout allait être dit dès la première.

26

Une fois lancé, le beau Steeve se révéla intarissable. Il choisissait ses mots pour choquer, et se gobergeait de choquer, avec une espèce de jusqu'au-boutisme qui sembla inquiéter sa mère. Ses traits s'étaient figés. Quant au père Ruttard, il fut tiré de sa léthargie par cette question du président :

— Jeune homme, pouvez-vous nous dire qui, de votre père ou de votre mère, a eu à votre égard les premiers gestes déplacés ?

Le père ouvrit un œil, se dressa sur ses fesses et intima à son fils :

— Steeve, fais gaffe !

Steeve entendait faire durer le plaisir. Il toisait ses parents d'un air goguenard.

— Alors, jeune homme ? Votre père ou votre mère ?

— Steeve, fais pas le con, je te dis ! cria le père.

Steeve eut une moue caoutchouteuse de guignol de Canal, et dit, l'air réjoui :

— Lui, le vieux !

— Salopard !

— Ta gueule, toi ! Je me rappelle même plus quel âge j'avais quand il m'a obligé à lui brouter la tige... Après, il s'est mis à m'enculer... Il m'a complètement défoncé, le con... Je marchais les guibolles écartées... D'ailleurs, à l'école, les copains m'appelaient le cow-boy... Un jour que j'en avais marre, je lui ai mordu la queue... Il m'a cassé le nez... C'est après qu'il s'est mis à se taper mes petites sœurs et mon petit frère.

Dans la salle et sous le barnum des anges passaient, anges déchus, anges noirs traînant à leur suite des oriflammes brodées d'images lucifériennes.

— Et votre mère ?

— La grosse ? Elle me consolait.

— Comment vous consolait-elle ?

— Elle venait dans mon pieu, me suçait, me tripotait la queue, et pis elle retroussait sa chemise de nuit, s'asseyait sur moi et mettait mon truc dans son truc... A cheval sur mon bidet, qu'elle appelait ça.

— C'est parce que ta maman t'aimait ! protesta la mère Ruttard dans un long gémissement.

— Toi, tu me débectes ! lui répondit Steeve.

— Si je comprends bien, poursuivit le président, cette dame, là-bas (il désignait maman), adoptait avec vous la même euh... façon de procéder que votre mère ?

— Quelle dame ? demanda Steeve avec un sourire gouailleur.

— La troisième à partir de la gauche.

Le tee-shirt de Steeve lui glissait sur l'épaule droite. Il le remit en place, comme un joueur de tennis au service, avant de frapper un ace.

— Je la connais pas, ricana-t-il.

C'est tout juste si on perçut un murmure dans le public. Cette dénégation était si lourde de sens que tout le monde en resta muet. Mon sang grésilla dans mes veines et j'eus comme un flash, un début d'évanouissement, avec plein de lumières rouges dans les yeux.

— Stiiiiiiiive ! Tu avais promis à ta maman… !

— Je t'emmerde !

Le président peina à poser sa voix.

— Vous ne connaissez pas cette dame ?

— Non, je la connais pas !

— Stiiiiiiive !

— Et ce monsieur ? reprit le président en désignant le chauffeur de bus.

— Pareil !

— Jeune homme, si vous le voulez bien, recommençons dans l'ordre à partir de la gauche. Cette dame ?

— Je l'ai jamais vue.

— Ce monsieur ?

— Pas la peine de continuer, tous ces gens, c'est la première fois que je les vois.

— Stiiiiiiive ! hurla la mère Ruttard, tu m'avais juré !

— Toi aussi tu m'avais juré que j'irais pas dans un putain de foyer d'accueil ! Que j'irais chez tonton Pierre et tata Nana ! Un rêve ! Ils m'ont foutu en taule comme vous, sauf que dans la mienne y a pas de barreaux !

— Steeve, soyons clairs, dit le président d'une voix de chattemite, c'est important. Jeune homme, devons-nous comprendre que…

— Faut que je vous fasse un dessin ? C'est la grosse vache qui a tout inventé. Elle voulait mouiller un max de gens.

— Mais pourquoi ? souffla le président.

Pourquoi ? C'était la question que tout le monde se posait.

— Pour la médiatisation, chuchota mon voisin journaliste.

Il avait sans doute raison. Sans cela, pour les Ruttard, leur procès n'aurait été qu'un parmi tant d'autres. Pas de télé-justice-réalité, point de starisation.

— Jeune homme, continua le président, dites-le-nous, je vous prie... A votre avis, pourquoi vos parents ont-ils voulu, euh... *mouiller* un tas de gens ?

— Ils disaient que comme ça ils en prendraient pour moins longtemps.

— Ah ! Une mutualisation de la peine, en quelque sorte... Je comprends, je comprends...

— Alors, t'es contente ? lança Steeve à sa mère.

— Petit fumier ! Ordure ! Pédé ! explosa-t-elle.

Un instant, on crut qu'elle allait défaillir sur-le-champ, d'une crise d'apoplexie. Mais elle se dégonfla. S'effondra. Se mit à pleurnicher.

— Vous avez menti, madame Ruttard ?

— Qu'est-ce qu'on va devenir, maintenant ? Et mes petits ? Mes petits ! Rendez-moi mes petits ! Laissez-les venir embrasser leur maman !

— Vous avez menti, madame Ruttard ?

— Ben oui, merde à la fin ! Qu'est-ce que vous voulez de plus ? Moi j'en ai marre ! Je veux plus vous voir ! Je me casse, je viendrai plus...

Elle se leva et se dirigea vers la porte du box. Deux femmes flics s'interposèrent.

— Laissez, qu'elle aille se reposer, dit le président.

Le père Ruttard resta seul face à la cour, à son fils, aux avocats, au public, à la presse, à la société tout entière.

— Monsieur Ruttard, dit le président d'un ton tranchant, reconnaissez-vous avoir commis de faux témoignages ?

— Je lui avais dit que ce serait le merdier...

— Monsieur Ruttard, je répète ma question : reconnaissez-vous avoir commis de faux témoignages ?

— C'était une idée à elle, de mouiller des gens qui nous avaient fait chier, grommela-t-il.

— Pardon ?

Le père Ruttard se mit debout et boutonna son veston, comme s'il voulait quitter la salle d'audience, lui aussi. Il fit un geste de ras-le-bol.

— Qu'on nous condamne et qu'on n'en parle plus.

— Monsieur Ruttard ! Asseyez-vous et répondez !

Il se rassit.

— Ben ouais, y a pas autre chose à dire... Y a que nous autres en cause dans cette histoire...

Il y eut comme une clameur de champ de bataille. Avocats et journalistes bondirent sur leurs pieds, comme un seul homme, les premiers pour rédiger illico des demandes de mise en liberté, les seconds pour téléphoner. Sous le barnum, les portables apparurent comme par magie. Mon voisin composait fébrilement le numéro de sa rédaction. Je lui sautai au cou.

— Vous êtes bien la fille Mérour, hein ?

— Oui ! *oui ! oui !*

— Ah ! Ah ! Un instant... Allô ? Caroline ? Tu me gardes cinq colonnes à la une. Je t'expliquerai. OK, je te rappelle. Alors, Mélodie Mérour, que diriez-vous d'une interview ?

— Vous me prêtez votre portable ?

Je sautillais sur place comme une puce. J'appelai Jean-Luc et lui annonçai la grande nouvelle. Je lui dis que ce n'était plus la peine que je témoigne.

— Au contraire. Au lieu d'une plaidoirie, rédige un réquisitoire...

— Un réquisitoire ? Contre qui ? Hein ? Contre le juge d'instruction ?

Le silence se fit sous le barnum.

— Faut que je te laisse, il se passe quelque chose... Je te rappelle.

Le président avait rétabli le calme. Maître Levenez, l'avocat de maman, se dressait de toute sa stature d'athlète, œil noir, barbe noire, peau mate, voix de stentor. Il réclamait que le juge d'instruction soit cité à comparaître.

— J'y songeais, figurez-vous, maître ! le tança le président.

— Cette affaire est la plus grande catastrophe judiciaire depuis l'affaire Dreyfus !

— Comme vous y allez, maître !

— Osons, monsieur le président, faire maintenant le procès d'une instruction !

— Je vous promets que nous entendrons monsieur le juge d'instruction. L'audience est suspendue jusqu'à demain matin, neuf heures.

Le public du barnum se dispersait. Je ne savais plus où j'étais. Tout se brouillait dans ma tête.

— Houhou ! me fit le journaliste en passant sa main devant mes yeux. Hé ! Petite fille ! Revenez sur terre !

Il me tendait sa carte. Ronan Chailloux, correspondant régional du *Monde*.

— Vous connaissez le pub irlandais de la place des Lices ?

— Le *Connemara Queen* ? Oui.

— Je vous offre un verre ?

— Ben non. Je vais attendre mes parents.

— Votre mère. Pas votre père.

— Comment ça ?

— Holà ! Mais c'est qu'elle mordrait ! Votre père va être libéré, c'est sûr, mais pas dans la minute... Votre père et les autres vont être ramenés en prison pour les formalités de levée d'écrou... Il ne sortira pas avant ce soir, au mieux. Voyez, vous avez le temps de m'accorder une interview.

— Pas tout de suite.

— C'était quoi, cette histoire de réquisitoire, au téléphone ?

— Je ne sais pas... Qu'est-ce qui va se passer, maintenant ?

— Le juge d'instruction va être entendu, mais à mon avis ça ne changera pas grand-chose. L'avocat général va requérir. Quinze à vingt ans de prison pour les Ruttard, l'acquittement pour les coïnculpés. Puis les avocats plaideront et les jurés rendront leur verdict. Alors, et mon interview ?

— Après.

— Promis ?

— Promis-juré !

— Pourquoi ? Parce que je suis sympa ?

— Oui, parce que vous êtes sympa. La preuve, vous allez encore me prêter votre portable.

— A condition que vous n'appeliez pas en Papouasie.

— Comme tout à l'heure, dans le Finistère.

— Il n'est de Bretagne que le Finistère ! J'y suis né.

Papy était déjà au courant. Maman l'avait appelé de l'intérieur du palais de justice. Il exultait, riait, pleurait...

— Si seulement ta grand-mère avait pu vivre jusqu'à aujourd'hui...

Il ravala ses larmes.

— J'ai déjà tout arrangé avec Mélusine. A votre retour,

on se tape un homard... Une ventrée de homard, à s'en faire péter les charnières !

— Je t'embrasse, papy.

— Moi aussi, ma poule.

— Embrasse petit Louis pour moi.

— De tout mon cœur, mon lapin.

Je raccrochai avant qu'il ne décline tous les animaux de la ferme. J'étais toute retournée, les jambes en pâte de guimauve et la cervelle aussi embrouillée qu'une barbe à papa. Je m'assis sur les marches du palais et attendis maman.

Elle rayonnait moins qu'on aurait pu le supposer. Au fond, c'était normal. Moi aussi je me sentais complètement vannée. Comme dit papy, quand les nerfs tombent il n'y a plus personne... La justice nous avait passées au laminoir. On était à plat.

— Allons au pub, j'ai besoin d'un sérieux remontant.

Maman prit un double Jameson sur glace et moi un demi de bière. On choqua nos verres.

— A la victoire finale !

— A ta santé, ma fille ! Toi au moins tu ne t'en sors pas trop mal, apparemment... Quant à la victoire finale, je ne sais pas trop...

— C'est fini et bien fini, non ?

— Oui. Encore que... L'avocat général est un teigneux... Et puis il y a ton père... Tu l'as observé ?

Oui, je l'avais observé sur l'écran géant. A la dérobée, si je puis dire, de ma subjectivité. On déteste éprouver de la pitié pour quelqu'un qu'on aime et qu'on admire.

— Je me demande bien dans quel état ils vont nous le rendre, murmura maman.

Je dis que j'étais sûre qu'il allait récupérer en vitesse, mais sans le penser vraiment.

Oublieux de ce qu'ils avaient pu dire ou imprimer, soudain amnésiques concernant leur contribution à l'élaboration de la fable du réseau pédophile, les médias titrèrent sur l'innocence des inculpés du « réseau », comme pour l'évacuer, et s'attaquèrent à un autre sujet susceptible d'être longuement développé par la suite : le procès de la justice. Comment un juge d'instruction, et dans son sillage un parquet qui avait entériné ses refus de mises en liberté provisoire, avait-il pu fonder son intime conviction sur les seuls témoignages de criminels avérés et les expertises de Diafoirus de la psychologie ? A quelles indemnités les victimes de l'erreur judiciaire allaient-elles pouvoir prétendre ? A quand une réforme du rôle du juge d'instruction ?

Bousculée par ces attaques, l'institution judiciaire se roula en boule comme un hérisson. Le président de la cour d'assises changea d'attitude. Afin de n'avoir pas l'air de reconnaître en bloc le déni de justice, il libéra les futurs acquittés au goutte à goutte, sans motiver ce saucissonnage de la liberté et son étalement sur plusieurs jours.

Le juge d'instruction fut cité à comparaître. Il était tel que me l'avait décrit maman : un jeune homme boudeur frais émoulu des grandes écoles. Son audition ne fut pas le morceau de bravoure dont les médias s'étaient délectés à l'avance. Le président ne le poussa pas dans ses derniers retranchements. Au contraire, entre les deux hommes nous assistâmes à une conversation professionnelle, absconse pour la majorité des auditeurs. Il ressortit de ce cours de droit pénal que le juge Sibérius avait respecté les textes à la lettre. Il était irréprochable.

En conclusion à cet aimable échange autour du code de procédure pénale, le président demanda néanmoins si, à un moment quelconque, il n'avait pas été tenté d'atténuer la rigueur de la loi pour prendre en considération « euh... l'aspect humain... ».

— Monsieur le président, je considère que les lois ont été rédigées par l'homme, pour l'homme, et que par conséquent elles contiennent en elles-mêmes suffisamment d'humanité sans que le juge d'instruction soit obligé d'y ajouter ses propres états d'âme.

— Personne ne peut vous en blâmer, répondit le président.

Je crus entendre grincer des poulies. Par cette réponse, le président venait de relever le pont-levis du château fort de la justice. Le juge Sibérius s'échapperait par les souterrains, le bastion demeurerait inexpugnable.

Ils nous rendirent papa ce soir-là. Maman et moi l'attendions devant la porte de la prison. Il portait les vêtements qu'il avait sur lui trois ans plus tôt, au moment de son arrestation. Etait-ce une idée à lui ou une idée de maman ? S'habiller pareil, pour effacer les trois années écoulées ? L'idée n'était pas idiote, seulement voilà, papa avait pris du ventre, et il était tout étriqué dans sa belle chemise bleu délavé et son jean bleu marine. Et puis il y avait son visage. A force de se plier à la discipline de la prison, ses yeux n'exprimaient que l'acceptation. Acceptation de notre destin, acceptation de sa libération, tout cela sur le même plan, comme si sa volonté était passée sous un rouleau compresseur. Enfin, il sentait la prison.

Nous ne sommes pas une famille très démonstrative. Les effusions furent brèves. Papa demanda où était petit Louis. Maman lui répondit qu'il viendrait avec papy, le dernier jour du procès. Il se contenta de dire : « Ah ! bien ! », puis il regarda maman d'un air affligé et lui dit :

— Tu es belle, toi ! Et comme tu es fraîche ! Tu sais ce dont je rêve ? D'un bon bain...

— J'ai pris une chambre au Mercure. La baignoire est ronde et grande comme une piscine. On y restera toute la nuit, si tu veux.

— Je suis fatigué, tu sais...

— N'aie crainte, tu te reposeras.

Je compris, mais peut-être à tort, qui ni l'un ni n'autre n'avait envie de faire l'amour. Pourtant, après trois ans de séparation...

Je regagnai la chambre d'étudiant et me dis que j'aimerais bien la garder, cette chambre, puisque à la rentrée je serais en fac, normalement à Brest, mais pourquoi pas à Rennes ? Sur mon lit, le dos calé par les oreillers, je me mis à écrire le texte que je lirais à la fin du procès.

L'audience reprit le surlendemain, moitié comme une formalité qu'on règle, moitié comme un conflit familial dont on regrette qu'il ait été bêtement déclenché, et qu'on apure dans la gêne et la cautèle, en ne désirant rien tant que d'oublier.

Contre les Ruttard, l'avocat général requit la peine maximale. Concernant les membres du prétendu « réseau », c'est la tête basse et d'une phrase emberlificotée qu'il pria les jurés d'avoir l'extrême obligeance de bien vouloir les acquitter.

De bien vouloir les acquitter tous, sauf un : papa !

27

Quel mal papa avait-il bien pu lui faire, à l'avocat général ? Aucun. Ils ne s'étaient jamais vus avant le procès. Simplement, imbu de sa fonction, l'accusateur public voulait s'élever en fier défenseur du château fort de la justice. De son mâchicoulis aux pierres déchaussées, il tira un ultime boulet creux.

Pourquoi avoir choisi papa pour cible ? Parce qu'il aurait été mal venu de s'attaquer aux autres, des gens modestes, bien que leur passé, sassé comme le nôtre, recelât tout aussi bien de ces anicroches à la morale mormone de monsieur l'avocat général – juvéniles parties de touche-pipi, une maîtresse, un amant, une collection de livres érotiques...

L'avocat général avait choisi de châtier un pair, une profession libérale de santé, un alter ego des cadres de la justice dans les classes moyennes supérieures. Il avait décidé de faire un exemple et d'arracher quelques morceaux de chair à sa proie, c'est-à-dire au groupe des accusés du « réseau » pris dans leur ensemble comme un cartel de trouble-fêtes, coupables d'innocence, pour tout dire. Que l'un d'entre eux soit déclaré coupable de quelque chose, pour le moins !

A l'ahurissement général, l'avocat général revint à la case départ, à savoir aux photos que papa faisait de nous, aux nus qu'il faisait de maman et de lui, et puis à la vieille cassette porno dont nous connaissions sûrement la cachette, à l'en croire. Entortillant tout cela dans des phrases sentencieuses, où il était question d'incitation de mineurs à la débauche par ascendant, il réclama douze mois de prison ferme. Le public le hua. Drapé dans sa robe rouge, il se rassit, le dos droit et le menton altier, blindé de certitudes pour affronter les plaidoiries.

L'avocat des Ruttard plaida avec lassitude et de façon convenue. Que pouvait-il faire d'autre ? Enfance misérable, turpitude de leurs propres parents, le père et la mère Ruttard ne méritaient-ils pas les circonstances atténuantes ?

Les avocats du « réseau » s'excusèrent auprès de la cour et de dame Rhétorique : leur plaidoirie serait d'une brièveté inusitée. Le supplice de leurs clients avait déjà assez duré, ils n'entendaient pas le prolonger d'une seconde. Avec une jubilation teintée d'ironie, ils prièrent donc les jurés de bien vouloir suivre la lumineuse réquisition de monsieur l'avocat général.

Maître Levenez se leva pour défendre papa et clore les plaidoiries. Il se caressa la barbe, sourire aux lèvres. Avec sa barbe et ses cheveux noirs, et son visage tanné de régatier, il me faisait penser à Othello, mais à un Maure qui ne serait pas dupe de l'embrouille concoctée par Iago et saurait bien que sa Desdémone ne l'a pas trompé. De sa voix de stentor, maître Levenez chauffa le public :

— Douze mois de prison requis contre monsieur Mérour, ai-je bien entendu ? Répondez-moi, mesdames et messieurs : ai-je bien entendu ?

— Oui ! clama le public.

La fin du procès allait-elle tourner à la farce ? Maître Levenez, d'un geste de tribun, apaisa la foule en liesse.

— Alors, dans ce cas, nous nous sommes trompés de lieu. Nous ne sommes pas en cour d'assises mais en audience correctionnelle ! Un jury de cour d'assises ne juge pas les délits ! Mais peu importe, je ne m'étendrai pas là-dessus. Je me contenterai d'observer que la peine requise par monsieur l'avocat général à l'encontre de mon client est une nouvelle *contradiction*, et prenez ce mot comme un euphémisme, je vous prie, d'une instruction et d'un procès iniques.

— Maître ! protesta le président.

— Rassurez-vous, monsieur le président, je ne plaiderai ni sur le fond, ni sur la forme. Je m'en vais raconter une simple anecdote. Cette anecdote, qui me fut rapportée par un plombier, quelle est-elle ? Notre plombier est mandé au domicile de personnes ayant pignon sur rue, pour réparer, pardonnez la banalité, un robinet qui fuit. Audit domicile, monsieur est absent. Madame époussette au salon en surveillant du coin de l'œil un bambin de trois ans qui joue sur le tapis. Ses frère et sœur, dix et six ans à l'époque de notre histoire, sont à l'école. Le plombier répare la fuite et présente sa facture. Au salon, le bambin pleure. La dame demande au plombier : « Connaissez-vous quelque chose aux magnétoscopes ? Je n'arrive pas à régler le nôtre. Or mon Adrien me réclame son dessin animé. – Ma foi, je peux jeter un coup d'œil », répond le plombier. Sur l'écran du téléviseur, rien que des zébrures. Le plombier suspecte la cassette. Il l'éjecte. Sur la table basse du salon gisent en vrac plusieurs autres cassettes. Il en prend une, l'introduit, met en route, et que voyons-nous sur l'écran ? Vous l'avez deviné, un film pornographique. Notre plombier, courtois, éteint le magnétoscope. La dame rougit à peine et dit en riant : « Ah, encore une de ces cassettes que mon mari laisse traîner partout ! »

Maître Levenez plissa les yeux et commença de promener lentement son regard de gauche à droite de la cour : le greffier, quatre jurés dont deux hommes, le premier assesseur, le président, le deuxième assesseur, cinq jurés dont trois femmes, l'avocat général, l'huissier. Puis il leva la main droite, comme s'il prêtait serment, et laissa tomber :

— Au dire de notre ami le plombier, cette jolie dame est l'épouse de *l'un d'entre vous, messieurs* !

Dans le public, ce fut un vrai délire. Des hommes se tapaient sur les cuisses, des femmes s'étranglaient de rire.

— C'est intolérable ! protesta l'avocat général. Je...

Il s'interrompit tout net, songeant d'un coup que ses protestations le désigneraient comme l'époux de la dame. Le président se composa un visage de marbre. Chacun craignait que le moindre rictus, que la moindre crispation des lèvres, que le moindre toussotement n'attire sur lui le jugement du public.

Maître Levenez rétablit le calme d'un geste de tribun.

— Ma plaidoirie n'est pas achevée. Cependant, ce n'est pas moi qui prononcerai les derniers mots. Au cours de ce procès, nous avons beaucoup parlé de victimes. Des enfants Ruttard, tout d'abord, *victimes* de parents indignes. Et puis des quinze personnes – elles seraient seize, si le désespoir n'avait pas mené un honnête boulanger au suicide –, quinze personnes que vous allez acquitter, mesdames et messieurs les jurés, *victimes* d'une instruction bâclée. Mais cette affaire a fait bien d'autres victimes, dont personne ici n'a parlé, même pas vous, ou si peu, mesdames et messieurs les journalistes. Je veux parler des enfants de tous ces malheureux accusés à tort, de tous ces enfants *victimes* de ce qui s'avère, hélas, une désastreuse erreur judiciaire. Enfants arrachés à leurs parents, enfants jetés avec de jeunes délinquants dans des foyers sinistres, enfants confiés à des familles d'accueil, enfants salis, enfants pour toujours meurtris, enfants à jamais *victimes* d'une justice aveugle ! Ces victimes-là, ce serait une injustice supplémentaire que de ne pas les entendre. Voilà pourquoi je veux laisser le dernier mot à l'une d'entre elles, Mélodie, la fille de monsieur et madame Mérour.

— Je m'y oppose ! clama l'avocat général.

— Maître Levenez et moi-même en sommes convenus, objecta le président.

— Ah ! Dans ce cas...

Maître Levenez me chercha des yeux dans le public. J'aurais voulu disparaître sous le plancher.

— Mélodie, je vous en prie, c'est à vous. N'ayez pas peur, nous sommes tous avec vous.

Centaines de cous dévissés, de dos dressés, de regards curieux, de regards avides, de regards critiques : autant d'aiguilles qui m'injectaient dans les veines un poison paralysant. Mes oreilles bourdonnaient, mon cœur avait des ratés, mes jambes flageolaient, ma vue était floue comme si je nageais sous l'eau. Le tapis qui menait à la barre des témoins était uni, mais j'y voyais des motifs psychédéliques, fleurs ou algues, huileuses, mouvantes. Je me sentis rapetisser, et je me dis des choses absurdes et jolies comme ô petite oiselle sur la branche, ô petite fleur d'écume, ô petite robe de printemps, ô petite étincelle de justice, mais sciée est la branche de l'oiselle, mais noire est l'écume, mais déchirée est la robe, mais éteinte est l'étincelle...

Je trébuchai et me raccrochai des deux mains à la barre des témoins. L'escarpolette cessa de se balancer. Je dépliai mes feuillets d'une main moite. L'huissier vint ajuster le micro à ma hauteur. Maman me souriait. Papa m'enveloppait de son regard. D'une voix chevrotante, je dis :

— « Lettre à monsieur le juge d'instruction... »

La gorge nouée, je fus incapable d'aller plus loin.

— Mademoiselle Mérour, voulez-vous un verre d'eau ? me demanda le président.

J'opinai. L'huissier apporta le verre d'eau. Je bus une longue gorgée. Une espèce de vent frais chassa la buée de mes yeux. Je m'éclaircis la gorge, répétai : « Lettre à monsieur le juge d'instruction » et continuai sur ma lancée d'une voix de plus en plus assurée.

— « Je m'appelle Mélodie Mérour et je viens d'avoir dix-huit ans. Il y a un peu moins de trois ans, à six heures du matin, la police fit irruption chez nous et emmena mon père. Quelques jours plus tard, c'est ma mère que vous jetiez en prison. Elle en est sortie sept mois plus tard, en liberté provisoire. Mon père vient d'en sortir, avant-hier.

« Monsieur le juge d'instruction, vous avez déshonoré mes parents.

« Monsieur le juge d'instruction, vous avez ruiné mes parents.

« Monsieur le juge d'instruction, à cause de vous mon petit frère et moi avons connu les foyers et les familles d'accueil.

« Monsieur le juge d'instruction, à cause de vous nous avons connu ce qu'on appelle pudiquement les "banlieues", et leurs écoles, collèges et lycées où règnent le racket et la violence.

« Monsieur le juge d'instruction, à cause de vous mon frère est devenu un petit garçon muet, effrayé par son ombre, renfermé dans sa mélancolie.

« Monsieur le juge d'instruction, à cause de vous j'ai appris à boire, à fumer et à voler.

« Monsieur le juge d'instruction, à cause de vous, j'ai été... violée. »

— Pardon, mademoiselle Mérour ? m'interrompit le président. Vous avez bien dit « violée » ?

Je vis le mot se former à deux reprises sur les lèvres de maman : « Vi-o-lée ? » Papa cacha son visage dans ses mains. Je ne répondis pas au président. Je repris la lecture de mon texte.

— « Malgré tout, malgré vous, monsieur le juge d'instruction, nous sommes toujours en vie.

« Aussi, monsieur le juge d'instruction, libre à vous de vous rengorger. Au lieu de vous agenouiller pour implorer notre pardon, je vous entends vous défendre, la main sur le cœur. Quel mal ai-je fait, en définitive ? Voyez, la justice a fini par se jouer des apparences ! L'acquittement, que désirer de mieux ? Des compensations pécuniaires ? Bien sûr ! Les requêtes des acquittés seront considérées avec bienveillance et exaucées avec la plus grande largesse possible.

« Cependant que vous vous justifiez, je vous parle, monsieur le juge d'instruction ! M'entendez-vous ? Etes-vous sourd ? Mettez donc votre main en cornet sur votre oreille. Ecoutez-moi ! Cessez de répéter : Pardon, comment, que dites-vous, mademoiselle ? *Des vies brisées*, monsieur le juge d'instruction. Hein ? Quoi ? Des vies brisées ? Où cela ? Je ne vois aucune vie qui ne puisse repartir d'un bon pied, puisque aussi bien la cour d'assises va rendre leur honneur aux accusés.

« Il me faut donc élever encore la voix. *Les enfants*, monsieur le juge d'instruction. Hein ? Quoi ? Que dites-vous ? Les enfants ? Quels enfants ? *Les enfants des innocents*, monsieur le juge d'instruction.

« Ah, les enfants ! me répondrez-vous, mais nous avons fait le nécessaire pour ces chers petits, l'Etat a subvenu à leurs besoins et à leur éducation. Voyez votre propre cas, chère mademoiselle. Un brillant sujet, peut-être une future élève de Normale supérieure, d'ores et déjà une représentante de l'élite de la nation !

« Et allons donc ! Tant que vous y êtes, monsieur le juge d'instruction, allez jusqu'au bout de votre pensée ! Osez donc dire que l'épreuve m'a été salutaire et a contribué à l'éveil précoce de mes capacités intellectuelles. Merci bien !

« Monsieur le juge d'instruction, vous qui avez déclaré au procès, sans honte ni remords, que vous n'étiez pas concerné par les états d'âme de l'humanité, permettez-moi de conclure en vous **disant** ceci...

« Chacun conviendra que j'ai l'air épanoui, que je suis plutôt jolie, et semble-t-il intelligente et cultivée. Seulement voilà, cela sonne creux à l'intérieur de moi. Cela sonne creux à l'intérieur de mon petit frère. Cela sonne creux à l'intérieur de maman. Cela sonne creux à l'intérieur de papa.

« Monsieur le juge d'instruction, **comme** on gobe un œuf après l'avoir percé au moyen d'une aiguille, vous avez aspiré notre passé, notre présent et notre avenir. Vous avez gobé notre bonheur.

« Je suis une coquille vide, monsieur le juge d'instruction.

« Nous sommes tous des coquilles vides. »

Je fixais la fresque au plafond. La vue brouillée, je devinais des angelots aux fesses nues dans un ciel d'azur. Les larmes coulaient sur mes joues, sur mes lèvres, sur mon menton, dans mon cou, silencieuses, affreusement silencieuses.

Les avocats et une bonne partie du public étaient debout. Maître Levenez frappa dans ses mains. A ce signal, les applaudissements retentirent et se mirent à enfler comme un grondement, comme un fracas que rien ne pourrait arrêter. Ce n'étaient pas des applaudissements de charivari, c'étaient les roulements de tambour de la victoire de l'émotion sur le verbe du juge d'instruction.

— Mesdames et messieurs les jurés vont se retirer pour délibérer, coupa le président, l'air furibond.

Moins de trois heures plus tard, le jury était de retour. Les Ruttard furent condamnés à dix-huit ans de prison et tous les autres accusés, y compris papa, acquittés.

La grand-messe était dite, elle avait duré deux ans et onze mois.

Les portes du palais se refermèrent derrière nous. Du haut des marches, nous contemplâmes nos vies en ruine.

— Tu nous parleras de ce viol, Mélodie ? me demanda maman.

— Non. Je n'en parlerai plus jamais.

Papy accourait, essoufflé, en tenant petit Louis par la main.

— Je ne voulais pas arriver trop tôt, à cause du petit... Mais à force de traîner en route, je me suis mis en retard.

Papa se pencha pour embrasser petit Louis. Comme

s'il voulait esquiver un coup, il para le baiser de ses deux poings fermés et dit :

— Non, je veux pas, pas toi !

Une ville bombardée est plus facile à reconstruire que des vies détruites.

Epilogue

Creac'h Gwenn, face à la mer, lumière d'automne

Le correspondant du *Monde* fit un portrait de moi, toute une page, illustrée d'une photo où je suis à ma table, dans ma chambre, face à la baie d'Audierne.

Des magazines people sollicitèrent des interviews, que je refusai.

Plusieurs éditeurs téléphonèrent chez papy pour me demander si je ne voudrais pas écrire le récit de notre histoire. Comme il se trouve que je l'avais presque terminé, l'un d'entre eux me proposa de signer un contrat. Jean-Luc, mon cher philosophe, s'occupa des détails.

Le livre paraîtra au mois de novembre, après la rentrée littéraire.

Que me reste-t-il à écrire pour tenter de conclure une histoire qui ne finira jamais puisque nos blessures ne guériront jamais ?

C'est de lui-même que papa suggéra à maman qu'ils se séparent. Il dit qu'il était usé, fichu, vidé, qu'il n'avait plus de goût à rien et qu'il ne voulait pas lui imposer le fardeau du poids mort qu'il était devenu. Divorcer n'empêcherait pas qu'ils continuent de s'estimer et de rester bons amis.

S'il y a un mot que maman déteste, c'est bien le verbe « tromper ». Elle dit à papa qu'elle avait rencontré quelqu'un, un médecin en instance de divorce, et qu'elle comptait refaire sa vie avec lui. Apprenant que le médecin avait trois jeunes enfants, dont un fils de l'âge de petit Louis, papa l'encouragea à le faire. Retrouver une fratrie serait salutaire à l'état de santé de mon petit frère, estima-t-il. Je le pense aussi. En tout cas, je l'espère de tout mon cœur.

Comme on le voit, mes parents sont des gens vraiment bien.

L'issue du procès dit « des Pyramides » secoua le landerneau judiciaire et politique. Les acquittés furent reçus par le ministre de la Justice. Papa y alla, maman refusa.

— Ah non ! Ce serait trop facile ! s'exclama-t-elle.

Quand le ministère fixa une avance, beaucoup d'argent, à valoir sur les indemnités que l'Etat allait accorder aux accusés à tort, elle dit :

— Ça nous fera une belle jambe ! Qu'ils nous rendent notre bonheur, s'ils le peuvent !

Le divorce par consentement mutuel est en cours. Maman vit avec son médecin. Dimanche dernier, je suis allée avec papy et papa déjeuner chez eux, dans une grande villa en bordure de forêt. Maman ne pouvait pas non plus conjuguer le verbe « tromper » à la forme pronominale. Elle ne pouvait pas *se tromper*. Jacques, mon futur beau-père, est quelqu'un de formidablement gentil et équilibré. Papa lui a promis de venir en hiver l'aider à abattre des arbres.

En hiver il aura pas mal de congés. Il a trouvé un travail de masseur-kinésithérapeute salarié dans une thalasso de Saint-Malo. Je verrais très bien une belle curiste mélancolique tomber amoureuse de lui. Elle aurait le visage, la voix et la grâce fragile de Delphine Seyrig. Elle aussi aurait été blessée par la vie. Elle écrirait des poèmes. Ils iraient se recueillir sur la tombe de Chateaubriand. Ils s'enfermeraient pour lire, écouter du Mozart et du Bach, et vieillir doucement, dans une belle villa à colombages, du côté de Dinard. Ainsi s'achèverait le destin de papa.

Et le mien ? Ah, le mien me rattrapa dans une salle d'examen. Tout de suite après le procès, je passai le bac, qui commençait par l'épreuve de philo. Je n'en crus pas mes yeux lorsque je lus les trois sujets. Parmi ces trois sujets, il y en avait un qui paraissait avoir été choisi pour moi, rien que pour moi : « Avoir le droit pour soi, est-ce être juste ? »

Je le traitai à ma façon. Je me sabordai. Depuis l'école primaire, ma trousse de petite fille n'a jamais quitté mon cartable, ou ma besace, à présent. Cette trousse est pleine de crayons et de feutres de toutes les couleurs. Sur la première page de ma copie, je dessinai un grand point d'interrogation. Après, je l'entourai de plus petits, et je finis par remplir les quatre pages d'un tas de sortes de points d'interrogation. Une jolie copie, ma foi, qui vaudrait peut-être la moyenne en dessin, mais zéro en philo.

Les bras croisés, j'attendis que le temps s'écoule – que le fier navire de ma révolte puérile s'enfonce dans les eaux. Mais, en regardant mes petits camarades gratter, mon orgueil renfloua le navire. Mon orgueil, plus l'amour que je portais à papa et à maman, et l'amitié que j'éprouvais pour Jean-Luc. Impossible d'infliger une telle peine à mes parents. Impossible de trahir Jean-Luc.

Inimaginable de décevoir les philosophes du Café du Môle. De la salle d'examen, j'entendis monsieur Charlot dire, en se roulant une cigarette : « *Mésavis* que la petite a fait exprès d'être collée. »

Il me restait trois quarts d'heure. Je réclamai une autre copie et, directement au propre, traitai le sujet dans les règles de l'art, en terminant comme il se doit par une autre question : « Un juge est-il forcément juste lorsqu'il peut l'être impunément ? »

J'ai été reçue avec mention et admise en hypokhâgne à Rennes. Papa et maman ont explosé de joie. Moi, ça ne me fait toujours ni chaud ni froid. Irai-je m'inscrire en lettres supérieures ou en fac ? Ou nulle part ? Je voudrais m'installer à demeure chez papy, face à la baie d'Audierne, avec petit Louis. Nous retrouverions nos jeux d'enfants et l'innocence que nous avons perdue.

Mais je sais bien que c'est impossible. Alors je n'ai plus envie de rien. Il me semble que je suis arrivée au bout du chemin. Je crains d'avoir déjà ouvert tous les tiroirs de ma vie, sauf un, que j'imagine tapissé de soie noire comme l'intérieur d'un cercueil.

J'ai peur de découvrir au fond de ce tiroir en deuil l'arcane qui m'expliquera ce sentiment étrange qui m'étreint le soir, où se mêlent et s'emmêlent l'ineffable souhait de mourir et la convoitise exaltée des beaux jours à venir. J'ai peur que l'arcane m'ordonne de céder au doux désir de quitter la vie. J'ai peur de moi-même : l'idée de suicide m'obsède. J'ai terriblement peur, car je ne suis pas désespérée. Au contraire, dans ces moments de spleen, l'idée de mourir m'apparaît comme le comble de la félicité.

Alors, pour faire taire cette peur, j'ai décidé d'oblitérer, à l'intérieur de ce maudit tiroir, la figure de la mort par les feuillets d'un nouveau manuscrit. Créer, c'est faire mourir une partie de soi, pour renaître tout entier.

J'ai commencé un roman. C'est l'histoire d'un homme mystérieux, mi-homme, mi-revenant, qui hante les bistrots que fréquentent les étudiants. Il est si beau, si avenant, il a l'air si compréhensif, si fraternel aussi bien que paternel, qu'il envoûte ses victimes d'un regard, d'un sourire, d'une parole.

Il repère les filles tout de noir vêtues, poudrées de pâle, coiffées de longues nattes ou de chignons sérieux, lectrices des *Mémoires d'outre-tombe* et des *Paradis artificiels*. Il repère les garçons tout de velours vêtus, noirs étalons aux fiers catogans, qui portent leur suicide à la boutonnière. Il s'assied à la table de ces filles et de ces garçons, leur dit doucement qu'ils ont bien raison, que la vie ne vaut guère d'être vécue, et il les convainc d'accepter son aide. Il leur propose de les aider à mourir.

Il les emmène en Irlande, dans le comté de Clare, au milieu du désert de pierre du Burren, une région lunaire, une portion intacte de la préhistoire, criblée de grottes garnies de stalactites et de stalagmites. A la surface du reg, une végétation arctique et une profusion de mégalithes. Au-dessus, des aigles tournoient, montent et descendent, portés par les tempêtes d'altitude.

L'homme emmène les compagnons du suicide dans une grotte couverte, à fleur de rocher, d'un dôme en verre. Des lits sont alignés sous le dôme. Les désespérés s'y allongent sur le dos, face au ciel. Des infirmières muettes apportent des cathéters, mettent sous perfusion les candidats à l'éternité. Les flacons contiennent un doux et lent poison qui fera son œuvre pendant qu'ils regarderont le ciel.

O merveilleux nuages, messagers du néant...

En écrivant cela, je frissonne. Je tremble de tous mes membres car du ciel se met à souffler un vent de reproche et bientôt les nuages forment des mots, et ces mots forment une phrase que les bourrasques me sifflent aux oreilles comme une suite d'incantations : Songe que tu n'es pas seule au monde, ne sois pas égoïste, pense à tes parents, pense à papy, pense à Jean-Luc, pense aux philosophes du Café du Môle, pense à celui que tu oublies...

Petit Louis ! Comment pourrais-je l'abandonner ? La dernière fois que je l'ai vu, en compagnie de sa nouvelle fratrie, il allait beaucoup mieux. Il riait, mais il s'interrompait tout net, aussi et encore, au milieu d'un rire, le regard tourné vers l'intérieur et ce vertigineux couloir où d'innombrables portes demeurent ouvertes sur des souvenirs insupportables. Ces portes, avec le temps, il apprendra à les refermer une à une. Je l'y aiderai. Il guérira, j'en suis sûre. Je veux le voir guéri. Je dois rester en vie. Il me faut, vite, vite, vite, inventer une autre fin à ce roman-métaphore de mes odieuses pensées suicidaires.

Non, je ne suis pas prête à rejoindre le néant. Il me faut, vite, vite, vite, inventer une autre fin à mon roman.

La voici : les flacons ne contiennent aucun poison, les contemplateurs des cieux sont toujours en vie.

Au bout d'une semaine, l'homme revient et, aux garçons et aux filles éperdus de beauté céleste, dit : « Alors, vous avez réfléchi ? Comment pouvez-vous vouloir abandonner tant de munificence ? Il faut vivre pour regarder le ciel. Ceux qui auront appris à regarder le ciel seront sauvés. »

En écrivant cela, je pense aux ciels que je vois de ma fenêtre, ciels d'étain, ciels chagrins, ciels céruléens, ciels rutilants, ciels floconneux, ciels d'alléluias, ciels de batailles navales, ciels de naufrages, ciels au cœur lourd, ciels édredons, ciels coups de clairon, oui, je pense à tous ces ciels de la baie d'Audierne qui aspirent ma mélancolie et s'illuminent de tous les bonheurs de demain.

PRODUCTION JEANNINE BALLAND

Romans « Terres de France »

Jean Anglade
Un parrain de cendre
Le Jardin de Mercure
Y a pas d'bon Dieu
La Soupe à la fourchette
Un lit d'aubépine
La Maîtresse au piquet
Le Saintier
Le Grillon vert
La Fille aux orages
Un souper de neige
Les Puysatiers
Dans le secret des roseaux
La Rose et le Lilas
Avec le temps…
L'Ecureuil des vignes
Une étrange entreprise
Sylvie Anne
Mélie de Sept-Vents
Le Secret des chênes
La Couze
Ciel d'orage sur Donzenac
La Maîtresse du corroyeur
Un horloger bien tranquille
Jean-Jacques Antier
Autant en apporte la mer
Marie-Paul Armand
La Poussière des corons
Le Vent de la haine
Le Pain rouge
La Courée
   tome I *La Courée*
   tome II *Louise*
   tome III *Benoît*
La Maîtresse d'école
La Cense aux alouettes
Nouvelles du Nord
L'Enfance perdue
Un bouquet de dentelle
Au bonheur du matin
Le Cri du héron
Victor Bastien
Retour au Letsing

Henriette Bernier
L'Enfant de l'autre
L'Or blanc des pâturages
Françoise Bourdon
La Forge au Loup
La Cour aux paons
Le Bois de lune
Le Maître ardoisier
Les Tisserands de la Licorne
Patrick Breuzé
Le Silence des glaces
La Grande Avalanche
Nathalie de Broc
Le Patriarche du Bélon
La Dame des Forges
Annie Bruel
La Colline des contrebandiers
Le Mas des oliviers
Les Géants de pierre
Marie-Marseille
Jean du Casteloun
Les Amants de Malpasset
Michel Caffier
Le Hameau des mirabelliers
La Péniche Saint-Nicolas
Les Enfants du Flot
La Berline du roi Stanislas
La Plume d'or du drapier
Jean-Pierre Chabrol
La Banquise
Alice Collignon
Un parfum de cuir
Didier Cornaille
Les Labours d'hiver
Les Terres abandonnées
La Croix de Fourche
Etrangers à la terre
L'Héritage de Ludovic Grollier
L'Alambic
Georges Coulonges
Les Terres gelées
La Fête des écoles
La Madelon de l'an 40

L'Enfant sous les étoiles
Les Flammes de la Liberté
Ma communale avait raison
Les blés deviennent paille
L'Eté du grand bonheur
Des amants de porcelaine
Le Pays des tomates plates
La Terre et le Moulin
Les Sabots de Paris
Les Sabots d'Angèle
La Liberté sur la montagne
Les Boulets rouges de la Commune
Yves Courrière
Les Aubarède
Anne Courtillé
Les Dames de Clermont
Florine
Dieu le veult
Les Messieurs de Clermont
L'Arbre des dames
Le Secret du chat-huant
Paul Couturiau
En passant par la Lorraine
Annie Degroote
La Kermesse du diable
Le Cœur en Flandre
L'Oubliée de Salperwick
Les Filles du Houtland
Le Moulin de la Dérobade
Les Silences du maître drapier
Le Colporteur d'étoiles
La Splendeur des Vaneyck
Les Amants de la petite reine
Alain Dubos
Les Seigneurs de la haute lande
La Palombe noire
La Sève et la Cendre
Le Secret du docteur Lescat
Marie-Bernadette Dupuy
L'Orpheline du bois des Loups
Les Enfants du Pas du Loup
Elise Fischer
Trois Reines pour une couronne
Les Alliances de cristal
Mystérieuse Manon
Le Soleil des mineurs
Laurence Fritsch
La Faïencière de Saint-Jean
Alain Gandy
Adieu capitaine

Un sombre été à Chaluzac
L'Enigme de Ravejouls
Les Frères Delgayroux
Les Corneilles de Toulonjac
L'Affaire Combes
Les Polonaises de Cransac
Le Nœud d'anguilles
L'Agence Combes et Cie
Suicide sans préméditation
Gérard Georges
La Promesse d'un jour d'été
Les Bœufs de la Saint-Jean
L'Ecole en héritage
Michel Hérubel
La Maison Gelder
La Falaise bleue
Tempête sur Ouessant
Le Démon des brumes
Denis Humbert
La Malvialle
Un si joli village
La Rouvraie
La Dent du loup
L'Arbre à poules
Les Demi-Frères
La Dernière Vague
Yves Jacob
Marie sans terre
Les Anges maudits de Tourlaville
Les blés seront coupés
Hervé Jaouen
Que ma terre demeure
Au-dessous du calvaire
Guillemette de La Borie
Les Dames de Tarnhac
Jean-Pierre Leclerc
Les Années de pierre
La Rouge Batelière
L'Eau et les jours
Les Sentinelles du printemps
Un amour naguère
Hélène Legrais
Le Destin des jumeaux Fabrègues
La Transbordeuse d'oranges
Louis-Jacques Liandier
Les Gens de Bois-sur-Lyre
Les Racines de l'espérance
Jean-Paul Malaval
Le Domaine de Rocheveyre
Les Vignerons de Chantegrêle

Jours de colère à Malpertuis
Quai des Chartrons
Les Compagnons de Maletaverne
Le Carnaval des loups
Les Césarines
Grand-mère Antonia
Une maison dans les arbres
Dominique Marny
A l'ombre des amandiers
La Rose des Vents
Et tout me parle de vous
Pascal Martin
Le Trésor du Magounia
Louis Muron
Le Chant des canuts
Henry Noullet
La Falourde
La Destalounade
Bonencontre
Le Destin de Bérengère Fayol
Le Mensonge d'Adeline
L'Evadé de Salvetat
Les Sortilèges d'Agnès d'Ayrac
Michel Peyramaure
Un château rose en Corrèze
Les Grandes Falaises
Frédéric Pons
Les Troupeaux du diable
Les Soleils de l'Adour
Jean Siccardi
Le Bois des Malines
Les Roses rouges de décembre
Le Bâtisseur de chapelles
Le Moulin de Siagne

Un parfum de rose
La Symphonie des loups
Jean-Michel Thibaux
La Bastide blanche
Le Secret de Magali
La Fille de la garrigue
La Colère du mistral
L'Homme qui habillait les mariées
La Gasparine
L'Or des collines
Le Chanteur de sérénades
La Pénitente
Jean-Max Tixier
Le Crime des Hautes Terres
La Fiancée du santonnier
Le Maître des roseaux
Marion des salins
Brigitte Varel
Un village pourtant si tranquille
Les Yeux de Manon
Emma
L'Enfant traqué
Le Chemin de Jean
L'Enfant du Trièves
Le Déshonneur d'un père
Blessure d'enfance
Louis-Olivier Vitté
La Rivière engloutie
Colette Vlérick
La Fille du goémonier
Le Brodeur de Pont-l'Abbé
La Marée du soir
Le Blé noir

Récits « Terres de France »

Albine Novarino
George Sand ou l'Amour du Berry

Collection « Sud Lointain »

Sylvie Anne
L'Appel de la pampa
Jean-Jacques Antier
Le Rendez-vous de Marie-Galante
Marie-Galante, La Liberté ou la Mort
La Dame du Grand-Mât
Erwan Bergot
Les Marches vers la gloire
Sud lointain
   tome I *Le Courrier de Saïgon*
   tome II *La Rivière des parfums*
   tome III *Le Maître de Bao-Tan*
Rendez-vous à Vera-Cruz
Mourir au Laos
Jean Bertolino
Chaman
Fura-Tena
Anne Courtillé
Le Mosaïste de Constantinople
Paul Couturiau
Le Paravent de soie rouge
Le Paravent déchiré
L'Inconnue de Saigon
Les Amants du fleuve Rouge
Le Pianiste de La Nouvelle-Orléans
Alain Dubos
Acadie, terre promise
Retour en Acadie
La Plantation de Bois-Joli

Elise Fischer
L'Enfant perdu des Philippines
Hubert Huertas
L'Orque de Magellan
Hervé Jaouen
L'Adieu au Connemara
Eric Le Nabour
Orages sur Calcutta
Sonia Marmen
La Vallée des larmes
La Saison des corbeaux
Dominique Marny
Du côté de Pondichéry
Les Nuits du Caire
Cap Malabata
Juliette Morillot
Les Orchidées rouges de Shanghai
Michel Peyramaure
Le Pays du Bel Espoir
Les Fleuves de Babylone
Bernard Simonay
Les Tigres de Tasmanie
La Dame d'Australie
Jean-Michel Thibaux
La Fille de Panamá
Tempête sur Panamá
La Pyramide perdue
Colette Vlérick
Le Domaine du belvédère

Romans

Alain Gandy
Quand la Légion écrivait sa légende
Hubert Huertas
Nous jouerons quand même ensemble
La Passagère de la « Struma »
Denis Humbert
Un été d'illusions
Dominique Marny
Mes nuits ne sont pas les vôtres

Michel Peyramaure
Les Tambours sauvages
Pacifique Sud
Louisiana
Le Roman de Catherine de Médicis
Jean-Michel Thibaux
Le Roman de Cléopâtre

(suite de la page 4)

Jeunesse

Le Monstre du lac noir (Syros, 1987)
La Croix du sud (Syros, 1988), épuisé
Le Cahier noir (Gallimard Jeunesse, 1992), Prix des écrivains de l'Ouest 1992
L'Oisif surmené (Seuil, 1995)
Stang Fall (nouvelle, in *Pages noires*, collectif, Gallimard Jeunesse, 1995)
L'Or blanc du Loch Ness (Gallimard Jeunesse, 1998)
Singes d'hommes (Nathan, 1999), épuisé
Mamie mémoire (Gallimard Jeunesse, 1999), Prix Chronos 2000, Prix des Incorruptibles 2001
Combien je vous doigt ? (Nathan, 2000), épuisé
La Route de la liberté (Gallimard Jeunesse, Folio Junior, 2003)

Littérature de voyage et beaux livres

Journal d'Irlande 1977-1983 (Calligrammes, 1984), Prix des Ecrivains Bretons, épuisé
Journal d'Irlande 1977-1983/1984-1989 (Editions Ouest-France, 1990 et 2002 au format de poche)
Irlande (album, texte illustré de photographies de Bruno Ravalard, Editions Ouest-France, 1992), épuisé
Chroniques irlandaises 1990-1995 (Editions Ouest-France, 1995 et 2002 au format de poche)
Petite Prose trans(e)irlandaise (texte accompagnant des photographies de Georges Dussaud, in *Variations sur un temps incertain*, Apogée, 1995)
Le Bois bleu (texte accompagnant des aquarelles de Bernard Louviot, in *La Bretagne au fil de ses couleurs*, Editions Ouest-France, 1996)
La Cocaïne des tourbières (Editions Ouest-France, 2000 et 2002 au format de poche)
L'Eternel irlandais, texte accompagnant des photographies de Nutan (Editions du Chêne, 2003)
Les Abers, texte accompagnant des peintures de Michel Bellion (Editions du Télégramme, 2005)

Traduction

L'Assassin, de Liam O'Flaherty (Joëlle Losfeld, 1994 et Rivages/Noir n° 247, 1996)
Les Robinsons du Connemara, de Guy St John Williams (Editions Ouest-France, collection Latitude Ouest, avril 2002)

Achevé d'imprimer sur les presses de

BUSSIÈRE
GROUPE CPI

*à Saint-Amand-Montrond (Cher)
en janvier 2006*

Composition et mise en pages : FACOMPO, LISIEUX

N° d'édition : 7329. — N° d'impression : 054895/1.
Dépôt légal : janvier 2006.
Imprimé en France